写给郑渊洁的66封信

杨大民——主编

时代文艺出版社

图书在版编目（CIP）数据

写给郑渊洁的66封信 / 杨大民主编. -- 长春 : 时代文艺出版社, 2021.5
ISBN 978-7-5387-6696-7

Ⅰ. ①写… Ⅱ. ①杨… Ⅲ. ①书信集－中国－当代 Ⅳ. ①I267.5

中国版本图书馆CIP数据核字(2021)第077187号

写给郑渊洁的66封信
XIE GEI ZHENG YUANJIE DE 66 FENG XIN
杨大民 主编

出 品 人：陈 琛
责任编辑：刘 兮 孟宇婷
装帧设计：陈 阳 孙 利 青空工作室
封面题字：庞中华
技术编辑：杨俊红
排版制作：隋淑凤

出版发行：时代文艺出版社
地 址：长春市福祉大路5788号 龙腾国际大厦A座15层 （130118）
电 话：0431-81629751（总编办） 0431-81629755（发行部）
网 址：weibo.com/tlapress（官方微博） sdwycbsgf.tmall.com（天猫旗舰店）
开 本：710mm × 1000mm 1/16
字 数：241千字
印 张：18.25
印 刷：三河市万龙印装有限公司
版 次：2021年6月第1版
印 次：2021年6月第1次印刷
定 价：58.00元

大灰狼罗克，你还好吗？

舒克、贝塔，你们依然那么勇敢吗？

皮皮鲁，你还爱探索吗？

袁猎猎，你现在在哪里啊？

凌耀舞，你回家了吗？

……

我们想念那个童话世界，想念那个年代。

序一

童话的另一种力量 /田文昌

书籍对人的启迪作用几乎人人皆知。然而，在浩瀚的书海中，能像郑渊洁童话般具有如此多面的影响力的作品，其实并不算多。

“童话大王”郑渊洁出生于1955年6月15日，2021年6月15日，恰逢郑先生的六十六岁生日。借此机会，来自全国各地的六十六位读者，他们不同职业，不同年龄——从“60后”到“10后”，跨越六个年代，以书信的方式回忆阅读郑渊洁童话的童年时光和少年时代，总结和思考郑渊洁童话对各自成长所产生的影响，表达对郑渊洁老师的敬意与感恩。

郑渊洁坚持创作《童话大王》近四十年，塑造了舒克、贝塔、皮皮鲁、鲁西西等童话人物，使它们成为家喻户晓的“明星”。郑先生用想象力丰富的童话故事讲述朴素的人生道理，告诉孩子们正义、善良、平等、尊严与爱，总会超越和战胜邪恶、自私、不公、贪婪、狭隘。

郑渊洁童话关注人性，注重孩子尊严，提倡个性发展，以通俗而生动的方式开启了几代青少年的心智，实现了传统常规教育难以达到的效果，也在一定程度上挑战了当下教育理念中的一些陈旧观念。其对教育观念的更新，乃至对人生价值观的指引，都具有不可低估的意义。

尤其值得一提的是，以童话故事的形式科普法律，更是郑先生的一大创新。他创作的《皮皮鲁与419宗罪》，通过一个个鲜活有趣的故事，化枯燥为乐趣，在寓教于乐中把孩子们带入法治天地之中，深入浅出地告诉家长和孩子要远离犯罪并学会依法保护自己，所达到的效果远远胜过那些说教式的普法宣传。

因曾做过中学教师，也做过中国政法大学的法学教师，所以我深知教育体制中的一些弊端和教育改革的艰辛，更了解普法教育的意义。郑渊洁先生的童话故事在普通教育和普法教育上，有着异曲同工之处，从娃娃抓起，在青少年的心灵中播下了正能量的种子。正是如此，才引出了由六十六位读者共同献给郑渊洁先生的这本感人肺腑的“心书”。

郑渊洁先生的童话发行量巨大，影响、教育了几代人。童话中的人物如同他本人一样，都具有强烈的社会责任感。向恶势力抗争，替弱者呐喊，为捍卫真理而战斗，是郑渊洁童话突出的主题，也正是郑渊洁童话经久不衰的生命力所在!

在中国社会向法治化迈进的今天，《写给郑渊洁的66封信》这本书由法律人来策划主编，足以彰显出法律人对郑渊洁先生价值观的认同和崇敬。相信郑渊洁先生的童话也会成为加速中国社会法治化进程的助推器。

2021年3月23日于海南清水湾

序二

想起了郑渊洁走向世界的点滴过往 /杨宗

最美人间四月天，桃花细雨润绵绵。4月的北京，更是格外秀美，举目望去，街道两旁桃红柳绿，到处洋溢着春的气息，令人心旷神怡。就在这春暖花开的2021年4月10日下午，我的好友诗人马志刚载着他的诗友——现任郑渊洁、吴宇森、唐国强等著名人士的律师杨大民先生，来到我家探望约稿。

见到英俊潇洒、豪爽热情、谈吐不凡的大民，颇有当年我第一次见到郑渊洁时的那种欣喜感觉。更令我拍案叫绝的是，这位郑渊洁童话的铁杆粉丝，为了庆祝郑渊洁六十六岁生日的到来，竟精心筹划并收集了六十六封写给郑渊洁的动人心弦的祝福信。当他拿着大字号样书邀我为这本书写序时，我被他对郑渊洁的一片真情所打动，当场就爽快地答应了为此书作序。

但写什么呢？就“信”而写，时间太紧。再说我年纪大了，眼力不济，一两天时间根本读不完这二十多万字的六十六封信。怎么办呢？我想来想去，就写写郑渊洁走向世界的点滴过往吧！

我粗粗地想了想，试将我与“童话大王”郑渊洁之间的故事，分为三个阶段来叙说：

◇ 1977年—1985年，见证郑渊洁初露锋芒、小有所成的成长阶段

郑渊洁写作起步很早，起点不同寻常。

1977年，适逢我主编《山西青年》杂志。9月，《山西青年》发表了郑渊洁歌颂党的十一届三中全会的诗作《光辉的里程碑》；次年1月，杂志再次发表了他歌颂周总理的诗作《难忘的航程》等。

我是在1978年春节第一次见到郑渊洁的。那时，他才二十二岁，英气逼人，才华显露。他趁1978年春节回太原探亲的机会，专门到山西青年社来看我。我虽然比他大二十几岁，但一眼就喜欢上了他的年轻帅气和写作才华，随即让人把我的两个儿子杨鲁、杨东杰叫到办公室，郑重其事地向他们介绍了从北京来的郑渊洁，嘱咐他们要以郑渊洁为榜样，刻苦学习，做一个有作为的好青年。也就是从那一年开始，我们全家跟郑渊洁及其家人结下了四十多年的不解之缘。

1978年12月，他写了第一篇一万两千字的童话作品《小蚂蚁在诚实岛的遭遇》，先寄到上海某出版社遭到退稿后，他父母将此稿转交给我。我读后觉得这篇童话非常富有想象力和时代感，不发表太遗憾了，便致信向好友中国少年儿童出版社的由岑推荐，又由她转交给了童话编辑刘庭华审稿处理。作品经刘庭华改题目为《黑黑在诚实岛》后，很快于1979年9月正式在《儿童文学》刊物公开发表，该作品后来被评为全国优秀童话作品。为此，郑渊洁在他的第一篇童话《黑黑在诚实岛》发表十五周年的1994年9月15日，满怀激情，亲手为我们三位颁发了“伯乐奖金”，他如此滴水之恩涌泉相报之情，令我们三人感动不已!

到了1983年，郑渊洁的童话已陆续推出，他的作品对孩子们的成长具有启蒙和启智效应，深受广大读者，特别是小朋友的喜爱，郑渊洁成为大有前

途和潜力的本土童话作家。为了引起“读书热”和更广泛的社会关注，我们联同北京的《东方少年》、山西的《小学生》《山西青年》，在太原的迎泽宾馆举办了别开生面的“全国郑渊洁童话作品研讨会”，有来自十三个省市的著名作家、评论家参加。这次会议，让更多的家长开始关注到孩子对童话的喜爱，以及童话对孩子的影响。

1985年春节期间，郑渊洁和赵岩平向我提出想在刊授大学创办一本专门刊登郑渊洁童话的杂志，这个绝妙的创意，让我听了也跟着兴奋起来。我建议刊名叫作《童话大王》，并同赵岩平去申请办理杂志的手续和办刊费用。最后几经周折，1985年5月，只刊登郑渊洁一个人作品的《童话大王》成功创刊了。

◇ 1985年—1998年，见证郑渊洁刻苦写作、创造辉煌的成功历程

《童话大王》创刊后，郑渊洁潜心习作，每天清晨从四点半写到六点半，付出了常人无法想象的努力，一个人撑起了一本杂志。到了1988年，《童话大王》月刊印数已突破了一百万册。年长的我们很想为郑渊洁的创作成果助力，可惜我们力不从心，只能提出一些自认为不错的想法，最终并未实现。但我至今仍没有泯灭的梦想，是建一座皮皮鲁童话城，让中国的童话走向世界。

1988年上半年，由岑从北京给我打长途电话，邀我专程到北京同她讨论如何把郑渊洁的优秀作品展示给全世界的儿童看。当时我在山西省政协任秘书长，在繁忙中抽出一个假日，专程跑到北京同由岑深入讨论，后来又专门跑到通州，找郑渊洁一起商谈。

直到1989年12月底，我在洛杉矶参观了迪士尼乐园，联想到郑渊洁的童话，我有了一个大胆的构想。当时我想，人家美国能根据米老鼠的故事建设一个轰动世界的迪士尼乐园，咱们郑渊洁笔下的皮皮鲁、鲁西西等活灵活现的有趣人物同样具有活力和意义，何不在中国北京建一个能够媲美迪士尼乐园的童话城呢？这绝对是中国童话走向世界、走向所有孩子以及成人的好机会。

我很快就把想法说给了郑渊洁，想不到我们一拍即合，郑渊洁还在《童话大王》上发表了一篇名为《新建皮皮鲁童话城》的童话，我也着手运作，争取一步一步实施。可喜的是，很快便有人表示愿意给予这个项目资金上的支持。更巧的是，几个月后的1990年8月1日，我和夫人被正式调进中国作家协会工作。对我来说，到北京任职更便于我联合郑渊洁在京筹建童话城，这不是天赐良机吗？！

进京后，我在业余时间里不断为宣传郑渊洁的童话奔走。1994年上半年，我应鲁迅文学院邀请，向来自全国的近百位青年作家学员专题讲述了郑渊洁是如何通过刻苦努力成为“童话大王”的故事，学员们听了郑渊洁的创作经历备受鼓舞。同时，我不断撰写修改筹建皮皮鲁童话城的方案，至1995年，我已先后修改了八稿。

可天不遂人意，经过几度阴差阳错，又因为一系列复杂的原因，我不得不暂时放下了筹建皮皮鲁童话城的美好愿景。但一有机会，我还是愿意将这样的想法说给别人听，每当听到有人愿意投资的消息，我总会感动和期待好一阵子。

一晃儿，距离我萌生建皮皮鲁童话城的想法已经过去了三十多年，这份始终没有落地的“空想”，让我深感对不住郑渊洁。然而，自始至终，郑渊洁和他父母郑洪升、刘效坤以及他的胞弟“鸽子大王”郑毅洁，对我们老两口及儿子杨鲁、杨东杰的关怀、关心、关照却是无微不至，一件件、一桩桩，不胜枚举，如今想起来，仍会让我热泪盈眶！

◇ 1998年至今，见证郑渊洁走向世界的成熟期

在1998年至今长达二十三年的时间里，我对郑渊洁由原来的热爱、热捧，转向了尊重、尊敬。在此，我再爆料一下我和郑渊洁的几个小故事：

1998年，我邀请郑渊洁作为国内外包括时任联合国秘书长的安南在内的百位各界名人之一，为我们筹划和主编的《千年祝福》亲笔题词祝福。当我把编写《千年祝福》的目的和意义打电话告诉郑渊洁后，他很快便给我寄来了他的题词，并附有一张“舒克贝塔信笺”，留言下还印着这样一句话：“记住帮助过你的人，忘记你帮助过的人。——《郑渊洁童话全集》”我想，从某种意义上讲，郑渊洁的童话写的就是他自己。

2005年开始，我邀请郑渊洁当了我主编的《小读者》杂志的顾问。此前，我当《童话大王》顾问二十年，我回过头来又邀郑渊洁当《小读者》的顾问，很有种别样的奇妙交接感。在“童话大王”影响力的带动下，《小读者》果然蓬勃发展，发售量大增。这是文化发展的魅力，也是郑渊洁“拔刀相助”的结果。

在这一阶段，我愈发深刻地意识到，郑渊洁及其作品有着非凡的价值，将在孩子的成长中起到不可估量的作用，我更加抓住每一次机会去宣传中国的“童话大王”。中央电视台、凤凰卫视台、黄河电视台，以及《中国新闻出版报》《山西日报》等找我采访时，我都会乐此不疲地讲述郑渊洁的成功故事。2007年3月，江西电视台拍摄皮皮鲁专题片，邀我当神秘嘉宾，这期专题片让观众感受到了皮皮鲁系列故事的趣味和我与郑渊洁的深厚友谊。

2019年初，《童话大王》创刊快三十五年了。我一直在思考怎样挖掘郑渊洁“童话大王”的社会力量。2019年4月，我还起草了一份《关于筹备成立郑渊洁研究组的初步设想方案》……真想不到，今年4月初，既是郑渊洁

的铁杆粉丝，又是知名律师的杨大民，拿着他策划主编的《写给郑渊洁的66封信》样书找我写序。这又勾起了我对往事的美好回忆，重新点亮了我的梦想——

《童话大王》总发行量至今已超过两亿册，在国内外形成了深远的影响，也将继续影响着。我希望会有那么一天，我能够为建设皮皮鲁童话城尽一份绵薄之力；让“童话大王”的优秀童话，在这块肥沃的土地上开花结果，让中国的童话走向世界！

我期待着。

草于2021年4月14日

北京光彩国际公寓

目录

/ CONTENTS /

第一封信

一提起皮皮鲁，让我瞬间回到童年。我们那一代人是在皮皮鲁、鲁西西、舒克、贝塔的陪伴下慢慢长大的。

尊敬的郑渊洁老师：

您好！听说您前几天造访京都律所，我恰好出差在外，错失了与“童话大王”握手的机会。遗憾是苦味的，就像生吃了十根苦瓜。

其实，我最先认识的是皮皮鲁。20世纪80年代，我正上小学，有一天我看到《中国少年报》用一整版刊登一个故事，就是皮皮鲁的故事，还有一幅皮皮鲁插图。故事大意是，皮皮鲁受到大孩子欺负，回家后开始为复仇做准备。他把一块整砖放到高压锅里煮，煮好后取出来，砖的外形没有变化，质地却变得松软。皮皮鲁托着这块砖找到那些大孩子，把砖放到地上，大喝一声，徒手劈砖，砖头瞬间被劈为两半。大孩子吓坏了，从那以后再也不敢欺负皮皮鲁。

这个故事情节当年在我脑海停留了很长时间。我几次想用高压锅验证一下水煮砖的效果，试一试徒手劈砖疼不疼。可是，想法最终只是想法，当时我是爱学习、成绩好、纪律好的“好孩子”，觉得即便练就一身功夫也用不上。不过，这种质疑精神我却保留到了现在，这也是从事律师工作必须具备的品质。

我在整个小学阶段，从来没有把皮皮鲁当作童话人物，觉得他就是同龄孩子，只不过在外地读书生活。

郑老师，实不相瞒，小孩子看故事，一般不会注意作者，“郑渊洁”这个名字我很长时间都没有注意到。惭愧得很！

我当时生活的县城安宁祥和，小学生都是背着书包自己上学放学。学校附近有一个书报亭，一到放学，孩子们不着急回家，都围拢在书报亭，里一圈外一圈，当然是买书的少，看书的多，报亭阿姨一次次大声喊：“快回家找家长拿钱去。”书报亭后来开始卖《童话大王》，里面连载皮皮鲁和鲁西西的故事，我们高年级的孩子特别喜欢。《童话大王》里面没有什么图，全是字，指望站在报亭边蹭着看完不太容易。可是，小伙伴们口袋里都没啥钱，《童话大王》属于“闲书”范畴，我们不敢理直气壮地向家长要钱。

但这小小的困难怎能难住我们？我们开启头脑风暴，商定众筹买书。如今想一想，我们那几个小孩太有经济头脑了。一期《童话大王》几毛钱，小伙伴约定你买这期，我买下期，他买下下期，每一期大家共享阅读。用这个方法，我们完整阅读了好几年的《童话大王》。不过，投资有风险，出钱买书的人，借出去的书大概率回不来，即使回来了，也是脏兮兮或缺页、毛边，让人不愿触碰。

《童话大王》封面有“郑渊洁”三个字，小伙伴们知道这是作者，也会谈论这个“郑什么洁”（一开始不认识中间的“渊”字），讨论他是不是皮皮鲁的爸爸，讨论皮皮鲁的妈妈长什么样。后来我们在课堂上学会了“渊博”这个词，也记住了郑渊洁就是“童话大王”，“童话大王”就是郑渊洁。

还要向郑老师坦白，《童话大王》刊登的作者照片，让大家很意外！“童话大王”竟然和普通人长得一样！我们严重质疑，“童话大王”怎么能长得像普通人？就算长得像普通人，也应该出现在五颜六色、千奇百怪的城堡中，或者驾驶着火箭在太空翱翔。我们一直对此耿耿于怀。

……

一提起皮皮鲁，让我瞬间回到童年。我们那一代人是在皮皮鲁、鲁西西、舒克、贝塔的陪伴下慢慢长大的。他们深深镶嵌在我们的童年记忆中。

一转眼三十多年过去了。这些年我依然买郑渊洁老师的童话书，是给孩子买。现在阔气了，买书不用众筹了，都是整套买，独享所有权。重新再看童话，我发现郑渊洁老师构建的童话世界与现实世界同步，呈现出立体、多元、高效的网络时代特色，网络时代的童话世界更加丰富多彩。

有一天我拉着女儿的手在路边走，踩过一井盖，她立刻拽住我，说：“不能踩井盖。这是《皮皮鲁送你100条命》里讲的，危险。”我乖乖照办。她看到效果，继续给我普及安全知识，诸如怎么打开车门，车窗摇到什么位置……都是这本书里讲的。原来，郑渊洁老师用讲故事的方法普及安全知识，在帮我们这一代皮皮鲁引导小小皮皮鲁们，好温暖。

有时候我也思考童话的作用。可以肯定的是，童话的作用绝不仅仅是陪伴或是让生活更丰富。更重要的是，它能够延展和强化一个人的想象力，帮助个体进行精神塑造。例如，高压锅的功能是什么？标准答案是用于烹饪。但是，皮皮鲁告诉我们，高压锅还可以用来制造“武器”。就在这一瞬间，读者的想象力被激发，高压锅除了可以做饭、制造“武器”之外，还可以……一切皆有可能，高压锅就不仅仅是高压锅了。

小孩子对真实世界缺乏全面认知，想象力丰富。随着知识增长、对世界认识的深入，想象力逐渐萎缩。但是，如果一个成年人能保留一点点好奇心和想象力，他的生活必定不乏味，他就不会是一个呆板、无趣之人。

一个人的成长，意味着身体逐渐强壮，精神世界日趋丰富。长身体，无外乎饮食、锻炼的影响，能够看得见。而精神塑造，其营养来源甚广，老师家长的教诲只是一部分，书本、童话、神话、历史故事、民间传说等都是源泉。相比而言，童话最具有亲和力，更容易走进孩子内心。

我想，郑老师的童话之所以几十年一直畅销，大概是因为故事建立在积极、宽容、平等、博爱等价值观的基础上。舒克、贝塔是两只有理想、有追求的小老鼠，他们不向命运低头，用智慧和勇敢服务社会，实现自身价值；皮皮鲁真实洒脱，虽有些小毛病，但是他的“我就是我，人间不一样的烟火”，让读者放过了自己的不完美；皮皮鲁、鲁西西勇于冒险，组团探寻未知世界，同时注重合作，取长补短，发挥团队力量……这些都是郑老师通过童话传递给孩子们的精神，这种精神潜移默化地融进小朋友血液里，成为个体精神内核的一部分。

我这些年悄悄观察，得出一个结论：所有人都爱听故事。这个结论并不一定对。我发现，即使在庄严的法庭上，如果代理律师特别会讲故事，用极简语言把证据拼出一幅案情图画，然后一边不露痕迹地讲故事（讲述案情），一边分析行为性质、可罚性及法律责任，那么，端坐法庭之上的法官不知不觉就悉数听了进去。会讲故事的诉讼律师，就这样轻松地完成了说服法官的任务。

但是，并不是人人都会讲故事，并不是人人都拥有讲好故事的能力。我还发现，一个童年时期被童话故事充分浇灌过的孩子，他在读故事、听故事的同时，不知不觉就掌握了故事结构、层次、情节、节奏。长大后不管从事何种职业，都需要语言表达，他讲故事能力稍加训练，就会被挖掘出来。从这个意义讲，童年时期阅读大量童话是多么重要，为小朋友创造童话的“童话大王”的功劳又是何其大。

作为“70后”，我很幸运，儿时有皮皮鲁、鲁西西的世界五彩斑斓。我感谢“童话大王”郑渊洁老师给我们打开了一个神奇世界，让我们的人生变得充满趣味。

祝郑老师身体健康，祝我们的“童话大王”永远年轻，创作出更多童话，给世界播种更多的希望。

刘玲

2020年12月10日

第二封信

如果有平行世界，或许我和爷爷奶奶就生活在我小时候幻想的童话镇里。那里一切都很好，更没有人需要止痛药。

亲爱的郑爷爷：

展信喜乐！

窗外的海棠花开了，邻家的猫总偷翻过围篱来看我，又是一年春了。有幸在长大后，与您以这样的方式相遇，有幸以我最爱的书信方式和我的童年完成一次对话。

对于您来说，我是万千小读者里的其中一个，而对于我来说，您就是我童年时代的独家记忆。每一篇童话故事，都氤氲着专属于我的味道和声音，比现在的电影和有声读物可有趣和珍贵多了。

说到这儿，童年的光影如蒙太奇般不断在我脑海里闪回，每一个桥段都和您的童话有关。

因为父母工作忙，我从小在奶奶家长大，每天和奶奶午睡前的读物就是《童话大王》。夏天的时候，奶奶一边讲着故事一边给我扇扇子，我就闭着眼睛听，脑海里想象着皮皮鲁的样子，幻想着羊群和云朵，苦恼着三十六万五千天之后我到底几岁了呢？窗外的知了声和家里的米兰花香催促着我赶紧睡着，因为我知道醒来就会有爷爷切好的脆脆的桃子和绵绵的西瓜。

冬天到了，外面呼呼的寒风好像要钻进我的被窝里，我就在奶奶的怀里享受着拍拍，听奶奶讲舒克和贝塔的故事。这是我人生第一次“追剧”，哦，不，是“追书”。还有老金牛的故事、老虎药店的故事、牌王西洛的故事，都在我的梦中出现过，迷糊中我还听见奶奶对爷爷说：“锻炼回来记得给丫丫买根糖葫芦，要豆沙馅儿的！”我知道，我在梦中和西洛道完别，一睁眼爷爷准会举着糖葫芦出现。

那时候我的世界里，您和爷爷奶奶一定都是会魔法的人，幻想着您就住在童话镇的蘑菇屋里，每天拿着羽毛笔和羊皮纸制造故事，由舒克和贝塔运输到我们这里。爷爷奶奶从我认识他们的时候起，他们就是爷爷奶奶的年纪，我不知道他们经历过什么，但总是能变出所有我想要的东西。长大后我才明白，原来爱是万物诗篇的显影。

所以我说，您每一期的《童话大王》里都有我最柔软的记忆，您每一篇童话故事里，都承载着属于我的味道和声音。回忆起来，夏天您的童话故事是米兰花香和桃子味儿的，到了冬天您的童话就变成了糖葫芦味儿。没有变的是奶奶爷爷爱我的声音。

到了适学年龄，因为奶奶是语文老师，爷爷又写得一手好文章，画得一手好画的缘故，所以我可能是最早一批体验“家庭版寓教于乐”的“90后”。奶奶总是把今天童话故事里的生字和拼音写到卡片上，就这样，《童话大王》成了我与众不同的字典，爷爷把故事里的插图画给我，《童话大王》又摇身变成我家庭美术课的教材。我就在《十二生肖童话》里学会了写十二生肖，在奶奶手握着我的手教我写字的时候，明白了做人要和写字一样堂堂正正，刚强有力。我也在大灰狼罗克的故事里学到了“法律”一词，这一度成为我对小伙伴炫耀的资本和交谈的话题。

因为《童话大王》的影响，我从一个听童话故事的小孩，变成了制造影像故事的人，我也开始试着用文字和影像表达自己，述说这个世界的美与丑。从儿时吵着要听故事，到现在写完稿子第一时间是给爷爷审，做完片子要跑着回家给奶奶看。在长大的世界里，《童话大王》和奶奶家又成了我精神世界和现实生活中最温柔的避难所，外面的世界再残酷，只要看见亮着灯的奶奶家，和书架上泛黄的童话书籍隐藏着的温润记忆，我就可以继续去征战那些不美好。

随着年龄的增长，我对您的故事也有了新的感悟，同时随着人类精神世界的丰富、网络的发达，我也听到了一些关于您不一样的声音。但我知道郑爷爷书里的黑暗和光明都是真实的，我读您的书长大，也没有变成一个愤世嫉俗的人、一个顽劣不堪的人。相反，您当年的天马行空和特立独行，让出生在20世纪80年代和90年代的孩子们知道特立独行并不是一种罪恶，并且您让大家都拥有着有趣的灵魂。我曾听着摇滚乐读着《小汽车和小兰》，琢磨着五个苹果折腾地球，第五个到底在哪里，不过现在知道了，在乔布斯那里！

转眼就到了现在，奶奶正在被癌症的疼痛折磨，二级止疼药变成了针剂。她清醒的时候会跟我说："都说奶奶给你起的名字很童话，其实奶奶是希望你像小花一样有自己独特的芳菲，不争妍斗艳，不娇宠媚俗。"她忍受不了疼痛，昏迷伴随着抽吸的时候，我就拉着她干瘪的手，给她讲我们以前的故事。爷爷听着听着就悄悄地去抹眼泪。

我想如果下一次我们还能再相遇，换她做我的女孩，我来给她讲《童话大王》，我来保护她的十七岁，我来装点她的金色少女心。偶尔我也会臆想，如果有平行世界，或许我和爷爷奶奶就生活在我小时候幻想的童话镇里，您就在隔壁309房间。那里一切都很好，没有悲伤没有分别，更没有人需要止痛药。

最后，十分感谢郑爷爷为我营造的童话世界，让我从小可以正确地理解爱、理解光明、理解现实，让我拥有这么多关于爱、关于成长、关于陪伴的故事。

若你我为轶事

余晖不忍　风尘而止

燕云菲拜上

2021年3月3日

第三封信

皮皮鲁的故事里所写的，就是孩子们内心真正的需求。成长于这个时代的孩子，需要被读懂。

渊洁先生：

您好！

见字如面。此时此刻，提笔甚是欣喜，我是读着皮皮鲁和鲁西西的故事长大的，是一位资深“皮粉儿”。作为您的万千读者之一，我想要和您对话的愿望在三十多年前就已经萌生。回想童年，很多记忆都模糊了，但是皮皮鲁和鲁西西的故事却依旧印象深刻，甚至连细节都如在眼前。

那大约是在九岁时的一个上午，当我得知我所崇拜的秦皇汉武都已经“老死”了，人都是要“老死”的，不禁悲从中来，缠着父母哇哇大哭说要“长生不老”。刚好最疼爱我的姨夫来了，为了安慰我那惊天动地的悲痛，他变魔术一般从包里拿出一支非常时髦的圆珠笔，笔杆上面有一个可以显示时间的“小窗口”。得到了这支笔，我无比兴奋和激动，一下子雨过天晴，就连“生死之事”也置之度外了！当时，大人们一定以为，我的破涕为笑是因为这支笔的稀有和新潮，只有我自己知道，那强烈的欢喜其实另有原因——鲁西西就有一支这样神奇的笔，她能用它和蚂蚁对话！虽然我的这支不能用来和动物交流，可是一点儿也不影响我内心的激动，我想，原来世界上真的有和童话里一模一样的笔！那一刻，“郑渊洁”这个名字更加成了我心中的重量级人物，小小的我迫切地想要认识赋予这支笔神奇魔力的作家，倾诉自己内心的强烈感受。

三十多年过去，我已经成为一个深耕在国际学校里的“老”教育工作者，思考和探索孩子们的成长已是我的日常。一日偶然，我在学校图书馆的书架上重逢皮皮鲁和鲁西西，看着一旁的孩子们竞相借阅，竟有一种“穿越”的感觉。那几个专心捧读的小男孩像极了当年的自己，于是我不由得被他们吸引了过去，和这些小朋友们聊了起来。没想到这一聊，便一发不可收！孩子们七嘴八舌地谈论对皮皮鲁和鲁西西的喜爱，而因为同样热爱这些故事，我们跨越了几十年的代沟，成了亲切的“聊友”，充满喜悦地分享这两个童话角色为我们带来的那些奇幻时刻。

一瞬间，我感觉自己找到了童年，听着孩子们的感悟，我感到像是在与童年的自己对话。这触动了我本能的教育神经，于是我决定带着可爱的皮皮鲁和鲁西西，在我们这座十二年一贯制的校园里来一次深入“走访”。在这个过程中，我聆听到不同年龄阶段的孩子们乃至老师们内心真实的声音，这些来自“一线”读者们生动的、有趣的反馈，再次激起了我内心的波澜。我忽然发现，皮皮鲁和鲁西西的故事原来是一本“教育秘籍”，让我产生了太多的感悟想要与您分享。那些神奇的故事充满了神奇的教育智慧，可谓是“儿童必修、父母必读、老师必备”！

◇ “皮粉儿”都爱乐天派

皮皮鲁，这个淘气、好动、总让老师“头疼”的“问题学生”，缘何收割了一大拨儿来自不同年代的“皮粉儿”，拥有如此的魅力呢？我发现一提起皮皮鲁，孩子们口中有许多高频词：快乐、有趣、调皮、善良、乐观……

在这其中，“快乐”二字最能引起大家的强烈共鸣，孩子们说因为皮皮鲁这个人是快乐而有趣的，所以他的故事读起来也能让人感到快乐和有趣，越读越爱读。

一个三年级的“小豆包”对我说：“我想学皮皮鲁，他总是在向往好生活。”孩子的表述震动了我的内心，也令我感到喜悦。我总是担忧这个时代各种各样的“丧文化”会不自觉地侵入学生稚嫩的心灵，但在“皮粉儿”这里，乐观大胆的皮皮鲁成了他们的偶像。他们追捧皮皮鲁，也有一种由衷的欣赏，因为这个乐天派的角色总是“耐得起生活的折腾”，那一个个“天不怕地不怕”的故事在孩子们的心中种下了阳光健康的种子。这些种子太重要了，在潜意识中伴着他们勇敢面对各种困难和挑战。

回想我从教的初心，就是想帮助孩子们实现真正的心灵成长，拥有和皮皮鲁一样健康的心态和健全的人格，想要实现这颗初心，首先一定要好好地呵护这种属于孩子们的快乐。然而现实中有很多孩子是不快乐的，每每听到有小学生面对如山如海的作业要写到十一二点，我就很是心疼；每每遇到生怕输在起跑线上的焦虑的家长疯狂给孩子报各种课外班，把教育搞成了军备竞赛，我就很是痛心。多少孩子因此患上“学习恐惧症”“学校恐惧症”，在这样的围追堵截之下，孩子们的那份快乐真的要无处安放了！

每个孩子都有自己的长处和短板，孩子的智能是多元的，有的擅长语言表达，有的逻辑思维强，有的则自带运动天分……不同的孩子就是一棵棵品种各异的小树，我们应当因材施教，而不能是标准化的“批量生产”，强迫苹果树结出葡萄的教育，就是对孩子们快乐的“犯罪”。

那我们又能为孩子做些什么呢？从学校教育的角度来说，我觉得首先要让孩子们喜欢学校。当他们真的在校园里感到了快乐，他们才会想来学校，才会喜欢学习。尊重孩子们的多元智能，充分发掘他们不同的潜能，就得为他们提供可选择的“有滋味的教育”，就要用心做“精致的教育”。我的学校已经实行了多年的“选课走班”制度，让孩子们自主选择喜欢的课程，同时用过程性评价的方式，让冰冷的分数变为更有温度的评价，不同的孩子都能在学校体验到成就感和价值感。在这样一个孩子们喜欢的环境中，赋予了他们快乐，培养了他们乐观的性格。

◇ 为啥人人都想当皮皮鲁？

有一个现象非常有趣。当我在走访中问“你们愿意变成皮皮鲁和鲁西西故事当中的哪个角色”，结果出乎我的意料——不论年龄大小，不论是老师、孩子，甚至不论男生、女生，大家都不假思索地回答：“皮皮鲁！”这答案简直出奇一致，“崇拜皮皮鲁”仿佛成了孩子们的一种共识，尤其是那些天马行空的冒险故事，一提起便会引发一场又一场的滔滔不绝。为什么多数人，特别是孩子们，都想成为皮皮鲁？答案又是惊人一致——“想像他一样可以去冒险！”为什么人人都喜欢皮皮鲁的“冒险”？皮皮鲁这样的性格，可以说是一名天生的冒险家，在一场场冲动的“冒险”背后，其实应该是所有孩子与生俱来的、无穷无尽的探索精神和求知欲望。

在孩子的成长过程中，“冒险”的确发挥着非常重要的作用。但在现实的成长环境中，这种“冒险”往往会受到否定，否定多了，孩子也就逐渐适应了，但同时也关上了那扇通往世界的大门……这是一件多么令人遗憾的事情啊。反之，如果在教育过程中，能够理解这种“冒险”，保护这种“冒险”，给孩子以正面的引导和鼓励，他们的智力发展、人格完善才不会受到负面影响，他们才能够拥有和皮皮鲁一样鲜活而独特的个性。

还有一点很有趣，大家对鲁西西的看法也非常有意思。孩子们都说喜欢鲁西西，欣赏她身上众多的优点，爱她的乖巧，羡慕她的学习成绩。可当我问“是不是想成为鲁西西”时，孩子们很认真地思考了一会儿，告诉我说：“变成她也许会考得好，不过很可能还得上好多没意思的课，还是变成皮皮鲁吧！”我不禁为此捧腹，又问：“那你们的身边有像鲁西西一样的女孩吗？”孩子们答：“挺少的，身边的女生好多都是‘女汉子’，不像鲁西西，胆子小又很谨慎。”我想，这也是我们在教育工作中应该深思的。

◇ 最深入人心的皮皮鲁金句

我本以为小时候的自己已经算是一名资深“皮粉儿”了，却在这次深入走访中见识到了皮皮鲁的那些“王者级”粉丝，侃起皮皮鲁的段子梗来像没带暂停键的故事播放器，甚至皮皮鲁的许多名言金句他们都能信手拈来。有一句被提及的频率非常高（据孩子们说是在皮皮鲁和检察长叔叔的故事当中），大意是“体验这一次过程，比上一百年学都管用”。这句话在孩子们中间产生了强烈共鸣，我记得一个六年级的男孩点着头对它表示赞许：“我觉得太对了，我们都不喜欢闷头在教室里写作业或者上各种没劲的课外班。还是实践最管用！”听到孩子们有这样的理解，我真的很高兴很欣慰，我们的教育追求与孩子们的需要高度契合了。我做过调查，我们学校里一位难求最为火爆的选修课程是厨艺课，孩子们特别喜欢真刀真枪的实践，高中学生还会必修三十二道中国菜。学生们最期盼的是每学期为期一周的研学旅行课程，拉着皮箱到祖国各地……

在这样的聊天中我蓦然发现，皮皮鲁的故事里所写的，就是孩子们内心真正的需求，也是教育工作应当满足孩子们的。成长于这个时代的他们更需要被读懂，皮皮鲁和鲁西西的故事之所以有如此强大的生命力，就是因为读懂了孩子，赋予了他们一种精神力量。发自内心地为孩子们做教育，这正是我在几十年教育工作中的深切体会。

◇ 老师真的是“皮皮鲁们”的“天敌”吗？

一次次的畅聊为我抛来了一个又一个惊喜的话题，我不由产生更多好奇：如果和老师们聊聊皮皮鲁，又会有怎样的收获呢？没记错的话，故事里的老师和皮皮鲁多数时候可是“水火不容”的，就连孩子们也和我描述道：“我们不喜欢皮皮鲁的老师，因为老师总是针对皮皮鲁。”

出乎我意料的是，校园里的不少老师也是皮皮鲁的粉丝！老师们说：“印象中皮皮鲁的性格鲜明，超爱调皮捣蛋，小时候的我们都非常喜欢他，因为觉得他帮我们把想做却又不敢做的事情全干了！”“虽然小时候的我很像鲁西西，但我其实更想当皮皮鲁，我欣赏他总有特殊的想法，总有出奇制胜的好点子。也正是因为读他的故事，我慢慢学会在很多时候跳出常规做事情，得到了一些意外的收获。”

对这些老师们来说，皮皮鲁的故事不但在为人处世方面给了他们影响，还影响着他们的教育观念。当我问：“如果你的班上有皮皮鲁这样的孩子，你会怎么看待他？”一位老师笑着回答说：“我们班有十五个男生，个个都有皮皮鲁的影子。在我看来，皮皮鲁的这种顽皮就是男孩子们的天性，他们很淘气，但往往也很聪明，我觉得老师们要做的是在保留他们天性的基础上加以引导和帮助。说实话，作为一名老师，当在课堂上强调纪律的时候，希望有鲁西西这样的学生，但当真的要课堂‘活’起来的时候，每个小组里就必须有一个‘皮皮鲁’。读过的那些皮皮鲁和鲁西西的故事让我更好地理解了孩子们，看到他们调皮背后的内心想法。”另一位老师说：“我想谢谢郑渊洁先生写的这些书，小时候读着它们长大，现在做了老师，我就更加能以包容的心态去理解孩子们不同的个性。每一个孩子都有自己独特的性格，只要他们内心正直善良，外在的个性表现得调皮或是好动其实都没有对错之分。”更有一位老师提起一个有趣的现象：“班里的‘皮皮鲁们’一般都人缘特别好，这是因为他们能够输出自己的想法，足够有趣，所以更容易赢得别人的关注。”

这些发自肺腑的话让我欣慰和感动，看来老师并非“皮皮鲁们”的“天敌”，教育就是要读懂孩子，用爱包容个性，帮助孩子更好地成长。

◇ 来自孩子们的期待

还记得童年时的我因为那支圆珠笔，总想亲自问问您——怎么样才能和鲁西西一样和小蚂蚁对话呢？如今的这封信，如同一场忘记时间的聊天，又不知不觉地倾诉了许久。也许在信的结尾，千言万语都不如替这些可爱的孩子们转达他们想说的话——

“书没看够！希望能看到续写的皮皮鲁的故事！”

“我想要郑渊洁爷爷的签名！”

“我希望见到作者本人，和他说：‘您太厉害啦！’”

“我好想知道这么好看的故事是怎么创造出来的！”

“我想知道郑渊洁先生小时候的梦想是不是就是当作家？”

“我想知道作者的身边，真的有皮皮鲁和鲁西西这样的人吗？”

……

这群热情又有活力的小天使们，连同现在的我和童年时的我，一起期待着您的解答。

郭利军

2020年12月14日

于北京市二十一世纪国际学校

第四封信

对孩子来说，天上的星星会朝他们眨着亮晶晶的眼睛，花草里住着无数神秘灵动的小精灵，一切都是可能的。

亲爱的郑渊洁老师：

您好！我是您的一名忠实读者，想以此信表达我对您的感激和对您作品的热爱。

第一次阅读您的书籍时，我还只是个九岁的二年级学生。记得那天，我如往常一样走进书报亭，轻轻一瞥间便被书架上《童话大王》漂亮的卡通封面吸引住了目光。强烈的好奇心使我毫不犹豫地用攒下的零花钱买下了一本。它仿佛是一本拥有魔法的故事书，叫我心甘情愿地跳了进去，书里的故事是那么有趣，我沉迷其中又无比欢喜。那天我忘记了平时玩耍时所拥有的快乐，而是用了一个下午把《童话大王》看完。书里勇敢的皮皮鲁、聪明的鲁西西、机智的舒克、活泼的贝塔，他们每一个形象都是那么可爱，那么吸引我。

从此，《童话大王》成了我每月按时必买的一本书。拿到《童话大王》的那天，总会是我那个月最期待、最快乐的一天。阅读的过程中，我仿佛和舒克贝塔一起开始了各种各样的冒险，跟着他们见到了一幅幅神奇的景象，而舒克贝塔就是我最好的朋友。虽然我不可以进入故事里和他们一起想办法解决问题，可是每当他们遇到了危险，我的心也像被困住一样紧张又害怕；看到他们在困难面前不退缩，勇于接受挑战，又让我倍受鼓舞。因为《童话大王》，我爱上了阅读；爱上了阅读，又使我的童年变得丰富而广阔。

在很多次访谈中，您都提到了想象力的重要性，强调要让孩子保持想象力和好奇心。这点不但体现在您的作品里，也体现在您的家庭教育中，您的儿子郑亚旗说过这么一件事：在他小时候，总是听到客厅的一个沙发里有音乐响起，当他问这是什么原因，您幽默地告诉郑亚旗："说不定有一个乐队在沙发里演奏呢。"虽然最后郑亚旗发现音乐的来源是一个掉到了沙发后面的闹钟，但是您生动有趣的回答激发了他童年的想象力，也为自己带来了灵感。

这让我想起了法国作家圣埃克苏佩里的《小王子》的开头：书中的飞行员在年幼时画了一幅画，那是一只正在吞食野兽的巨蛇，显得肥胖又臃肿。当飞行员满怀期待地把这幅画拿给大人们看，叫他们猜猜画中画的是什么时，大人们却总是千篇一律地回答："这是一顶帽子。"这样的回答让飞行员大失所望。如此往复，他渐渐如同雄鹰不知其能展翅、千里马不知其有千里之能一样，也丧失了想象力和创造力。直到遇上了小王子，他恍然想起曾经的自己。似是也曾拥有过非凡的想象力，可是不同的是，飞行员在时间里忘记了那份宝贵的能力。其实大人们不同的回答，对孩子们有至关重要的影响。

有很多人，在成长的过程中渐渐丢失了想象力，忘了自己也曾对一切充满了好奇。尽管大人们也曾是孩子，但是当他们成为大人后，竟无法再拥有孩童时强烈的好奇心与想象力。他们看不到孩子眼中的世界，不知道怎么去引导孩子。殊不知对一个孩子来说，天上的星星会朝他们眨着亮晶晶的眼睛，花草里住着无数神秘灵动的小精灵，尼斯湖里一定有可怕的水怪，一切都是可能的。在您的童话故事里，从孩子们天马行空的想象力中散发出的光芒，在初升的朝阳中找到了合适的安置之处。

成为您的读者无疑是幸运的，您是一位多么宠爱读者、宠爱孩子的作家呀！虽然您的童话是写给孩子们看的，但您从来都把他们当作能够独立思考、有自己想法的大人，尊重他们，保护了他们纯真的童心。每一位小读者的来信，您都会认真地阅读，还用心地把这些信保存了起来，让我十分感动。

您的一些作品非常独特，具有前瞻性。根据您作品改编的动画《魔方大厦》里讨论了人工智能的问题，在那个年代，这是非常超前的。这部动画的一些细节在今天被网友评论为“预言”。您的长篇小说《拉尼娜》则描写了气候灾害所造成的破坏和由此引发的一系列事件，那是我第一次接触涉及环保和全球变暖的科幻小说，感受到了前所未有的震撼。那时的我从未在这些话题上有过任何思考，可是当阅读您的故事之后，我发现原来除了想象力，您对知识和科学也同样重视。知识插上想象力的翅膀后，如虎添翼般带来了无限的创造力。

在您的作品中，还蕴含着丰富的哲理。我从小就被妈妈教育“早起的鸟儿有虫吃”，但当我在您的书中读到“早起的虫儿被鸟吃”这句话时，感到十分新奇。原来一件事情，换一个方向看，可能是完全不一样的。我们一直从小鸟的角度思考问题，大人们也鼓励我们争当勤奋的小鸟，可是却从未想过从小虫的角度去看待“早起”这件事。从那以后，我学会了换位思考，学会了从不同的角度去看待一件事物；我还学会了独立思考，遇事后首先自己想明白，而不是人云亦云，轻信旁人所言。

随着年龄的增长，我越来越认识到好的故事所拥有的魔力。我也渴望如您一样，有一天能写出优秀的、能带给人力量的故事。我开始尝试去写作，试着用我手中这支笔和文字勾勒出一些个性鲜明的角色，创造出属于自己的独特世界。我爱上了写作，而您的作品给了我诸多启发，教会了我多角度思考问题的思维方式。

我的努力有了回报，在成为一名作家后，我仿佛有了一种使命感，希望我也可以像您一样，给孩子们带去更多的好作品，令他们也爱上阅读和写作。因为我相信，作品是作家的接力棒，它不仅传递了知识和想象力，更包含了爱和希望。

写作，是一场不忘初心的旅行。

如今，我能够以一名写作者的身份公开发行自己的作品，让我的文字和故事能够被更多的人阅读，追本溯源，还要感谢童年时您给我带来的影响，是您的作品打开了我想象力的宝匣，陪伴了我大半个童年，让我受益至今。

所以，我想在此为您送上最真挚的祝福，祝愿您身体康健，岁岁无忧，心想事成，万事如意。也希望所有的孩子们都能够多多阅读，好好学习，永远保持纯粹的好奇心，去享受书中充满想象力的惊奇世界，去创造属于他们的未来！

杨千紫

2020年12月15日

第五封信

那些陪伴成长的故事尽管恍若隔世，依稀难辨，但心存美好，满目仍是充满生机的人间。

郑老师：

收到您寄来的书，不禁想起小时候与书结缘、与您的童话结缘的故事。

现在网上书店购书方便，图书品种也多，要看的书可能几辈子也翻不完，这在三十几年前是不可想象的。我是在湖南农村上的小学，那时候除了课本，难得有课外书籍。记得村里有户人家收废品捡了本《上下五千年》留存下来，我好不容易借来，后来竟然给弄丢了，为此我很长时间都沉浸在害怕和担心之中。但在课外书罕见的儿时，这本《上下五千年》的昙花一现，犹如一扇狭小窗户扑闪进来一道光。

后来，隔壁村鞭炮厂不知从哪里收来满屋小人书，不成套，缺册少页，作为废纸准备擀炮仗用。消息传到学校，禁不住诱惑的学生咬咬牙将往年的课本拿去换。小学四年级，梁羽生的《萍踪侠影》便以这样一种方式闯入了我的生活。故事开始的“血溅雁门关”、结尾“一笑泯恩仇”的跌宕情节令少时的我开始向往江湖侠客的荡气回肠。

大约也就是在这时候，小学里开始来了新伙伴——开飞机的舒克和开坦克的贝塔。学校的“图书馆”是由一位热心老师张罗起来的，放学后带一群学生排着队，打着旗子，找村里一些家境稍宽裕的人家募捐，终于凑了点钱，开始订阅一些如《故事大王》《童话大王》《少年文艺》的期刊。图书数量有限，记忆中特别深刻的是大冬天在教室里轮流烤火，先完成作业或背诵的同学可以获得一边烤火一边看童话书的“特权”。舒克、贝塔、皮皮鲁无畏闯荡的传奇故事，伴着漫长又短暂的童年时光，最终是片段留存脑海，成为少年时憧憬五彩斑斓世界的奢侈记忆。

一晃三十多年过去。大城市的丛林与灯光，冲淡了少时走过的乡间小路的印迹，以为故事里率真勇敢的小伙伴应该也如童话般不见踪迹了。没想到因着大民律师的缘分，还有幸与舒克、贝塔等童话人物的缔造者得围一席，洗耳受教，所闻所感匪浅。也因此了解到过去几十年，您一直坚持一件事，初心未移，撑起一部杂志数十年。此种恢廓和坚韧，已不单是对一件事的热爱能释之，但凡少却责任或不够纯粹都会中辍。回想过去七年，我也曾埋首一室，俾昼作夜，终于完成对法律行业过往二三十年间经典民商案例类案裁判规则的梳理工作，遍尝其中的酸甜苦辣，有一种此生已完成的感慨。想人间坐冷板凳如斯，当鲜有配匹。直到得晤郑老师，才发现地球一角还有您这种笔耕不辍数十年，仍活得荡气回肠、通透如智者的“狠角色”。或许是因为有相似的创作经历，我们互相寄赠自己的作品，都有种同道中人的感觉吧。

过往如云烟，对每个人而言，那些陪伴成长的故事尽管恍若隔世，依稀难辨，但心存美好，满目仍是充满生机的人间。人生不易，找到并坚持热爱的事情，又能为社会带去正能量，一定是机缘不薄，冥冥中也定是上天眷顾的结果。祝愿我们继续保持这种纯粹，坚持这份热爱，活好每一天！

陈枝辉

2021年1月5日

第六封信

那些童话告诉我，尽管生活有时以痛吻我，我也可以温和从容，报之以歌。

尊敬的郑渊洁先生：

您好！

您，是几代人心中的“童话大王”。

在我眼里，“郑渊洁”三个字不仅仅代表一个人、一个童话作家，更代表着几代人童年的美好记忆。我相信，人在童年时代吸收的精神食粮，可以滋养他的一生。儿时读过的皮皮鲁、鲁西西、舒克、贝塔、罗克等一系列童话角色，鲜活可爱的形象深深地烙进了我的记忆之中，尽管我知道那些童话人物并非存在于现实生活中，但是他们却陪伴了我很长的时光，并继续陪伴着我的孩子，丰盈着我们的精神世界。

先生早期的童话以新颖的叙事方法和充满想象力的童话语言为孩子们提供了一片新天地，让孩子们在童话中感受了热闹，学习了知识，更得到了天性的发掘和人格的塑造。《皮皮鲁传》中，皮皮鲁答应妹妹不用炮吓她，最终还是捉弄了她，这种恶作剧的场景在现实生活中也是很常见的，每个调皮的男孩子大约都有相似的经历，这种对于儿童心理的描写给予了小读者更多亲切感。随着时间和阅历的积累，皮皮鲁在对待女孩的态度上也有所改变，他的正义感在增加，最终成长为一个充满责任感的小男子汉。一个男孩清晰的成长历程展现在我们眼前。《舒克贝塔传》中的两只小老鼠，开着飞机和坦克，整日为惩恶扬善而忙碌着。贝塔的一句“要是主人每天也给我一点儿东西吃，哪怕比咪丽少得多，我就不会偷了，主人真是个怪东西”，充满纯真，与现实中的孩子是那么相似。在舒克和贝塔故事中出现的五角飞碟也成为孩子们分享感情、增进友谊的桥梁，在孩子们的眼中，老鼠与人之间的友谊是一种天性，这种特别的友谊让孩子们学会了尊重与平等。这些人物能够给人们留下深刻印象，正是源于他们在追求善良本质，他们是自由的、有责任心的，他们因为这样的选择和付出而快乐。

先生在童话叙事上善于将童话的虚幻与真实的生活结合起来，以更加灵动的手法满足孩子们的心理需要。您时常采用一些个性化的记叙方式，让读者在虚实之间感受生活的本真。《九鼠复仇记》开头说郑渊洁先生正在构思新的童话，但是接下来故事却有了全新的转变，另一个空间，九只老鼠复仇的故事正在上演，故事结尾，郑渊洁先生重新出现在故事中，一切又回到现实中来。正是这种在现实和童话之间转换的记叙方式，给予了童话如梦似幻的特点，让孩子们体验到虚幻与现实的关联。

先生的童话总是从孩子的视角出发，因此在童话语言的运用上也极力彰显儿童个性，激发儿童的活力。例如：“每天晚上写的作业，第二天都要用麻袋装了背到学校去。”“妈妈给儿子拉来了一卡车作业本。”（《皮皮鲁传》）“老虎没有虎性就不吃人了，人没有人性就吃人了。”（《皮皮鲁和奔腾验钞机》）您时常运用夸张的语言来描述生活中的人与事，满足了孩子的好奇心，同时也更易于孩子理解，孩子们在阅读童话后，心智也不断成熟，逐渐加深对现实的思考。

作为童话作家，先生是有大智慧的，无论这种创造力和丰富的想法源自何处，相信肯定是从您内心深处溢出的。随着先生文学创作的不断深入，您的童话重心从“想象”逐渐向现实转移，以一种更为含蓄和理想的方式展现现实世界，赋予了童话文学更丰富的色彩与真实的鲜活。

在先生后期的童话小说中，如《白客》《金拇指》《生化保姆》等，您又将幻想作为一种进入正题的手段，而展现在读者面前的则是一个活灵活现的现实世界。《我是钱》中，主人公是面值不等的“钱”，“钱”以独特的视角和口吻评述着人类世界，一个接一个鲜活的故事令人时而牵挂、时而遗憾，正是在这种嬉笑或思考中折射出社会现实。幻想的切入，真实的再现，既体现出您创作的方向，同时也显现出您的思想情怀，即童话的主人公在面临困境时又会出现一次命运转折或希望，这也让读者看到了温情与希望之光。先生一方面通过独特的视角来审视作品，展现您对现实世界的感受，另一方面又以这种独特的方式拉近作品与读者的距离，引起情感的共鸣。可以说，您的童话实现了很大的突破和创新。在您的作品中，几乎都会精心营造一个气息浓烈的氛围，都有对人生的感悟与透视，有对亲人、朋友的关系展示。这种多样化的视角也使现实社会更立体地展现在读者面前，使其童话故事更加出彩。

先生在语言上的运用也更加凝练。您重视语言，并秉承在简单的语言中展现厚实而精准的魅力。简短的文字，却能够带给读者丰富的体验与感受。《生化保姆》中，文中以寥寥几语刻画出一个生动的人物形象，祝置城注视梁晓丹喝水的细节，以及喝水人心理上的矛盾与倔强被刻画得淋漓尽致。《我是钱》中的“差生”被教师逼迫去医院开低智商诊断证明，学生不敢说出真相，只能装作智商低，教师看到诊断证明，喜笑颜开……充满了讽刺意味。您用幽默而睿智的语言提醒着读者，也将更多富有哲理性的思想传递给读者。

谢谢您，尊敬的郑渊洁先生，无论是您早期的童话故事还是后来的童话小说，无论是内容选择、叙事视角还是语言运用等方面的转变，先生的童话创作都是成功的。您的童话让人耳目一新，丰富了我们的生活，也为广大读者构建了一个轻松和快乐的世界。您这个陪伴了几代人成长的“童话大王”，用童话告诉我，尽管生活有时以痛吻我，我也可以温和从容，报之以歌。

愿您一切安好！

您的读者：白萱

2020年12月18日

第七封信

其实每个人生下来境遇就不同，但是命运格局并非一成不变，未来掌握在自己手中。

敬爱的郑渊洁老师：

您好！

我是恒生集团董事长、本山传媒副董事长、辽宁满族经济文化发展协会会长肇恒玉。我非常热爱文学，近年来著有《魅力东北话》《俏皮东北话》；作为一名读者，我对您的童话印象尤为深刻。借这封信，我想谈一谈您的作品带给我的感受和心得，并阐述一些我对教育的看法。

您笔下的童话故事情节跌宕起伏，其中轻快的语调和充满趣味的文字犹如宝藏，对孩子们具有强大的吸引力，对我的女儿也是如此。回忆起来，她那时每天晚上睡前都嚷着让我陪她读《舒克和贝塔历险记》，嘴里也总是嘟囔着："开飞机的舒克，驾坦克的贝塔。"

品一品故事中所反映的一些道理，被您用童话的方式表达出来，总是别有一番滋味。离开自己的家乡去冒险的两只小老鼠，因为身为老鼠，一出生就遭受人们的鄙夷和唾弃，但他们并不认命，立志要改变大家对老鼠的成见，改变被人摆布的命运，结果通过实际行动证明了自己的价值，开创了美好的幸福生活。

其实这看似奇思妙想的小童话，蕴含着大大的道理。就以舒克和贝塔的人物背景来说，其实每个人生下来境遇就不同，但是命运格局并非一成不变，每个人都有追求幸福生活的权利。有的人也许很聪明，也许也很勤奋，但却没有成功，原因在于没有机遇，又或者面对机遇时没有及时抓住它。那么怎样才能抓住机遇？我们常说：“不要做语言上的巨人，行动上的矮子。”很多情况下并不是动动嘴皮子或者静静等待，好事情就会降临；大部分的机遇都需要去争取去付出，所以要主动出击才有机会把握机遇。

机遇可以助人成功，可它并不是成功的捷径。机遇是留给努力的人的，努力奋斗便是抓住机遇获得成功最牢固的基石，驾驭命运的舵是奋斗。有一句话将“奋斗”二字体现得淋漓尽致：“只要功夫深，铁杵磨成针。”

如今的社会气象万千，我们在奋斗的同时，也要学会动脑筋找准方向，不要像一头老牛铆足了劲儿朝着一个错误的方向前进，更不要像一只无头苍蝇，根本就迷失了方向。所以，做任何事情都要百折不挠、不遗余力地去奋斗，而且记得做事之前找准方向，朝着正确的方向奋斗前行。兜兜转转说回舒克和贝塔，他们不就是聪明敏捷、不畏艰难，靠勇往直前的奋斗才获得了美好生活吗！

在我们现实生活中亦是如此，人生道路没有一马平川，相信一定会遇到很多的不如意、挫折与磨难，这时候就把苦难当作是升华必要的考验。纵使前路坎坷，但仍要乘风破浪。只要自强不息，勇于与自己的命运抗争，完全可以逆袭成功，开创出属于自己的美好未来！

“山重水复疑无路，柳暗花明又一村。”面对生活中的瓶颈，还必须要保持一个热爱生活的态度，这是应对困境的一大武器，只有乐观和勇敢地面对，困境才可能烟消云散。当然，保持乐观，不是刘禅那样“乐不思蜀”，也不是像阿Q那样自欺欺人，它是一股正能量，在逆境中给我们克服困难的勇气与动力。只要保持一个良好的心态，就能在跌宕起伏的人生中演绎出自己的精彩！

作为一名工作忙碌、没有太多时间陪孩子的父亲，在女儿睡觉之前陪她读书，是我非常珍惜的陪伴孩子成长的时光。因为我喜欢读书，所以我的孩子也受我影响，喜欢去读一些课外书以丰富自己。说到这里，我很认可郑渊洁老师的一个观点，家庭教育不是管理，而是示范和引导，父母是孩子学习和效仿的对象。

一个孩子的习惯和品行折射出了一整个家庭的形态。想要孩子以后怎么样、如何去发展，父母便是最好的榜样，以身作则是教育孩子的关键。我是学法律的，所以喜欢读一些法律方面的书籍，那么我就会在无形当中引导我的女儿和我一起阅读，潜移默化之中也培养了她读书的习惯，引发了她对法律的兴趣。孩子其实就像小树苗一样，吸取了什么就决定着成长为怎样的人，所以作为孩子成长中的引领者和陪伴者，家长的引导是不可忽视的。

现在，我的女儿已成为一家律师事务所的主任。进入律师行业是她的自主选择，而非我的意愿。我经常去询问孩子是否在学习这门课程的过程之中感受到了乐趣，是否真正热爱这门学科。孩子们都是一个个独立的个体，都拥有自己的思想、自己的意识，所以我尊重孩子的性格和意愿。比如孩子对音乐没有任何兴趣，家长想要按自己的想法把孩子培养成一个音乐神童，这种做法就不可取，这会让孩子产生一种排斥逆反心理，从而更加厌倦此门学科。我们作为家长，最重要的是帮助孩子走上一条她喜欢的适合自己的光明之路，而并非选择一条家长认为正确的道路。尊重孩子在教育中尤为重要。

人各有能有不能，做一名细心的观察者，针对自己家孩子的优点因材施教、扬长避短，每个孩子都有自己擅长的一面，让其不断发展就能成就孩子的一生。有段时间“木桶理论”很火，说木桶最终能盛多少水，取决于木桶最短的木板，短板决定了人生高度；私以为不然，想要孩子发展得更好，只需让他做好一件他喜欢、擅长的事情即可，让他把长板发挥到极致，也能成功！所以，发挥长板比修复短板更为重要，而且孩子做他擅长的事情定会做得更好，更有自信，更认真。

努力化消极为积极，孩子在成长过程中最需要的是鼓励，而不是贬低，更不要否定他自身价值所在。总是说孩子的不好，这样的打击式教育我个人是不赞成的，时间一长孩子就会觉得自己无人赏识，情绪低落，缺少对新事物的兴趣，以至于认为自己什么都做不好，不愿去尝试更不愿去努力。我所赞成的是正确运用鼓励，在生活中学会赏识孩子的闪光之处，做得好的地方欣赏并肯定，加以表扬，并要善于沟通与理解；做得不好的地方，要懂得倾听孩子的想法，换位思考了解其所感所想，想办法正确引导，不一味地强调结果，理性沟通，以朋友的方式来共同探讨，解决问题。

童话天才郑渊洁老师，您笔下一个个充满想象力的故事饱含着我们几代人最美好的记忆，给无数孩子带来了快乐，给整个社会带来了极大的正能量。在此敬祝您生日快乐！愿童心不老，青春常驻；龙马精神，福乐安康！

肇恒玉

2020年12月20日

第八封信

童话中有人生，人生中，童话也从来不会缺席。谁又敢说，哪一个人不能创造出属于自己的童话呢？

郑老师：

您好！

我差不多是皮皮鲁的同龄人。小时候读过您的童话，一直觉得您就是活在童话中的人物，亲切又遥远，没有想到三十年后能以这种方式跟您交流。时光匆匆，曾经无比熟悉的皮皮鲁和鲁西西，关于他们的每一个故事情节早已忘记，但舒克和贝塔从没有彻底离开过我的心灵，它们一直藏在一个安静处，始终守护着我心中的光和梦想！

跟您聊点什么呢？就说说想到的两个词吧，一个是“天上人间”，一个是“人间天上”。

20世纪80年代，那个时候书是稀缺的。对孩子们来说，童话书更是少之又少。只能偶尔看到很有名的《格林童话》《安徒生童话》，可是对我来说，读起来极不过瘾，毕竟那些故事离我太远了，虽然看起来很“高大上”，但“可远观而不可亵玩”，童话真的就是在人间看到的“天上”童话。

已经记不得在哪里第一次看到《童话大王》了，一打开就不愿合上，马上一口气看完，很快又“复习”了几遍。真过瘾！关于《童话大王》中的故事，我的感受是：这不就是孩子们心中的梦想吗？原来童话中的人物也要上学的，不是想干吗就干吗。他们也有自己的父母和兄弟姐妹，也有自己的喜怒哀乐。这一刻，童话在我的心中从天上到了人间，童话原本就应该是“天上人间”嘛。

后来，我就奇怪，这么好玩的童话故事怎么都被郑渊洁老师写出来了？郑渊洁是谁啊？就是皮皮鲁吧？这些故事都是他亲身经历的吗？我有一天会不会也像皮皮鲁一样冲出地球？……一连串的问号总会让小伙伴们争论不休，甚至争到面红耳赤。可这一点儿也没关系，因为一本新的《童话大王》，大家很快就能和好如初。

对了，郑老师，您可能想象不到当时我们用什么方式来获得看您童话故事的资格。那时因为书少，所以拥有书的孩子往往有一项特权：把书借给别人看的同时，看书的人要给他一张作业纸作为交换。作业纸是那个年代孩子们相互交换书籍看的“硬通货”，扮演货币的作用。记得拥有《童话大王》的孩子，每天晚上回家时，书包里装的作业纸往往最多。现在想一想，也不知道这么多作业纸拿回家究竟做什么用。

皮皮鲁的故事不只是在童话书中，而且充满小时候的生活。小伙伴们紧挨着躺在夏夜的房顶，望着满眼的浩瀚星空，聊的就是，这会儿皮皮鲁他们在哪里呢？他们能看得到我们吗？说着说着就睡着了。在扬麦场玩游戏的时候，一个个高呼着：“舒克、舒克，我是舒克。”“贝塔、贝塔，我是贝塔。”“我才是舒克，你不是！”“我是！”“我是！”……乐此不疲。

皮皮鲁的故事让我们感觉到，他就是和我们同龄的小伙伴。他高兴我们就开心，他痛苦我们就难受。他想的是我们曾经想过的，他做的也是我们试图想做的。是不是真的有皮皮鲁？他住在哪里呢？有一天会不会遇到他？他会认识我们吗？

在这些童话故事中，我们可以或多或少找到童年的部分自己，既真实又梦幻，既紧张又抽离。皮皮鲁成为很多男孩的替身，能够实现的愿望，他帮助我们实现；不能实现的梦想，也可以在皮皮鲁这里得到满足。也许就在这个既满足又没有满足的过程中，男孩们逐渐长大，慢慢远离了自己的童话。

童话曾经带给儿时的我无限多的欢乐和美好，以为童话就是生活，生活就是童话，总是分不太清楚它们的区别，经常在童话和生活中来回穿越着。长大后就不再看童话故事了，生活让我从童话中的天上到了人间，知道了生活才是生活，童话只是童话，生活中只有生活，童话中只有童话。

曾经认为长大后，童话必定会远去。可偶尔在午夜梦回，坦然触碰到心灵的柔软处才发现，舒克贝塔一直都在心里，只是从“天上人间”变成了“人间天上”。历经千帆，心中永远驻有一个童话世界，永远有光。原来在人间也有天上的童话，就看你敢不敢尝试，愿不愿意选择，能不能坚守。

再看到皮皮鲁的故事书，是上二年级的七岁儿子要求我给他买的。以前没有钱买课外书，偶然有点儿零花钱，也只是一本一本地买。现在的条件是好多了，一买就是一套十几本，毫不手软。儿子一拿到手，马上看个痛快，一本接一本，一刻不停，边看边开心地咯咯笑。看着笑得情难自禁的孩子，想到曾经童年的自己，那时候的我看皮皮鲁的故事也是这般模样吧。

记不得现在这个版本的皮皮鲁模样是不是自己小时候看到的那个样子了，也很难确切地知道他能给孩子们的成长带来怎样的影响。唯一知道的是皮皮鲁的故事一样吸引着三十年后的孩子们。我相信，这些童话依然会给孩子们带来想象、善良和勇气，在润物细无声中帮助他们去学习积极主动面对学习和生活的态度和方法。

有人形容医学是：有时去治愈，常常去帮助，总是去安慰。童话的意义也许就在于，童年时读到的一些故事有时可以治愈一生。虽然已经淡忘其中的故事，但永远无法忘却曾经获得的治愈。童话中有人生，在人生中童话也从来不会缺席。谁又敢说，哪一个人不能创造出属于自己的童话呢？

祝愿您的童话故事可以一直伴随着孩子们的成长，让他们在生活中去感受童话人生，去实现人生童话。

祝您生日快乐！

张国玉

2021年1月18日

于中央党校（国家行政学院）

第九封信

如果两岸的教育能够相和相通，相互借鉴，对孩子们来说，那是多么美好的事情。

尊敬的郑先生：

祝您六十六岁生辰快乐！

我来自台北，虽然不是您的读者，却是您忠实的粉丝。第一次知道您是在二十多年前，哥哥的孩子偶然带回家一本童话刊物，讲是大陆的《童话大王》，从那时便记住了您的名字。后来我在内地工作并成了家，先生是读您的童话故事长大的，也经常聊起关于您的很多传奇故事和作品，因此我也成了您的粉丝。二十年前我在东京留学，毕业后在宫崎骏工作室工作了七年，小时候很喜欢安房直子的童话，在日本工作的时间，那时候就想中国有个自己的宫崎骏和安徒生该有多好，让孩子们能够有中华文化形象的小偶像和小伙伴，而不仅仅只有西方或者日本的。漫画和童话形象是启迪孩子们心灵最好的、最直接的榜样，每个人回想起童年几乎都是童年的玩偶和那些影响他们成长的卡通形象和童话人物，那些正义善良的可爱形象会影响孩子们一生的成长。但现在的商业社会，越来越多的作家和作者关注的是作品的商业效益，能对孩童们的成长有帮助和能够带给他们健康快乐的作品越来越少，魔幻、搞怪的儿童读物好像越来越成为主流，您创作的那些正直正义的被孩子们喜闻接受的形象变得越来越稀有，这些不能不让人感到遗憾。诚挚地祝愿您越来越年轻，祝愿您和与您同样的作家能给孩子们带来更多优秀的好作品。

教育问题也是很想跟您探讨的一个重要话题，听先生讲过您对教育的一些独到看法和特殊经历，很是钦佩。我的孩子目前在台北读书，我一直很想接他来北京，但看到大陆孩子们的压力和学校资源的紧张，确实让我打消了这个念头。让孩子们能够自由自在地成长，这很重要，同时应保护好他们的想象力和创造力，您能有勇气把孩子放在家里自己教育，这点让我很佩服。台湾的教育也有台湾的问题，比如综合素质教育、开放心态培养和基础知识扎实程度等，都存在不足。如果两岸的教育能够相和相通，相互借鉴，对孩子们来说，那是多么美好的事情。以文化促教育，以教育促文化，两岸的儿童教育家和动漫、文学作者可能需要付出更多的辛劳和智慧，才能够让中华文化更生动、更融合地被孩子们接受，也很期待更多更好的儿童作品出现。

很期待有机会能聆听您的教诲。

祝福您喜乐安康!

Lisa Wu

2021年2月16日

第十封信

童话是属于过去的，也是属于将来的。也许成年人比孩子更相信童话，因为那是现实世界的避难所。

郑渊洁老师：

见字如晤！首先要说的是请恕冒昧。对您来说，我是千万个素未谋面的陌生人之一，我认识您，您却不知我是何许人也。估计给您写信的大小朋友数不胜数，您应该也有萧伯纳先生被读者来信所累的那种困扰吧？

自我介绍一下，我叫张晓雨，生于20世纪70年代，是一位有着一颗文艺之心正在从事律师工作的女士。

今天是2020年的最后一天，眼看着折磨着全人类的一年即将过去，心中期许其实不敢太多，唯一的心愿倒是想松一口气，谁知道下一年是否会好过今年？在这样一个一切都在“飞”的时代，能坐在书桌前提笔给您写一封信，在我看来这已经不仅仅是一封信了，它甚至可以算作是一种对青春岁月的致敬了，简直比写信这件事本身更要梦幻许多倍。

提笔郑重地给一位并不熟识的大朋友写一封可能会石沉大海的书信，自己都感觉莽撞却有趣。给您写这封信感觉倒像盘点自己的半生，年龄虽然过了不惑之坎，但是有时还会有大大的灰心，会累得喘不过气来，所以，童话故事里的世界便让我更想驻足和流连。

喜欢您不取悦、不讨好的酷劲儿。虽说没有距离就没有崇拜，但是一个会写童话故事的人惹人崇拜是必然的吧！岁月奔流向前，把我摔打成了心里只剩下一点儿童话的大妈。给您写信说一些不与熟人道的话，正像大家愿意与只有一面之缘的人敞开心扉一样，也许是因为与这个过客后会无期，也许是因为不戴面具太爽，就像在互联网上匿名发言的感觉一样。

现代通讯着实发达，语音传讯、视频通话，即时沟通无障碍。真的很久没有提笔写一封真正意义上的书信了。离开东北老家很多年了，刚来北京“漂”的时候常常给家里写信，每周至少一封。写信变成了思念家乡和家人的一种仪式感，每次坐在书桌也是餐桌的边上写上两三个小时，唰唰唰，全凭手写，写的大概都是北京的风土人情和身处其中的所见所闻，还有自己村姑进城的点滴经历。当然大抵是报喜不报忧的，直到将三四页信纸折两次装进牛皮信封里，俨然是厚厚地折叠起我浓浓的思念将其寄向远方。

郑老师，谢谢您！其实特别想通过这封信感谢您，感谢您用童话的表现方式表达您的独立思考，感谢您在娑婆世界里建造一座童话王国，为孩子们建立了一个缓冲空间，在潜移默化里带给孩子们成长的启示，同时也给成人们营造了一片想象的天地，用童话色彩降解大潮流下的冲撞感。

郑老师，我感觉您写的童话更像是给成年人看的，也许成年人比孩子更相信童话。当自己到了绝口不提青春之时，当自己到了注意养生的年纪，童话反倒成了一个一个避难所。童话与现实一定是对立的吗？我认为人性最大的弱点是不爱（敢）听真话，于是郑老师用童话说了真话。这是最珍贵的。未成年人认为酷的事，很多最后能让人哭。成年人已经很少会感觉什么酷了，所以，我在补习童话这一课。

一个童年没有看过童话的人，长大了会不会缺失幸福感？长大后，我发现自己没有什么想象力，并且一直也没有爱上漫画，会不会是因为童年时没怎么看过童话的缘故？我曾经是一个没有机会看童话书的小孩，只是零星听到奶奶讲一些过去的故事，包括她如何做童养媳的人生过往。每次听到一些令人伤心的地方我都会想到卖火柴的小女孩，知道卖火柴的小女孩是因为此篇童话被编入了教科书。

原生家庭与成长环境对一个人是有不小影响的，究竟影响多大估计也是因人而异的。童话不是糊弄孩子的文字，从您写的故事中可以看到一种沉重的苦心，那种沉甸甸的情绪感染了我。关于教育，每个人都会有不同的选择和理念，从您对您自己两个孩子不同的教育方式可以看出，您不像其他父母那样有着很强的控制欲和不安全感。虽然您不是教育家，但是您是对子女因材施教的典范。很欣赏您那句："教育不是管理，是示范和引导。"有幸福感的家长才能培育出有幸福感受力的孩子，鼓励有希望将笨小孩变成天才。

想要逃离原生家庭的人大有人在，他们想要逃离父母之命，但是很多人又缺乏挣脱的力量，这显然互相矛盾。每个小孩小时候都曾经幻想过一个长大后的自己，今天站在这里的是不是曾经想象中的自己？大人分两种，一种是已经长成大人的孩子，另一种是长成大人模样的孩子，长大后童话变成了现实的寓言，越长大（越来越老）越想看童话，因为那里有着深刻的自由隐喻。

郑老师，还要恭喜您，2020年打假维权成功。一直认为您是个勇敢的人，有颗勇敢的心，仗剑独行。多年来您一直坚持打击盗版、抄袭还有商标、商号、网络侵权，让违法者心有余悸，引起社会对保护知识产权的重视，也警示了那些销售盗版书籍的人，不要抱有侥幸心理。

如今您是一面维护知识产权的旗帜，作为律师，为委托人维权是主业，在这一点上，我很钦佩郑老师。更值得点赞的是，您把童话故事跟法律知识结合起来，写出了《皮皮鲁和419宗罪》，还把这个作品制作成一款青少年普法游戏，寓教于乐。维权路上自然不会一帆风顺，您有什么好经验向以码字为生的人分享呢？想对法律工作者提哪些意见和建议呢？

人与人之间是会活出时差的，出生本身就有时差，加之每个人的经历、悟性等不同，更加大了这种时差感。我是一个频繁思考生命意义的人，我觉得，想过哪种人生，想成为哪种人，是需要某种执念的。能过好从懵懂到了然的一生不是件容易的事情，应该努力寻找目标、寻找价值、寻找真我，就像我这样执着地写作，却没有收获什么回报，但依然没有磨灭自己的写作热情。郑老师，当您写作没有思路时通常会做些什么？您写作时也是咖啡一杯接一杯？肯定不会像我半夜写东西会吃一块雪糕吧？在这个发声自由的时代，更应该慎重发声。我个人也有一个公众号，虽然关注的人不多，但我还是鼓励自己保持更新频度，并且尽量书写原创文字。您作为一位成功的作家，能给我们这些业余码字人一些建议吗？

从《我是钱》《皮皮鲁和奔腾验钞机》《病菌集中营》《生化保姆》等作品，能看出您对人类未来的忧虑，童话作家不是只顾自己抒怀的职业，他的一言一语将指点孩童的心灵江山或是惊醒世人。“当官的品质富有，老百姓的钱包才能富有。当官的品质贫穷，老百姓的钱包肯定贫穷。”这句话出自童话作家之口实在是太棒了，一位为普罗大众福祉发声的童话作家对孩子和大人三观的影响一定是正面的。

郑老师，其实我还有很多很多的问题，我很想知道童话作家眼中的爱情是什么样的？从男性角度，您会对另外的半边天说点什么呢？郑老师，您幸福吗？……

童话是属于过去的，童话也是属于未来的。时间看似静悄悄的，但是它又是狂暴无情的。人们都希望有一双慧眼，能看清世间真相。但人们更应该有一颗童心，能快乐地度过每一天。

最后，对不起，碎碎念了这么多，不奢求您回信，但望您多出新作品以飨小朋友和大朋友。

顺祝您新年快乐！身体健康！

一个小时候没看过童话的大人：张晓雨

2020年12月31日

第十一封信

要有自己的思想，时刻保持清醒独立的思维。能把脑子里的想法变成现实是种能力，也是一种幸福。

尊敬的郑老师：

您好！我是您的一位“老”粉丝。所谓“老”，一是指年龄大，二是指“粉儿”您的时间长。从小，我就想给您写信，但是因为过于自卑地认为，写了信您可能也没时间看或是懒得看，于是就打消了这个念头。没想到几十年过去了，今天终于有了这个机会。

想对您说的话很多，从哪里说起呢？正好这几天看您又上了微博热搜，“郑渊洁的祝福太严谨了”—— 一个考研的学子在您的微博下面留言，希望能得到郑爷爷的鼓励和祝福，结果收到的回复是：“祝你考研成绩全国第二！”之所以只能祝福对方拿第二，是因为您曾经在另一个社交媒体平台上祝福过另外一个考生全国第一。比起那些毫不走心的复制粘贴式祝福，这样的“私人订制祝福”，让很多网友都觉得格外可爱和暖心。

真诚温暖，充满童心，不摆架子，不扣帽子，不做作虚伪，活得通透而不油腻，您还是那个让人“十岁时觉得很牛，二十岁时发现没那么牛，三十岁后又重新感叹牛的人”，一个很有趣的“牛人”。

我认为，衡量一名作家是否成功，不是看他是否著作等身，不是看他是否名利双收，而是看他和他的作品能否对读者的思想有所启发，能否为他人提供一些照亮人生路的微光；作为一名读者，衡量某一位作家对自己的影响程度，不是看是否读过他的全部作品，不是看是否会背他的名言警句，而是看是否成了他这样的人。

从这一点上讲，我可以说深受您的影响，您的作品塑造了我的性格，指引着我的某些人生选择。

我小时候很喜欢读书，也看了很多书，作为一个小孩子，读您的作品其实是一个价值观被打碎，然后又重新整合的过程。

您的童话告诉我：王子公主不一定过上幸福生活；大人说的也不一定全对；书上写的不全是真理；世界上好人多，但有些人很坏；所有的东西都有生命，都值得尊重，都可以对话交流……您的童话颠覆了我此前对传统童话的认知，更是戳破了现实五颜六色的肥皂泡，把社会的隐秘和人性的真实，全部剖开放在我的面前。

我在短暂“蒙圈”之后，迅速想明白了很多事，最重要的一点是：人应该有自己的思想，不应该盲目迷信权威，不应该盲目跟风，要时刻保持清醒独立的思维，能把脑子里的想法变成现实是种能力，也是一种幸福。

我甚至开始模仿您的行为模式，想成为一名作家，想和更多的人分享自己的观点想法。我自知没有您那样的天赋，并没有把写作当作谋生手段，而是当作业余爱好、当成生活习惯长期坚持。我原色记录自己的生活和脑子里那些转瞬即逝的小火花，想到什么就写什么，天马行空，我手写我心。随着发表的作品越来越多，更多的人看到了我的文字，我感到认识了更多的人，从而为自己的生活打开了一扇窗。

写作思考让我实现了升华，我不再计较一些小的得失，不再纠缠于细枝末节，不再以自我为出发点来解决问题，学着更加深刻、理性、宏观地看待生活，不为日常琐事拖累，不为功名利禄羁绊，充实而快乐。写作思考让我的头脑保持着清醒和敏锐，总能大开天马行空的脑洞，不喜热闹不好张扬但始终具有特立独行的思想，一把年纪了还有一颗童心，这都是爱童话的结果，都是拜您的作品所赐。

您的教育理念和实践影响了我的育儿观。您说“作为母亲的含义是影响，父亲的含义是榜样”，您说“作为父母，如果能把孩子的好奇心留到三十岁，就可以给成功人士当亲爹亲妈了”，您说“当父母的教育指向的是一个孩子的幸福，让孩子享受做自己，就是最大的成功”……这些观点让我在教育孩子的过程中多了些许思考和探索。我自问不敢像您那样另辟蹊径地教育孩子，做到与孩子完全平等，但我努力珍惜保留着女儿的好奇心和学习力，我尊重她的需求和天性，从不刻意给她制造真空环境；我对她严格要求，但更懂得原谅她善意的顽皮与不经意的失误；我遵循约定俗成的成才观，但更关注她身体与心灵的健康和快乐。我用这套看起来特立独行的教育理念陪女儿慢慢长大，现在的她是一个有思想、会思考的女孩，明是非懂礼让，不矫情不世故，更重要的是阳光快乐。

您的作品有一个特殊之处，那就是不同的读者在不同的年龄段读起来会有不同的感触，年少时能够收获一个五彩斑斓的奇幻世界，待出走半生重读那些作品，又有另外一番启迪感慨，甚至能够让人泪流满面。这就是您童话的魅力，简单到小孩子也能理解，但同时又在某种意义上复杂到让成年人也会产生共鸣。

郑老师，我有一个观点与您分享，我认为成年人也是需要读一些童话的，随着年龄渐长，生活的磨砺、世俗的欲望会一点点侵蚀人们的天真和童心。在日复一日程序化的工作中，我们失去了好奇心和创造力；在枯燥无味的柴米油盐中，我们没有了情趣与快乐；一地鸡毛的现状，洗褪了曾经的理想与抱负；生存竞争的残酷，让我们常常会莫名其妙地感到焦虑疲倦……这时候我们就需要读读童话，体会一下单纯的美好、简单的可爱、真善美的存在，用一种单纯的视角去除成人世界的“油腻”，暂时忘却所有的不快和压力，多想想美好的事物，这何尝不是一种安慰。

有很多这样月朗星稀的时刻，当我拖着疲惫的身躯加完班，当我耐着性子处理好所有的杂事，当我从气愤中逐渐平静、从焦虑中暂时停歇，我就会翻出那本泛黄的童话书，看得泪流满面，追忆失去的时光。

不知道多少当年读您作品的孩子，已经灰尘满面，已经向现实妥协，不再拥有梦想；但同时还有很多人因为读了您的故事，开创了精彩的人生，学到了快乐的能力，我想，我就是其中一个。

郑老师，我觉得无论是写童话的人还是爱读童话的人，都应该有一颗童心，都应该是个有趣的人，或许并不是所有人都能真正理解有趣的郑渊洁，但作为读者，我们感谢您的童话为我们带来的乐趣与美好，感谢您的经历对我们的启迪和引领。

向您保证，我们会一直保持着好奇心和想象力，尊重生命个体，认真生活，认真工作，不偷懒，不投机，哪怕容颜老去，依旧保持童心。

您的读者：韩雪

2020年冬至

第十二封信

尽管现实让我们无法避免地共同老去，童话却一直是前行中不可或缺的内容，雕琢时代，雕刻人生。

渊洁老师台鉴：

三十多年前，与您的童话故事纸面相逢；三十多年后，岁月雕文，又换作与您信笺以问。一路行来，不知这是否也可算作人生童话的长存魅力。以童话为桥，想来曾经的“70后”读者与您“50后”的作者之间，该是没有什么时代沟壑的，也就冒昧行文一回，于您的十室藏信之中加一补絮。

第一次读到您的《童话大王》，大概是1986年上初中的时候，在祖国最北的边陲林区小城，那种一本“套路”全班的感觉，至今回味起来，仍不觉莞尔。对于东北土生土长的孩子来说，那种与生俱来的粗犷和豪放，完全被皮皮鲁、鲁西西的新锐带入了一个别番的认知世界。为了相争谁更符合故事里人物的名号，哪些是可以实践的童话情节，当年那些小少年们，不由增添了太多天真的幻想与好笑的做派。如果迄今还存在一个谜团的话，就是不知当时是否有人给您写过让您评定是非道理的信件，反正类似请您定夺的孩童硬气话倒是不绝于耳的。好在，那时的授课老师好像没有姓郑的，否则，他真不知这些无时不在的“脑门儿官司”从何而来，又该如何处置。

您的童话就这样伴随着我们“70后”那代人的成长，漫过边城，走进首都。也许在每个人不同的故事里，谁都说不好受您的童话影响有多大，但无疑，作为其中的一个幸运读者，我实现了部分童话的现实理想。20世纪90年代初，我从边陲小县来到北京上大学。读者与作者为邻一城，或许这也算是童话的一部分。毕竟，您曾经在童话里那些亦真亦幻的不可捉摸的立体感，在现实的世界里，都可以平铺直叙，也可以分层跨越。

回头如此说，相比也算一路陪伴的《米老鼠和唐老鸭》动画，您笔下皮皮鲁、鲁西西、舒克、贝塔这些深具中国人文色彩的形象和故事，更容易在我们熟悉的土地上集聚友谊、善良、正直、正义的能量与认知。迄今看来，您一路潜行的文化自信更具童话本源的核心意义。毕竟，每个人的人生里，打底的血脉和初始的烙印，都在每个人成长间的不断砥砺和打磨之中深刻伴随。就像从90年代迄今，我们同在现实中的一城，既陌生又熟悉，既幻想又实践，既欢喜又忧伤，既感慨又不解。所以，上大学时，知道您获得首届“中国十大杰出青年”称号；所以，工作后，知道您一路行来的扶贫与慈善；所以，可以给要好哥们儿的孩子起小名，“皮皮鲁”叫了十多年；所以，可以赞赏您出品的第一款普法网络游戏《皮皮鲁和419宗罪》……很多很多，这种童话代入的现实故事，未尝不是您笔下童话故事后浪的影子，未尝不是我们共同对现实世界的前置声援。可以说，尽管现实让我们无法避免地共同老去，童话却一直是前行中不可或缺的内容，雕琢时代，雕刻人生。

近些年，更多看到的是您所做的关于作品维权的一些事情，作为法学科班的一员与文字爱好者来说，更是深感您这童话集身的正直与正义。现实中，我们可能都早已习惯任重道远的字眼，法治亦然。基于对您的了解，我更愿意认为您是在拿童话锤炼现实、拿自身磨砺法治，把童话的意义注入现实，更深刻地在现实中继续打磨岁月的阶梯。法治治愈人性，童话话慰人心，相同在于直击人的底线，应该，这也是童话本源之后成长的意义。

浅见说了这么多，借着书信体的随意，来继续闲说未必得当的一二。

其一：您的当值童年而读的童话，与武侠小说是成年人的童话一样，都是人生不可或缺的文学赏读的一部分。多少人知了余存，多寡不计，但能够让更多人感受世间走一回的味道，尤其是不同的味道，便是一个先行者的成就所在，从这个意义上说，在我心里，您和金庸一样，都是大师；

其二：岁月不负承载，流年总记怀远。每个人读过的书以及看见的故事，说不好哪些成了一辈子的主导，也说不好哪些成了一辈子的转折，但至少，童话总是人生的一部分，并且贯穿始终。

其实还有其三、其四想与您交流的，却突然发现，这些更像是一种无聊无味的唠叨。所以，先这样，可否？前言若有不当，尚请高谅。

此致，顺祝思健身康！

您的朋友：周建波

2020年12月28日

第十三封信

那个人真心愿意跟孩子做朋友，他从不说教，他懂孩子的悲伤，是的，那些家长们以为小孩不会悲伤，可他懂。

郑渊洁：

你好！

有一天，朋友跟我说，我可以给你写封信。当时我就愣了，“郑渊洁”这个名字得有多少年没出现在我的生活里了？

如今，生活节奏快得几乎都没有时间用来奢侈地回忆从前，而这封写给少年时偶像的信，好像提供了一个机会，让我可以再次走进曾经那个向我打开了，却又因种种原因关闭了的炫丽世界之门。就好像脑袋里面的某根神经忽然被挑起，那些蒙尘的往事瞬间全都从日渐模糊的记忆中浮起。于是，在这个老公笑孩子闹的夜晚，一个中年女人对自己年少时光的回忆被开启了。

好紧张——第一感觉是好紧张，这是我写过的为数不多的信之一。我思考过该怎么称呼你，郑老师？郑叔叔？可我最后还是写了郑渊洁，因为只有这个名字才是在我小时候给我写童话的那个人，只有这个称呼才能让我在逝去的时光里真真切切走上一遭。

1989年，我开始上小学。赶上了素质教育的风潮，在那个物质和精神都不是特别丰富的小县城，为了让课外活动更加丰富多彩，老师绞尽脑汁想着各种花样。有一天，老师说同学们可以在每天的课外活动时间到讲台上给大家讲一篇自己读过的故事。我的同桌是个调皮捣蛋不爱学习的男孩子，也是老师眼中当仁不让的“差生”，从来不可能主动举手回答问题，但是那天却出人意料地第一个抢着举手说“老师、老师，我来讲，我来讲”。不出所料，老师选择无视他高高举起的小手，然后让所谓的优等生给大家讲《豌豆上的公主》《卖火柴的小女孩》之类的故事。直到有一天大家的故事都讲完了，老师不得不让他上了讲台。“我给大家讲个故事，故事的名字叫《五个苹果折腾地球》……”就是这个故事颠覆了我对这个“差生”所有的糟糕印象。你相信吗？二十多年过去了，至今我仍记得他讲故事时神采飞扬的样子，眼睛亮晶晶的，闪着从未有过的光。就是这个故事，为我打开了一扇从未碰触过的门。原来故事还可以是这样的！

从那之后，我们又听他讲皮皮鲁和鲁西西的一系列故事……那颗吃了就让鲁西西屡破游泳记录的龙珠、能够让人一下子背下课文的红沙发音乐城、勇敢的罐头小人、不敢想结局的红宝石公寓……听得一众“迷弟迷妹”如痴如醉。终于，我不再满足于从别人那里听故事，我要自己看。我家旁边是邮电局，邮电局的旁边是报刊亭，占尽天时地利人和。在那个大家都要看《红蕾》《小葵花》的年代，我每个月都要跑步前进去报刊亭抢着买《童话大王》。每一期新书到手的一刻，都要反复摩挲着墨香的封皮，然后紧紧抱着它飞奔回家，我能够清楚地记得自己飞奔过的每一个台阶，路边行道树飘下的树叶，水光潋滟，风儿轻柔，耳畔的蝉鸣都不再聒噪，因为自己得到了这世间最贵重的珍宝，似乎每一根头发丝都洋溢着快乐。

那时候的我是个老师和家长眼中的乖学生，但他们永远不会知道我的“叛逆”悄悄在一本又一本《童话大王》里滋生。这本小小的月刊带给了我太多的触动，原来这个世界上居然有一种月刊只登一个作者的作品，原来这个世界上居然有一个神奇的人每个月都在写啊写啊那么“高产”，这是小小的我一个要自己保守的秘密，我才不会告诉家长我发现了一个多么神奇的世界，在这个世界里有一个真心愿意跟孩子做朋友的郑渊洁，他从不说教，他懂我们的悲伤，是的，那些家长们以为小孩不会悲伤，可他懂。在这个世界里，我忽然获得了很多大人们不会告诉我的关于他们世界的道理。“贝塔觉得身上最多余的器官就是耳朵。耳朵累人。”“差生是差老师和差家长联手缔造的。”“越是没理的人越喋喋不休。”“孩子把玩具当朋友，成人把朋友当玩具。”“判断一个国家有没有前途，就看这个国家的孩子是不是真心喜欢上学。”“真理在刚刚问世时都是胡说八道。”“阿奔头一次看到家人这样撕破了脸争吵，他终于知道了掩藏在和睦气氛下的是什么，也知道了蛇不如人类的地方是什么。蛇不喜欢谁就去咬谁，不会为了维持和平而装出喜欢对方的样子，而人类会为了大家的和睦生存而牺牲自己的喜怒哀乐。”……这些话对当时的我冲击是多么大啊。你用最平白的语言撕开了成人世界的一角，让我早早得以窥视那里的模样。许多年后的今天，虽然我也时常会对现实感到无奈，但我依然保留着当初那些作品在我心中埋下的不羁的种子。

在彼时的我心里，你是个站在孩子阵营里的大人，你关注孩子的喜怒哀乐，你知道我们在学校里有时过得并不快乐，你知道我们世界里的所有小秘密，你从来不会像那些所谓的儿童作家那样刻意用孩子的语言讲着童话世界里的美好，循循善诱让我们听爸爸妈妈老师的话，做一只乖乖的小白兔，告诉我们坏人都是狡猾的狐狸，有些事情现在不要问长大了就自然明白了……那样的世界我不相信。只有你，只有你愿意和孩子们用最直白的语言聊聊天唠唠嗑，把成人世界里的那些道理掰碎了编成一个个童话故事给我们看，可爱的、龌龊的、美好的、肮脏的……你的叛逆、你的激愤、你的智慧，都是可以托举起孩子们的巨人的臂膀，让孩子可以看见自己未来的样子。

后来的很多年，我疲于应付生活、应付工作，慢慢地遗忘了那些故事里曾经出现的人物，慢慢地，郑渊洁这个名字也在我的世界里淡出，但当初留下的那些感触还在，所以，当此时此刻，当朋友鼓励我写一封信给你的这一刻，我的心在咆哮：爱过！

如今，我有了自己的孩子，我也很希望她可以平安无忧地长大。可是在她的未来里，成年人的世界同样不是可以任由她一个人岁月静好的单机游戏。我会像当初的你那样，用最平白的语言给孩子讲讲这个世界的事，即使她的妈妈也并不明白多少，但当初有个叫郑渊洁的人在我心中种下的敢于质疑、敢于表达的种子，我同样也想播种给我的孩子。在这个社会，故事的结局并不总是公主和王子从此过上了幸福的生活，他们还可能会遭受势利奸诈、溜须拍马的人的陷害，可能会遭受懦弱胆小、愚昧无知的人的背叛，这些成人世界里的事情孩子不应该完全屏蔽，这样他们才能从小明辨是非曲直。就像莲，不避污泥，自在开出洁白的花。

老郑，好多年没关注过你的消息了，但我依然是你的“粉儿”，这话不是矫情，当初那个跟孩子交朋友的你，已经住进了我心头最珍贵的红宝石公寓，在这个时空交错的神奇点上，你推开房门，慈眉善目，依然是那个最真的你。

我想托你问问曾经的小伙伴们：

来克，魔方大厦真的存在吗？

大灰狼罗克，你还好吗？

舒克、贝塔，你们依然那么勇敢吗？

皮皮鲁，你还爱探索吗？

袁猎猎，你现在在哪里啊？

凌耀舞，你回家了吗？

……

我想念《童话大王》，想念那个年代。

宋宝娟

2020年12月29日 夜

第十四封信

雏鹰向往天空，游鱼迷恋大海。孩子渴望长大，可当他真的要脱离父母的庇护，流露出的却是不知所措的神情。

郑渊洁先生：

您好！我是河北省张家口日报社一名记者，名叫魏民，今年四十九岁。您的名字如雷贯耳，很多年前我就拜读过您的作品。皮皮鲁和鲁西西、舒克贝塔又伴随着我儿子的童年成长。我所在的单位，年轻的同事们仍在给孩子购买您创作的童话作品。可以说，您的作品影响了一代又一代人，不仅对孩子们有启迪和教育意义，而且对成年人也颇有裨益。

我很想通过儿子的成长，来佐证您所塑造的作品形象对他的影响与帮助。

◇ 挥汗如雨的少年

记得有一年暑假，儿子告诉我，学校组织长跑队，从各班选拔队员，班上的体育委员找到他，让他参加，他答应了。放假后，学校体育老师组织学生训练，每天训练一上午。

儿子告诉我一上午他要跑三十多圈，秋季开学后儿子才上初二，他年龄尚小，能吃得消吗？我心有戚戚，于是第二天，便陪着他一同前往学校。

由于没有学生上课，校园安静极了。操场跑道长四百米，上面铺了一层煤屑，跑道旁稀稀落落地生长着几棵柳树，高大苍劲，枝条轻拂。

参加训练的学生三三两两来到操场，不一会儿聚集了七八名学生。一位女体育老师高喊道："人齐了就跑起来，还等什么？"学生们迅速编队，沿着跑道训练起来，跑在最前面的是体委，儿子紧跟在体委后边。

我坐在看台上，看着孩子们一圈一圈跑过。儿子原本白净，十多圈跑下来，他的脸煞白，一点儿血色也没有，汗水濡湿了他的头发。我有些心疼，真想快步上前，将他扯出队伍——咱不练了。一位男体育老师好像看出了我的心思，走过来对我说："让孩子多锻炼锻炼吧！没坏处。"我忙起身答复老师："那好吧！"

正如儿子所说，一到校他先跑二十圈热身，然后体育老师再细抠技术动作，整个上午要跑三十多圈。

原本从各班选拔了二十多名学生，第一天训练结束，等第二天再训练时大部分学生都没来——太苦了。好在儿子挺了过来，今天看来，没有坚强的意志力是无法坚持下来的。

开学后，儿子参加区运动会，报了八百米跑和一千五百米跑，分获第二名和第四名。高二时，他获得学校运动会一百米跑第二名。他在东南大学举办的新年万人长跑中，被选拔进竞赛组，获得前三十名的成绩，那年他刚上大一。

郑渊洁先生创作的童话作品中的人物不乏意志坚定者，我想儿子定会从榜样中汲取奋进的力量。

◇ 什锦饭

初三年级下半学期，儿子转学到外地，由姥爷姥姥陪读。儿子高二时，两位老人到南京给孙女陪读。由于我和妻子工作忙，请不了假陪读，儿子只能独自在外生活和学习。

学校无法住校，放学后他一个人在出租房内住。每天儿子上学和放学的第一件事，就是通过微信给父母报平安。我和妻子轮流在双休日乘火车去看望儿子。

儿子中午在学校吃饭，晚饭回家吃。每次轮到我去看望儿子，临走前要给他做四天的饭，以什锦饭和冻饺子为主。什锦饭就是先将大米蒸熟，然后将胡萝卜、蒜薹、鸡腿、虾仁等切成碎丁，再上锅炒鸡蛋，最后将上述食材一起炒。什锦饭做好后，分两盘放进冰箱，我离开后，儿子晚上放学后，用电饭煲加热食用。

儿子吃了两年的什锦饭和冻饺子。

高中阶段对孩子的学习和成长至关重要，可儿子选择了独立生活，我和妻子仅在高考前各自请了十多天年假陪他。

童话中的舒克和贝塔排除千难万险完成了各种任务。现实中的儿子，除完成繁重的学业外，还要养成独立生活的习惯，这对他来说是一种挑战，他在挑战中学会了成长。

今天看来，父母不能缺席孩子的成长，但父母也要学会适时放手，让孩子自立自强，且越早越好，这样方能走好今后漫长的人生之路。

◇ 一颗平常心

高考临近，家长比孩子还着急，一颗心早早就紧绷起来，表面上还要装出若无其事的样子。每天儿子吃早饭时，我给他放几首欢快的歌曲，让他放松心情。

高考前一天晚上，一家三口早早上床休息。我担心儿子因考前紧张而失眠，躺在床上支起耳朵听他房间的动静，如果他辗转反侧，定会引起床的响动，可儿子躺下后就悄无声息，似乎很快就入睡了。

高考首日上午九点考试，儿子说早晨挺凉快的，就走着去考场吧！我和他走了半个多小时，到考场门口时，不少考生的妈妈都穿上了旗袍。中午吃罢饭，他还小憩了一会儿，下午精神饱满地去考试。考完后我和他依然步行回家。

每场考试结束，他总是气定神闲地走出来。事后他告诉我："今后研究生要考，找工作要考，那么多考试等着我，我紧张得过来吗？"正因他怀揣一颗平常心，考出了真实成绩。

高考结束后，我们拉着他一起到饭店吃饭，我特意点了一瓶啤酒，我第一次看到儿子喝啤酒。我感到那天的啤酒喝得是平生最畅快的一次，高考结束了，家长一颗吊着的心也终于放了下来，如释重负。

◇ 高考这道坎儿

高考对大多数孩子和他们背后的家庭来说，都是一道坎。

在饭店吃饭时，网上有了参考答案，我对儿子说："趁着刚考完，估一下分数，过几天也好填报志愿。"儿子置若罔闻。过了好几天，一家人吃晚饭，他才告诉我们估分的情况。原来他和几个同学到一家教育机构去估分，就是把高考卷子再做一遍，然后由教育机构判分，教育机构给儿子估了660分，他觉得有点儿高，他估了650分。

之后，学生模拟填报志愿，我偷偷扫了一眼儿子填报的志愿，第一志愿为北京理工大学，第二志愿为同济大学。

高考出分那天，从下午起，我就同时登录手机和电脑查分，儿子和他的妈妈到商店去买皮箱。傍晚时，分数才出来，我通过微信将儿子的高考成绩告诉他妈，儿子又从他妈那里得知了分数。

儿子的高考分数为657分，这在他的意料之中。当儿子和他妈买皮箱回来，全市高考成绩一分档公布了，儿子在全市的排名为1254名至1315名，考了657分的考生有六十一名。

当儿子知道他的高考排名后，心情一落千丈，儿子一脸沉郁地对他妈说："我出去走走。"

我们都明白，这样的排名根本考不上心仪的大学。天色已晚，我担心儿子一时想不开出岔子，想跟在他身后，却被妻子拦住了。

一个多小时后，儿子从外面回来了。他妈问他："干啥去了？"儿子回了句："思考人生。"这时，我发现他的脸色好多了，又一如往常地和我们调侃起来。

至今我也不知道，儿子离家的一个多小时，他到底去了哪里，一路上他都想了些啥。当他小小的梦想破碎，收拾好心情继续前行，确需一颗强大的心。

人一辈子注定有许多沟沟坎坎，只有活得开阔些，才能蹚得过去。我庆幸儿子蹚过了高考这道坎儿。

◇ 忘不掉的眼神

儿子刚上大学时，姥爷姥姥妈妈一起陪他前往南京，我没去。放寒假回到家中，武汉就发生了新冠肺炎疫情，直到春季也没开学，儿子一直在家上网课。

每天中午我们回家，他早已将米饭焖好，忙着在厨房炒菜，他从手机上下载了不少菜谱，在家学着做饭。

2020年8月8日学校复学，他一个人前往南京上学，我们送他到高铁站。

我想把儿子复学的消息发到朋友圈，就用手机跟踪拍摄。

进入高铁站后，因我没带身份证，只能送到安检处。妻子带着身份证，就送他到候车室。我先从高铁站出来，一会儿他妈也出来了，之后儿子通过微信告知“车开了”，我们这才离开。

回来的路上，我翻看拍摄的照片，儿子在过安检时，也就是和我分别时，竟回头看了我两次。他戴着口罩，但从他回顾的眼神中，我分明看到了离别时的一丝不舍与感伤。

儿子四岁时，报了英语班和小提琴班，每次上课大都由我接送，报社的工作虽然特别忙，但我没耽误过儿子的一堂课。从幼儿园接上他，再去上二课，等儿子下课再和他一同回家，妻子早把饭做好了，吃了饭妻子辅导他写作业。

儿子从小学五年级时就开始逆反，这种逆反情绪一直持续到上大学前。小学五年级时，他死活不让我再接送他上下学。他不愿听从父母的话，不想遵循父母安排的路。

雏鹰向往天空，游鱼迷恋大海。孩子渴望长大，在父母面前总是板着脸，装出一副深谙世事的样子，可当他真的要脱离父母的庇护，一个人闯荡天涯，流露出的却是不知所措的神情。

照片中儿子两次回头看我时的眼神，让我难以自持，一路上，我的眼中噙满了泪水。刚开始妻子还硬撑着，一回到家中，当晚饭端上来，饭桌前只剩下我们两人，妻子“哇”的一声哭了出来。

因新冠肺炎疫情儿子在我们身边足足待了七个月，猛然离开，当父母的一时还接受不过来。

只要有家可以思念，儿子还会重回父母身边，我们执拗地这样想着。

郑渊洁先生，我啰唆了许多，其实是想表达一下感谢之情，您创作了那么多的童话作品，目的都是为了孩子们的健康成长，这与天底下所有父母的心愿都是一致的。

祝您生日快乐，幸福安康！

您的忠实读者：魏民

2020年12月27日

第十五封信

时间从来不能开倒车，我们只能一路向前，走过人生四季。快乐似乎越来越稀缺，成人的童话在哪里？

亲爱的、曾带给我快乐的郑夫子：

在中国人眼里，“66”是个吉祥而活泼的数字，寓意着一帆风顺。所以作为您曾经的老读者，我首先祝福您六十六岁生日快乐，祝愿您在未来的日子里顺遂如意。

在我的童年时代，“快乐”像糖块，偶尔可得，但不能想有就有。正因为稀缺，所以弥足珍贵，因而现在回想，依然印象深刻。在我的精神世界，像糖块一样给我快乐的，就有您的《童话大王》。记不清是从哪位小伙伴手中辗转借来一本，然后就发现了皮皮鲁和鲁西西，记住了舒克和贝塔，当然令我印象最深的故事还是《五个苹果折腾地球》。印象中，我似乎只读完了两个苹果的故事，后面三个就成了悬念，并延续至今。毕竟，不太好意思追着小伙伴一直要新书连载。于是发呆的时候心驰神往的是：如果有一天，我也能得到这样的一个苹果，并获得超人的能量，我一定要借助苹果的超能量，去做一个行侠仗义的剑客，扫除我所遇到的人间不平，让弱者感受到公平正义、公道公理。但梦想毕竟是梦想，尽管此后我吃过了来自各个地方的各种苹果，却没有一个能够赐给我这样的超能量，想来真是心有不甘，不知道未来是否还有这样的机会。

童话是个“神奇”的文学体裁：人人都知道它是一般不能实现的梦想，但人人却都爱读且乐此不疲。在阅读中体验快乐，感受飞翔和超越，这是童话给予读者非常愉快的阅读体验。这让我常常想起庄子，想起“赤子之心”。所以哪怕现实已经让人遍体鳞伤，但躲到童话的王国中，便可以忘却俗世的烦忧，回归到精神世界——不仅能够疗伤，还能满血复活，再度信心满满地回到现实世界。这种神奇的力量，对人类来说，至关重要。

人类是个奇怪的物种：小时候拼命想长大，长大后努力往外跑，老了却又越来越怀旧，甚至想回到从前。不过，时间从来不能开倒车，于是就只能一路向前走过人生四季。在这个过程中，快乐似乎越来越稀缺，特别是在成人的世界里，几乎没有童话。每念至此，我就更加期待超能量苹果能尽快光临人世。

我想和您聊一聊关于理想的话题。在我小时候，有个说法叫“四有”新人，其中排在第一位的就是“有理想”。大学时代，最激动人心的是“法治理想”，开学典礼上“挥法律之利剑，持正义之天平；除人间之邪恶，守政法之圣洁”的誓言久久回荡在礼堂，一切如在昨日。2004年参加新闻工作后，耳熟能详的是“新闻理想”：用我们手中的笔，记录下我们所看到的一切，将来这就是历史。应当说，这样的理想确实给了我极大的力量和勇气，陪伴着我走过以往岁月。而随着人到中年，阅历增加和阅读范围扩展，我越来越感到，所谓“理想”，其实就是古人所说的形而上层面的“道”，与形而下层面的“器”相对。正因为“道”的指引，人类社会才不至于沉陷于物欲泥潭，才会有精神世界的丰富多彩、积极向上。

在这个世界上，骗子不少。所以凡事要问个真假，“理想”也是如此。这些年没少遇到有的所谓法律人和新闻人，打着“法治理想”“新闻理想”

的旗号，忽悠他人火中取栗而自己坐享其成。看得多了，就会想办法提醒那些不谙世事的（年轻）人多加小心。

尽管如此，对于“真理想”，我仍然怀抱极度的热忱和耐心，愿意为此去努力。特别是最近这些年，世界在高速发展，在日新月异的变化中，我们如何独立做出判断，如何坚定方向，如何坚持自己的价值观，使得个人的努力能有助于我们所生活的环境朝着理想的方向发展，便成了每一位心怀理想的人时不时需要面对的具体问题。

2020年是庚子年，我们遭遇了新冠疫情席卷全球，而且目前还看不到终点，所以这个庚子年，将来在历史上或许会被命名为“新冠元年”。上溯至上一个庚子年是1960年，我们这块土地经历了一段严重的困难时期；再上溯六十年的庚子年是1900年，那时候“刀枪不入”的义和团最终招来了十一国联军，害得“老佛爷”和皇帝不得不“西狩”不说，还招致生灵涂炭、祸国殃民，以至于有了次年的《辛丑条约》；再上溯六十年是庚子年1840年，因为鸦片战争的爆发而被作为中国近代史的开端……

之所以说这些，是因为我感到，人们看历史，因为时间和空间的缘故，似乎总有一种旁观者的隔膜心态和感受，但假如能够拂去因为时间和空间而洒落的灰尘，回归到历史的本身来说：古是从前的今，今是未来的古；所有今天困扰我们的问题，也曾经困扰古人；我们所致力于解决的问题，在后人看来也可能困扰他们。那么，我们要往哪里去，我们生活的这块土地往哪里去，两者之间是个什么关系，这些问题就有着更深层次的意义了。

在我看来，从最原始的意义上说，人类所做的所有正向的努力，都是为了告别野蛮、拥抱文明，从而追求一个理想的生活而已。由此产生了人与自我如何相处的问题、人与他人如何相处的问题，以及人与自然如何相处的问题。千百年来，无数的哲学家、思想家，都会陷入对这些问题的沉思中，并给出各自的答案。而且，人类对这些问题的思考与答案是常想常新、日思日新的。但这个时代、这块土地上的人们对这些问题的思考和回答，还不能让我满足。这种不满足，从另外一个角度也会激励我继续去寻找这永无止境的答案。

最后，再次祝愿亲爱的郑夫子六十六岁生日快乐、一帆风顺；

祝愿您的读者们都能永远保持童心、赤子之心，保持对世界的热情、理性、勇敢和担当；

祝愿我们这个时代、这块土地能更加美好！

您的一位老读者、小朋友：陈宝成

于庚子岁末

第十六封信

比起循规蹈矩和随声附和，那些对周围人事丑态准确且毫不留情的洞见和一针见血的讽刺，更让人崇敬。

尊敬的郑渊洁叔叔：

自从上小学以来，我一直是那个“别人家的孩子”。一年级刚入学时，我们一群小不点儿在田字格练习本上一笔一画地练字，班主任踱来踱去时看了眼我的，立刻将我拉到台前给大家示范，放学后跟我爸说：“这小字儿像三年级写的！”从那以后，我就成了老师的宠儿、优等生、全班羡慕的对象。升旗仪式上我是升旗手、国旗下讲话的演讲人，作业本上我得的“优星”最多，课堂上老师总是第一个叫我领读，我的语文作业答案常常代替补习材料成为范本……小学六年，我在三好生名单里从未缺席过。

当然，我也有过不少让老师头疼的时候。比如，语文课上刚学修改符号的时候，我活学活用把课本里一篇文章改成了班里两位同学的“爱情故事”，课后被老师叫到办公室教育；课上学一篇很悲伤的课文，我却总接茬儿把课上成了笑话；六年级时，我和班里另一位同学代表高年级跟随老师去书局为校图书馆选新书，我选了一本足足三寸厚的《全球私人飞机游艇指南》，并用我的三寸不烂之舌说服了老师为何同学需要如此启蒙。大人都说我是“蔫儿淘”，这样的我常常让老师气愤又束手无策。

真正属于小学生的快乐始于五年级“监测”结束后的夏天。仿佛突然间，各种各样的漫画和小说开始在班里被疯狂传阅，本来大家争先恐后出去玩的午休时间变成了默认的阅读时间。我清楚地记得，我的好朋友小胡同学抓住“商机”，用自己在教室后面的小柜子弄了个“图书馆”，存放自己的藏书，供大家在午休时间免费借阅。他甚至还像模像样地拿铅笔和尺子画了个表格，用来记录谁在哪天借了什么书。正是那时，我接触到了许多脍炙人口的儿童文学。

这样好的阅读风气也当然逃不过班主任老师的法眼，可能老师欣慰之余也倍感好奇。一次午休时，我正在看书，她忽然走过来问我：“你更喜欢杨红樱的书还是郑渊洁的书？”

我记得我当时思索片刻，坚定地说：“郑渊洁。”

“为什么？”班主任老师继续问道。

我愣了半天，实在不知道该怎么回答。怎么说呢？集调皮和正义于一身的马小跳、聪慧善良的笑猫固然是令我暖心的避风港；不同的是，皮皮鲁和鲁西西却承包了我课余时间的所有幻想。在读了无数遍《罐头小人》后，我常常偷偷盯着爸爸朋友寄来的牛肉罐头，在脑子里和书中的插图做对比，好奇我家这种罐头能不能让我三生有幸开出一群性格和本领各异的小人。看完《309暗室》，我心有余悸，仿佛自己刚刚经历了一场惊心动魄的来自金人的追击。那时起，检查我房间衣柜的角落成了我每日的例行作业。我最喜欢的故事当数《幻影号》——它简直霸占了一个孩童闲时所有的白日梦。我会在脑中一遍遍地重复一只小马在我家微波炉里绕着圈奔跑的画面，并且一遍又一遍地觉得，如果这种事真的发生了该有多好：我要是有了幻影号，我绝对是全世界最快乐的男孩；我要驾驶着它去天涯海角冒险，除恶扬善，伸张正义。

“十二生肖系列”更是我的最爱——我会突然跟父母绘声绘色地讲起狮王打牌的故事，并且看到他们因为狮王输了牌把他的牌友都吃掉的结局哈哈大笑时，感到非常满足。

当然，故事带给我的不只有快乐。我依然清楚地记得当我看到《无尾大侠》的结局时心中的那种酸楚、愤怒和无奈——那之后的几天，我时不时地会翻翻故事的最后一页，希望自己当初阅读时漏掉了一页，换来的却是一次又一次的失望。看完《名画风波》，我百思不得其解，始终不明白为何画中少女已成自由身，却依然被大使当成其财产强行带走，我仿佛变身皮皮鲁，在脑海中目送着莉莎乘车离开，一向坚强的内心却被泪水填满。在《驯兔记》中，皮皮鲁为了满足老师和父母对他“变兔子”的期待，即使在炎热的夏日也要穿着兔子服装，热到汗流浃背也不肯脱。我一向都挺符合家长老师眼中“好学生”的标准，可在读到结局的那一刻，我心里只有对皮皮鲁的同情和对教育体制存在的弊端的愤愤不平。

正是您的童话，使我在一次又一次的悲伤、无奈和愤愤不平中，巩固了心中最基本的是非善恶之分。

光阴似箭，转眼间我已经成年了。我的书架上不再时时刻刻备着全套的《皮皮鲁传》和《十二生肖》，课余时间的幻想也被日益繁重的课业占据。但我能确定的是，无论何时，当我翻开这些书的任何一页，那一整天我便会深陷其中，无法自拔。说来也奇怪，看似幼稚的童话竟有如此魔力，甚至能让一个大学生流连忘返。想想其中缘由，小学班主任老师的问题便也有了答案。

还记得六年级时，我读了《飞马牌汽车》后，模仿其中巧舌如簧且善用揶揄的写作风格，在班里的循环日记中对一个女同学经常为自己是中队委感到洋洋得意却随手扔垃圾一事进行了强烈抨击，得到了循环日记组内的广泛传阅。事实上，在许多同龄人还在抄作文书的模板时，我就已经开始利用老师布置的作文题来抒发自己的观点了——然而这些观点并不总和老师的意愿相符。作为一个传统意义上的“好学生”，我曾无数次地用成绩和能力得到老师们的欣赏；但与此同时，我也一刻不停地颠覆着自己在他们心目中的形象，一次又一次地让他们“失望”。我当班长时，最令我厌烦的莫过于学习委员的那句“老师说的！”——比起循规蹈矩和随声附和，我更崇敬那些对周围人事丑态准确且毫不留情的洞见和一针见血的讽刺。正因如此，比起其他有着传统童话设定，着重趣味，却也因此稍显平淡的儿童读物，皮皮鲁的故事可太合我胃口了。

直到今日，如果有人问我最喜欢的童话作家是谁，我依然会毫不犹豫地说出您的名字，理由很简单：没有您笔下一个个看似天马行空却万分鲜活的故事和那些有血有肉的形象，就没有我的童年，也就没有现在的我。

祝您六十六岁生日快乐！

永远的皮皮鲁忠实粉丝：孙省吾

2021年1月1日

第十七封信

阅读本是一件快乐的事，也是让人们受用一生的事，希望每个人都能真正爱上阅读，因为爱而读。

郑渊洁老师：

您好！很荣幸得此机会与您“畅谈”，实属难得。我是一名“80后”，是您作品的忠实读者，亦是由您作品改编成的动画片的忠实观众。

儿时，20世纪80年代的中国图书市场没有现在的琳琅满目，购买途径也比较单一，除了书店就是订阅。犹记得小学高年级时，每逢儿童节长辈都会给我零花钱，让我自由支配。满心欢喜的我总会迫不及待地跑到新华书店挑选自己心仪的宝贝——童话故事书。那时没有绘本，书中没有印刷精美的彩色插图，纸张的质量也远不及现在。但当我抱着选好的书目和妈妈走出书店时，心里高兴而满足。

妈妈从单位帮我订阅了杂志和报纸，记忆中，是《童话大王》《动画大王》和《少年智力开发报》陪我度过了一生当中最美好的童年时光。每个月的固定时间我都会期盼着妈妈下班回来带给我的“精神食粮”，书一到手，就抓紧一切时间，如饥似渴地看完，然后又觉得自己看得太快，没有新内容可看了，于是再重复看几遍，或者看之前的旧刊。我记得当时的杂志内页基本都是黑白印刷的，偶有几张彩色印刷的页面，便格外珍视，要往往复复地看。杂志里的连载故事更是吸引着我，个性鲜明的人物，曲折离奇的情节，幽默风趣的语言，每每读完都意犹未尽，期待下一期的精彩。

想想长大后自己对书的喜爱以及对读书的热爱，应该都来源于儿时吧。虽然喜欢阅读的书籍种类随着年龄的增长逐渐发生了变化，但是那份对书的执念一直未变。

我们常说，书籍陪伴了孩子们的成长。但不得不说，动画也是每个孩子童年必不可少的一部分。步入中年的我，依然能哼唱出儿时看过的动画片《舒克贝塔》的主题曲："舒克舒克舒克……开飞机的舒克；贝塔贝塔贝塔……开坦克的贝塔。舒克舒克舒克……勇敢的舒克，聪明的舒克；贝塔贝塔贝塔……勇敢的贝塔，聪明的贝塔……"片中两只小老鼠飞行员舒克和坦克手贝塔的形象，已经深深地印在了我的脑海里，留在了我童年的美好回忆中。

您的作品伴随了我的童年时代，让我领略了童话故事的神奇和美好，在我人生的长河中激起了几多涟漪。

如今的我，已成为一名站上讲台的教师。还记得第一次给学生们上课的时候，我怀着紧张、欣喜、自豪，看着台下一张张稚嫩的脸庞，一双双真挚、对知识充满渴求的眼睛，听着孩子们一次次紧跟老师思路动脑思考后对问题的回答，不禁对自己说：我会尽我所能，倾囊相授。

我教授的是"整本书阅读"的课程，顾名思义，就是如何对整本书进行有效阅读。谈及"整本"阅读，看似简单，实则不易。能够完整地看完一本书，不仅需要内容本身的精彩，还需要我们有良好的阅读习惯及兴趣。特别是孩子们，不仅要适应从绘本注音版书籍转为脱离拼音的全文字书籍，还得学会接受故事开端的平铺直叙。绘本的插画从始至终可以吸引孩子们进行阅读，但其他书籍，尤其是外国的文学著作，孩子们在刚开始阅读的时候由于文化差异等原因，如主要人物的名字及人物关系网和国内作品相差迥异，导致孩子们读书时不适应，从心里产生排斥，进而难以坚持阅读。但为了完成课外阅读作业或者家长布置的任务，孩子们又不得不被迫读完整本书。这种任务式的读书，阅读效果肯定不尽如人意，孩子只知道读完书就完成了任务。最终他们只能简单地回顾起部分情节的片段，对于书中塑造的人物形象及表达的主题一概不知，甚至隔一段时间之后，可能连基本的故事情节也不记得了。

阅读本是一件快乐的事，也是让人们受用一生的事，希望每个人都能真正爱上阅读，因为爱而读。我们都知道阅读习惯是从小慢慢培养起来的，但每天规定读书时间的方式并不能很好地引导孩子们养成阅读习惯，那只会让他们机械式地完成任务。一切因兴趣而起，所以我希望孩子们是因为兴趣而读书，那样才能持之以恒，才能真正走入书中，切身体会所见所感，体会到语言文字的魅力所在。

每一本书都有它存在的意义，适合孩子读的童书或是名作更是如此。如何激发孩子们对书籍的兴趣，是关键所在。有的孩子喜欢看书，他会融入书中；但对于不喜欢看书的孩子们，我希望通过对书里部分故事情节的提炼，或者对故事线的梳理，能够引导孩子们读书，激发他们阅读的兴趣。同时，我们对于书籍不应只停留在“看”或“读”的层面，要透过书籍学习到知识、道理，明白作者写这本书的初衷。

在我教授的课程中，您的著作《皮皮鲁传》赫然在列。原本我以为皮皮鲁和《童话大王》只是我们那代人儿时的记忆，却不知当我介绍到这本书的时候，孩子们对作者虽然不是很熟悉，但对您其他的经典著作《舒克贝塔传》和《鲁西西传》都有所耳闻甚至有一定程度的了解，这着实让我有点儿小小的吃惊。现今，图书的种类如此繁多，各种印刷精美的书籍更是比比皆是，许多家长为孩子选择书籍的时候会从方方面面考虑，可能更多倾向于知识类书籍或是名著。不过我转念一想，一本经典的书籍不会只影响一代人，一定是影响几代人，并长久地传承下去。童话伴随着我们度过了一生当中最美好的童年，当我们有了孩子，它会继续相依相随……

我带着《皮皮鲁传》，和孩子们一起畅游其中，仿佛又回到了无忧无虑、充满幻想的童年。书中，皮皮鲁经历了许多奇妙的历险故事，红沙发里藏着一个音乐城，谱出的乐曲具有神奇的魔力，不仅能根据课本内容谱曲，使人牢牢记住倒背如流，还能治愈癌症患者；《名画风波》中，画上的人居然能从画里走出来，结果导致一连串的事件，从而引发了孩子们对生命的思考；“炮兵司令”皮皮鲁乘着巨大的“二踢脚”飞上天空，意外发现了“地球之钟”，还顽皮地调快了时间；皮皮鲁偶遇瓜皮帽叔叔参加了一场非常奇特的嗑瓜子比赛，还误入三眼国，见到了长着三只眼的国民，并且第三只眼还能发出红绿光，这只眼就叫作“势利眼”……这些天马行空、充满奇思妙想的故事强烈地吸引着孩子们，一个个看得聚精会神，听得津津有味。

书中幽默风趣、充满儿童化的语言，细腻逼真的描写，让个性鲜明的皮皮鲁和鲁西西跃然纸上，拉近了小读者和主人公的距离。孩子们和皮皮鲁、鲁西西成了朋友，学习到了他们身上的优秀品质；当然他们也不“完美”，也会调皮淘气，就像每个现实中的孩子一样。一个个有趣又蕴涵生活哲理的故事，既能让孩子们体会到读书的乐趣，身心愉悦，又能感悟些许道理。

童话是美好的，但不是“骗人”的，童话同其他艺术创作一样，也来源于生活，却又高于生活。所谓开卷有益，童话故事不仅能让孩子们感受到想象的魔力，也同样能使孩子们领会到语言的魅力，扩展课外的知识，读懂生活的真谛。

文字之美，语言之美，隽永绵长。一本好书带给我们的影响是终身的，它会在潜移默化中提升我们的素养。感谢您坚持不懈，几十年如一日地写作，为中国的童话留下了浓墨重彩的一笔。感谢儿时有您的著作相伴，感谢现在我和我的学生依然能品读您的作品。

您的忠实读者：张娟

于庚子年岁末

第十八封信

勇敢做一些"例外"的选择，勇敢做不同的自己，这样的人，或许一辈子相当于别人活了几辈子。

郑渊洁先生：

时光如梭，转眼我已到了所谓的不惑之年，而您也早已从孩子们的"叔叔"变成了"爷爷"。随着信息技术的日益发达，人们已经很少用写信这种比较原始的方式进行交流了，我也自然如此。可是在这个特殊的日子，我想给您写一封信。

或许，从1992年的某一天，开始读《童话大王》的时候，我的人生就已经被您带"偏"，踏上了一条"例外"之路。

少年的我对"郑渊洁"三个字是痴迷的，每一期新出的《童话大王》，我都想第一时间拿到手阅读。虽然几乎已经忘记了"童话大王"宇宙里各种精彩绝伦的冒险故事的细节，但我仍然记得在桌前、在床里、在路边、在课堂上各种如饥似渴的馋相，仍然记得在图书馆里与同学抢书，硬生生把一本《舒克和贝塔历险记》拽成了两半……这就好比形容武功的最高境界是忘记了具体的招式，大言不惭地说，我对您童话故事的消化理解也差不多是这样的吧！

初中时候，家里小区的路口有一个书摊，是一对老夫妻开的，我每天放学都会路过，路过必流连忘返。如果看到新出的一期《童话大王》，我是必买的。不过那时作为一个小孩子，囊中羞涩时有发生，书摊老爷爷知我心事，对我说："先拿回去看，下次来给钱。"于是在之后的一段时间里，我总是能兴高采烈地把书拿回家，洋洋得意地跟同学们分享，不必经受有书不能读的相思之苦。当然，我也颇有信用，总能及时将赊欠的购书款还给老爷爷，毕竟您的童话故事没少提醒我们，做人要讲诚信。

然而，"诚信"一词，知易行难。有一阵子，不记得是因为买了变形金刚还是买了漫画书，总之就是没能及时把上一期《童话大王》的书款交给老爷爷，甚至连"分期付款"都做不到，于是只好绕一大圈的路回家。那时候所绕的路也是杂草丛生不太好走，所以有时也会低着头，压低雨伞（下雨的时候），像陌生人一样从书摊前匆匆走过。过了很长时间，财政状况捉襟见肘的我也没能把书款还上，仿佛每天的逃避已经成为一种习惯。

有一天，我必须跟着父亲去书摊隔壁的小卖部去买东西，我怯生生地躲在远处，恰好听到书摊的老奶奶在埋怨老爷爷："让你看个摊子，成天都把书赊给这个、赊给那个，又不认识别人，这钱咋要得回来……"作为邻居，父亲也跟他们闲聊了几句，我才知道这位书摊老爷爷已经患上老年痴呆，根本不记得把书赊给了谁，自然他应该也不认得我了。

想到一直拖欠未还的书款，我心中莫名地痛。之后的日子里，我抵制住了对其他好玩的、好吃的东西的诱惑，攒下了足够的钱，终于在一天放学后鼓足勇气，走到老爷爷跟前，把攥在手里的钱扔到书摊上，撒腿就跑。看着老爷爷站在原地一脸蒙，我心中的一块石头终于落地了，脚步也终于变得轻盈有力了。

那时候的我，作为一个经常惹麻烦的青少年，学习表现什么的都不够好，回顾起来，唯一值得骄傲的闪光点，或许就是拥有诚实守信、言出必行这些值得称道的品质，而这些都是从舒克、贝塔、皮皮鲁和鲁西西这些童话人物身上学到的，您的只言片语在润物无声之间成为我的座右铭。

记得我们那个时代有种考试叫“会考”，平时不太重视的课程，比如劳技课之类的，到了一定的时候，需要进行结业考试。考试的时候，有的老师会在黑板上写下“提示”，但因为您的童话教给我的人生观是坚决不能抄袭，所以，我独自应对着那些陌生的题目，会考成绩低到差点没通过。

这种决不抄袭的习惯一直伴随着我。高中的时候，有时晚自习会进行一次小模拟考试，一般是做一张英语或数学的试卷。我一直很好奇，为什么很多同学都可以在一个小时之内就把卷子做完回家了，并且分数还比较高，而我基本总是拖到最后，我曾一度怀疑自己的脑袋是不是比别人缺点啥。后来才发现他们的小秘密，原来这些人会跟同桌或前后桌商量，你做单数题，我做双数题，然后互相把答案一抄就交卷，而我就这样傻愣愣地死磕完整张卷子，成了被老师略微嫌弃的“例外”。

我坚持着决不抄袭的原则，因为您的童话人物会鼓励我，坚持做自己认为对的事情，笃定心中觉得重要的事情，不用理会世俗的眼光。高考的时候，虽然我的成绩并不突出，但相比我平时的成绩，却算是超常发挥了，而那些平时模拟考试成绩拔尖的同学，却哀叹自己发挥失常了。

我读的是政法大学，在大学里，相比单纯的法律条文和教义，我更喜欢的是对原理的探究和对哲理的思辨。有些非本专业、本年级的课程，如果我听到师兄、师姐们说这课程如何有趣、老师如何有魅力，我便挤破门也要挤进去听一听。在那个没有手机的年代，即便是在尚未大规模扩建的校园里，同学们也难觅我的踪影，我的骨子里，始终在进行的是如舒克贝塔历险一般永不结束的冒险。

毕业后，我回到从小长大的小城市，在一家基层铁路检察院工作，在相对单纯却新奇的环境中，我开始用键盘记录自己对法律和司法工作的“奇思妙想”。记得小时候，我也曾模仿您写过自己的童话连载故事，还曾在连续几周的班级自习课上自发地与同学们分享。所以，对于写作我一点儿也不陌生。那时流行的写作方式是写博客，通过“素为法学”博客（“素为”是我的网名，意为“我行我素，为所欲为”），我在互联网上结识了很多厉害的名人大咖，给自己的人生带来了很多意想不到的机会，比如，通过工作调动带着“下乡”三十多年的父母回到了他们梦寐以求的故乡。

年少时，您曾带我们进入了一个不断探索的童话世界，成年后，这种探索的脚步也一直没有停下来。刚刚上班那年，领导为了照顾我，给了我一个安静的环境复习司法考试，这个安静的环境就是机关顶楼的机房值守间。然而当见到神秘得充满诱惑的服务器时，我的心思就再也回不到司法考试复习资料上了，通过自学，我成了检察系统有名的技术达人，曾经带着队伍在百度、微软、华为等公司主办的编程比赛中屡获大奖。付出的代价则是，直到毕业后的第五年我才通过了司法考试。不过您若问我是否后悔，我依然是无怨无悔的，毕竟，我始终很明白，自己内心最向往的是什么，自己的生活最需要的是什么。

不记得是在哪部作品里，您借童话人物之口，表达了对一个勇敢做不同自己之人的赞赏，说他“一辈子相当于别人活了几辈子”。这个对我的影响可以说是刻骨铭心的，以至于在我后来的人生中，我一直也都是这样想和做的，总是习惯性做一些“例外”的选择。在终于成为一名真正的检察官，又拥有了比一般法律人更强的编程能力后（中间还曾业余设计过几部桌游，在出版社的资助下曾两次参加上海国际桌游展），我先后围绕法律和检察工作研发了几十个大大小小的系统和应用，又乘着新媒体的风，有机会到更高级别的机关单位，在更大的舞台上展现自己的才能。我就这样一路“不安分”，一路探寻和创新，一直向着未完结的目标奔跑，虽然并不是特别清楚前方到底是什么，但却坚信有一种值得为之努力和奋斗的东西在前方。

印象中，您的童话里并没有给我最后的答案，那些鲜活的童话人物只是在我心里埋下了一颗颗闪光的金种子：诚信、笃定、勇气、创新……至于这些种子什么时候发芽开花，并不重要，坚定地做自己认为正确的事情就好。武汉因疫情封城期间，我的孩子看了新版动画片《舒克贝塔》，我于是从旧书柜里把珍藏的原著交给他，看着他用手指着字仔细读书的样子，我的内心不禁一阵窃喜。

以上就是我想对您说的话，我努力保持一个中年男人应有的克制，但某种情绪依然遏制不住地外溢，就像烧水壶里的开水，希望您能感受到这种持续了几十年并将一直持续下去的温度。

祝您生日快乐！身体健康，万事如意！

您的读者：蔡欣

2021年1月5日

第十九封信

喜欢看童话的孩子是不想和想象力分手的人，他们在获得知识的同时，相信神奇，他们眷恋想象力。

尊敬的郑大大：

听说过了今年的生日您就六十六岁了，真是不敢相信啊！

您知道吗？从十年前第一次看到您的书，我就一直认为您是我的同龄人，我甚至希望您永远都不会长大。

您是我童年的第一个偶像。我从六岁开始迷上了自己“胡编乱造”所谓的故事，老爸老妈觉得有趣，就当了我的“速记员”。八岁那年，我第一次发现了您的童话书，我就像着了魔一样，茶不思饭不想，废寝忘食，老妈几次半夜“抓获”我在被窝里偷看皮皮鲁的现行。您的童话像给我开了天眼，醍醐灌顶，启迪我从胡编乱造转向了装模作样的所谓创作。我一边疯狂地读遍您的童话，一边每天以自编童话为乐，很快我的所谓创作出现了“井喷”，老妈每天在博客里发我的童话，居然被几家知名报刊选中发表了。

那时候我就有一个宏伟的梦想，那就是我想见到您本人！说来也巧，就在老爸老妈绞尽脑汁琢磨怎么联系到您的时候，奇迹出现了，您就像天外来客一样降临了。那天您和朋友恰巧去老爸单位，正好走进了老爸的办公室，正巧老爸值班，更巧的是您和老爸还一见如故，当老爸提起我的梦想时，您立刻邀请我周末参加一个聚会。当我听到这个消息，简直激动得蹦起三丈高!

那个周末，我终于见到了我的偶像——您，我紧张得手足无措。您直接叫出了我的名字，您俏皮地向我眨眨眼，邀我坐在您的身旁。席间您谈笑风生，我佩服您机智地帮助一位村妇完成了写书的梦想，更惊诧于您在央视演播厅里搞怪……我不得不猜想，您就是现实中的皮皮鲁，您一定是伪装成大人的我的同龄人。

告别时，我硬着头皮把自己的几篇拙作交给您，我也知道，您那么忙，肯定顾不上看一个九岁顽童的拙作。没有想到的是，第二天您就发来了信息，不仅夸我写得很好，还客气地询问我能否把其中的一篇发表在《童话大王》上，您鼓励我终有一日出书时会亲自给我写序言。天哪，幸福来得太突然，我唯有连连点头。

从那天起，我更加疯狂地编童话，我随身带着个小记事本，随时随地记录灵感的火花。我每天有如神助一般光速完成作业后，就一头扎进童话创作里。我在童话里上天入地，战天斗地，惊天动地……我总幻想您就在一旁看着我，当我编了一个把自己逗得哈哈大笑的情景，我就能听到您的笑声；当我设计了一个让自己也脑洞大开的故事，我就会看到您在赞许地对我挤眼睛……

我十二岁那年，人民出版社旗下的东方传媒看上了我的作品，计划为我公开出版发行一本童话集。您听说后立刻义务为我写了序言，您在序言里说：

郭天悦12岁。他喜欢看童话。

孩子降生到这个世界上，都携带着想象力。尚无知识的他们靠想象力观察世界理解世界。随着知识的摄入，想象力和孩子不辞而别。只有极少的人在成年后依然保有想象力。这个世界是属于他们的，因为他们能进行创造性劳动，而不是终生重复前人的原创。没有想象力的人不能进行创造，哪怕学识再渊博。喜欢看童话的孩子是不想和想象力分手的人，他们在获得知识的同时，相信神奇，他们眷恋想象力。郭天悦是这样的孩子。

留住想象力后，郭天悦决定尝试创造。他开始写童话，用笔建造自己的世界。“自古英雄出少年”常常体现在写作领域。郭天悦写就的童话像他的名字一样，天马行空，“悦”然纸上。字里行间充满想象，行文流畅，有故事。

去年“中国作家榜”的榜首是我昔日的小读者，我为他颁奖时感受到幸福。我希望未来我会为郭天悦颁发“中国作家榜”榜首奖杯，这不是童话。

看到您作的序言，我的激动无以复加，我只是一个名不见经传的小顽童，您却给了我这么高的评价和期望，我的感激也无以复加。

2014年春天，我的科幻童话集《超能人》登上了全国各大新华书店的童书柜台。也就在这一年，我却渐渐发现，自己正在慢慢地失去童心。我上初中了，学业像山一样向我压来，我开始意识到我曾经想象的那些宇宙星球的神奇故事都是没有科学依据的。我再也无法跳跃式思维，因为数理化要求严谨的解题步骤，连作文都有套路。我迷失了自己，只能在争取高分中寻找自我的价值。现在我已经上了大学，攻读历史专业，我沉浸于大部头的中外史学经典，按部就班，亦步亦趋，因为学术权威说一切论断都必须找到史实依据，不能容许空想。

常有人问我，有新童话吗？我只能摇摇头，我甚至羞于提及自己曾经创作过童话，那是多么幼稚的表现呀。我再也无法找回想象力了，因为，我长大了……

偶尔我也会看您的微博，发现您依然在创作童话，依然像您童话里的人物一样无拘无束畅所欲言，我惊奇地猜想，难道上天给您悄悄留了一道时光门，让您不会长大，不会变老？说您六十六岁，应该是个假消息吧？

愿时光善待，愿您出走半生，归来仍是少年！好让我们相信，这个世界上真的有童话！

祝您：童心永驻！

您的粉丝：郭天悦

2021年1月6日

第二十封信

不要小看一部童话的作用，一部童话就像是一次人生的预演。直到现在，我仍羡慕有童书相伴的童年。

渊洁先生：

您好！

我1970年出生，是在内蒙古赤峰市一个山区中学念的初中。当时我们学校紧挨着食堂有一间小屋，是专门发放报刊信件的，每天下午晚饭前，各班的生活委员来这里领报刊。每当报刊来临的时候，这里像过节一样热闹，一个单调的山村学校的气氛顿时就会变得活跃起来。

我家有兄弟三人读书，经济拮据，我很羡慕我的同学，他爸爸是本校的老师，他能够订阅六七种刊物，而且他爸爸能够把他领回办公室，优先翻阅好多刊物。所以他写起作文来，词汇特别丰富，每一个比喻都让我惊叹，例如，他能用蝴蝶的翅膀比喻阳光的飞动，这让我非常惊诧。后来他真的成了诗人。我知道他是读过您的童话的，与他聊天得知，他最早是从《少年文艺》上知道的您，随后他就订阅了《童话大王》。我清晰地记得《童话大王》的封面，但我当时却碍于情面，没有向他借阅。所以，令人遗憾的是，我只知道有这本杂志，却没有经由这里走进您的童话世界。我自认为自己是一个有童心却没怎么读过童话的人，这不能不说是一种遗憾，到如今，只能找一些童话的电影欣赏，让心灵飞起来，才会有一种久违的快乐。

那么没有读过童话的我在读什么呢？记忆中我读的第一本课外书是《吕梁英雄传》，是从我的大爷家拿到的，读了一遍又一遍，还能背下来一些段落，我甚至将书里的院子及人物与我生活的小村一一对应，把故事里的地理人文套在我熟悉的土地上。没事时，我甚至坐在山岗上，观察“地主成分”的人家院里的活动，看有没有像书中所写的那样有偷运情报的情况。我看完了《吕梁英雄传》之后，小伙伴让我讲故事，我记清楚的就照书里讲，记不清楚的就随意发挥，这种想象力的驰骋，不知是不是也是童话的一部分。

那个年代不要说童书，什么书都缺乏。记得我上初中就开始住校了，学校离我家有二十里地，每双周放一次假，放假回家的路上，我会挨个村向同学家里借书。走进同学家里一看，大多是翻得更烂的《吕梁英雄传》，前几页都没有了，由于翻看的人次太多，书的边缘都翻卷起来，像新疆细毛羊一样。当老师在地理课上讲新疆细毛羊时，我就想到儿时看到的乡村炕角上放着的《吕梁英雄传》。我心生庆幸，我看过的《吕梁英雄传》虽然旧些，却是完整的。

自想象而出的童书向来是缺乏的，近日我读了鲁迅的《朝花夕拾》，童年的鲁迅先生只能从古书的绣像里找到些许快乐：

> 自从所谓“文学革命”以来，供给孩子的书籍，和欧、美、日本的一比较，虽然很可怜，但总算有图有说，只要能读下去，就可懂得的了。
>
> 每看见小学生欢天喜地地看着一本粗拙的《儿童世界》之类，另想到别国的儿童用书的精美，自然要觉得中国儿童的可

> 怜。但回忆起我和我的同窗小友的童年，却不能不以为他幸福，给我们的永逝的韶光一个悲哀的吊唁。我们那时有什么可看呢，只要略有图画的本子，就要被塾师，就是当时的“引导青年的前辈”禁止，呵斥，甚而至于打手心。

读到此，缺乏童书读的鲁迅是令人怜悯的，联想到现在，中国的童书由少到多，由品种单一到丰富，实在令人欣慰。而渊洁老师的《童话大王》在20世纪80年代的出现，真如冬日暖阳，温暖着儿童的心灵。

与渊洁老师相比，我在学校总体表现是“乖”的，但我也有我的倔强，有哪个老师不喜欢我、不提问我，我就更加努力地学习这门课程，直到考试的时候考进前三名，再次引起老师的注意。孩子的心灵是敏感的，一旦有人把他当作一个独立的灵魂来看，心智就会获得新的成长。但我的性格一直比较拘谨，老师不提名字，基本不敢举手，我想，如果我当年读了您的童话，也许我的心灵可以更早地飞翔起来。

回望我的童年，童话阅读的原野是荒芜的。那是一个多么开阔却荒芜的原野啊！

感谢渊洁老师，让我们的生活拥有童话一栏。中国的文化是早熟的，因而童话就显得更加的珍贵，丹麦有《安徒生童话》，德国有《豪夫童话》，英国有《王尔德童话》，中国有您的童话。

与我相比，现在的孩子不用把《吕梁英雄传》读成“新疆细毛羊”了，他们有精美的童话可以读，与此同时，我也产生了新的期许，期盼渊洁老师能结合新的社会需求，在以下领域写出新的童话。

与我们这一代相比，我们的下一代，大多是独生子女，一方面他们在蜜罐一样的环境长大，另一方面他们又值得理解。他们生活在小型家庭里，在家里的同伴太少，缺少了兄弟姐妹间既竞争又互爱的家庭环境，一旦进入社会，就容易心理过激，缺少心理弹性，再说深一些缺少辩证思维，容易走极端。据我所知，这种现象很普遍，孩子的自觉、觉他和他觉的建立过程特别慢，常常被一种微小的情绪带出很远很远，然后再折返回来。有没有一本书，可以让孩子像在大家庭生活过一样，学会换位思考，学会宽容，学会正视情绪、自我缓解情绪，或者运用一些心理学工具箱，整理自己的情绪。我一直寻找这样的书想送给孩子，如果现在有这方面的书，欢迎渊洁老师推荐给我；如果没有，欢迎老师写一部有关独生子女心理建构的作品，这对我们的孩子们一定具有非凡的意义。

另外我想，中国的少数民族有许多生态民俗，反映了我们的生态智慧，比如，苗族人生一个孩子就种一棵树，叫作生命树；蒙古族逐水草而居，所搭的蒙古包搬离后，地面的草一定要重新长出来，这家人才被认为是吉祥的。不知这些故事能否给渊洁老师带来灵感，写一本这样的童话来解读我们的人与自然。

与我的上班生活相比，我的那个熟读了渊洁老师童话的小学同学一家三口，目前坚持在山谷里经营着一个果园，过着牧羊加写诗的生活。他有一个超大号的天文望远镜，支在窗口，他在“知天命”之年仍然保持着观察天文的好奇心，面对璀璨的银河，他仍然睁大了眼睛。我想，不要小看一部童话的作用，一部童话就像是一次人生的预演。希望渊洁老师能写出更多的作品，赠予这个时代！

祝渊洁老师六十六岁快乐！

张汉明

2021年1月5日于北京皆是园

第二十一封信

我们终将长大，来到成人光怪陆离的世界。伤痛之后，治愈我的始终是童话中的善良和勇敢。

亲爱的郑渊洁老师：

您好！您还记得吗？我是皮皮鲁和鲁西西的好朋友，虽然经常看见你们，却依然十分想念。

冬日天亮得晚，此刻的窗外，星斗高悬。我坚持每日早起阅读和写作已有多年，因为早，所以静；因为静，所以能与心灵对话。我选择在这样的早晨给您写信，写出内心深处最真挚的话。

小的时候，我最喜欢看的书莫过于《童话大王》了。那个时候的小孩基本上都没有什么零花钱，我的父母当时是“双职工”，发给我的早点钱，偶尔省下，便可在街口的租书店里租上一本，坐在长条凳上慢慢看皮皮鲁调皮捣蛋，看鲁西西善良勇敢。可惜的是，那家店里的《童话大王》永远不全。连载的故事漏了情节难免让人抓心挠肝，缺的那几期就得四处去打听谁手上有；好不容易问到了，也不能白借，需得用其他的书换着看。找书借书还书，是当时挺重要的一件事，每每成功了，那种满足感至今记忆犹新。

在我的心里，您不是现实世界里面的人，而是和白雪公主、灰姑娘一样，是生活在童话世界里面的人，《童话大王》里面的故事都是皮皮鲁和鲁西西闯入你的世界后发生的。我甚至一度坚定地认为“童话大王”才是您的真名。您长着一把浓密且长的白胡子，脸庞红红的，肚子大大的，会在天气晴朗的时候，拿着一把蒲扇，在一望无际的绿色草坪上晒太阳，笑眯眯地看着天边的云变幻着各种各样的形状。

在我的心里，皮皮鲁和鲁西西才是真实存在的，我熟悉他们干过的每一件傻事、糗事、了不起的事，了解他们的淘气和善良、好奇和勇敢。所以，他们是我的好朋友，一路陪伴着我成长；我也是他们的好朋友，陪着他们一路去冒险。受他们的影响，我不盲从，在不惑之年，依然怀有一颗对新鲜事物充满着好奇、勇于尝试、不怕失败、敢于从头再来的心。

现实的生活不是童话，可在您的童话里，现实的生活从来不曾缺席：有泥沙俱下，也有惊心动魄；有吴院长的临危不乱，也有李霞的拔刀相助；钞票被监禁在保险柜里，小偷被囚禁在监狱里……所以，金拇指所带来的未必是真幸福，人民币能够购买的未必是真快乐。兜兜转转，我们后知后觉，真正的快乐都是免费的。这些都是多么深刻的道理啊！这些故事当初被我囫囵地吞咽下去，却在成长期里慢慢反刍、消化，既有痛的领悟，也有醍醐灌顶的开悟。我们终将长大，来到成人光怪陆离的世界，开启一场场真实的人生历险，伤痛之后，治愈我的始终是童话中的善良和勇敢。

我还是从前那个少年，您还是从前那个“童话大王”，我每一次回头，皮皮鲁和鲁西西都在我的身后，我在人生十字路口的每一次抉择，都有着善良和勇敢的影子，谁让我们是真正的好朋友呢？提前祝您生日快乐！

高之立

2021年1月7日

于武汉东湖高新人民检察院

第二十二封信

很多人说，快乐就是幸福，知足常乐就是财富。一个在世间行走的凡夫，怎样才能让自己进入这样的精神行列呢？

尊敬的郑渊洁先生：

您好！首先自我介绍一下，我叫席立娜，是您的一位粉丝。

之前在网上看到一则消息，说您为了存放读者来信，曾在北京买下十套房子收藏它们。不知道我的这封信，是否有机会成为您的珍藏之一呢？

现在网络通信越来越方便，写信这种事，实事求是地说，自2000年以后，我真的没有动笔接触过了。面对您这样一位闻名遐迩的前辈作家，给您写信，我一时不知如何讲起。为了让您对我印象深刻一些，在信中，我先简单讲讲您的儿子郑亚旗吧！

我是一名区县级记者、读书节目主持人，曾经专门邀请郑亚旗做客过我的读书节目。在节目录制前，我曾和我的团队去过亚旗的公司做一些前期的素材拍摄和沟通，节目现场，亚旗特别配合我的采访，作为一名普通的读书节目主持人，我非常感动。通过与亚旗短暂的接触，我觉得他是一位风度翩翩、温文尔雅的阳光大男孩。您允许亚旗按照他自己的节奏和方式去成长和学习，真是一位了不起的父亲！

2021年6月15日，是您六十六岁的生日，好巧，我的母亲今年也过六十六岁生日。在这里，先发自肺腑地祝福您，顺便也带上我的母亲吧！祝福你们生日快乐，愿所有的美好都围绕在你们的身边！

能够以书信的方式与您沟通，这个机会难得而宝贵。思考了几个夜晚，我想还是多问您一些问题吧。如果能够见面采访或者收到问题的回复，让有着相同困惑的人获取一些生命之光，也是我的一丁点儿成就！

郑渊洁先生，您的抖音个人介绍非常简单：“皮皮鲁、鲁西西、舒克、贝塔的爸爸。”虽然我的写作不全然是受您的影响，但业余时间创作的我，也期待自己某天贴上“××、××的母亲”的标签。您是我写作的榜样！

我个人认为，在今天这个时代，坚持写作并非易事，毕竟不是所有写作者都有机会通过纯写作这样的劳动让自己过上不错的生活。不知道您有什么好的建议，赠予那些生命就是为写作而来的人们，他们该如何平衡写作与生存。这个主题有点儿大，其实，也是我的私心问题，因为从小学三年级开始就喜欢写文字的我，也非常期待自己能成为一名真正的作家。当然，我也希望那些视写作为一生使命的作者们，活出他们想要的美丽人生，不要被写作之外的人情世故束缚与中伤。

谈到写作，必须要问阅读的问题。在我主持的读书节目里，几乎所有我采访的嘉宾都被问到一个相同问题，那就是在他的人生成长中，有没有哪一本书对他的生命影响特别深刻。我猜不出您会怎样回答，我自己的答案是：不同阶段，只要喜欢阅读的人都会受到不同书籍的影响，让他成为自己最喜爱的那个自己。您的答案是什么呢？期待中……

曾看过一则统计，如果一个人什么都不干，以正常速度阅读从古至今被称为经典的书，他需要将近两百年的时间才能全部看完。所以，读书是要有选择的。郑渊洁先生，如果以您六十六岁的生命过往来看，您会给今天的孩子们列出什么样的推荐书单呢？如果再有些时间，您会给孩子们的父母也列一张书单吗？同样，我也是满满地期待中！

时间证明，您的两个孩子长大成人虽然经历了不同的教育模式，但最终结果都是平凡人眼中的成功案例。我现在作为一名高中生的母亲，看了您的采访视频之后，发现自己的教育模式几乎和您的理念一样。其中原因，我觉得，可能是刚当记者那年我就采访了失独家庭，所以认为对孩子的生命安全教育大于一切。就如您所说，如果没有了这个载体，一切教育都是零。

现在，大多数的孩子都在家庭、社会的层层保护下平安健康地长大。但是，长大成人的孩子们从学校步入社会生活中，就会发现大多数成人的真实生活状态就是“一眼万年”：日复一日的白天黑夜，年复一年的春夏秋冬，无法左右的生老病死……看似长大了的他们，又遇到了新的命题：该如何摆脱精神层面的茫然，该如何在这平凡世界中找到生活的方向和生命的意义？

很多人说，快乐就是幸福，知足常乐就是最大的财富。一个在世间行走的凡夫，该用怎样的心态工作生活，才能让自己进入这样的精神行列呢？您写了一辈子文字，快乐吗？幸福吗？有遗憾吗？未来的生活，还有什么新的愿望吗？

抓紧时间再问一个最重要的。我现在除了做读书节目主持，还在兼职少儿口才的培训工作。我采访过很多在国内非常有名气的作家，但是在口语表达上，他们的表现真的不如他们的写作语言精彩。您在节目中曾说，为了配合儿子亚旗的工作宣传需要，特别逼迫自己从书桌上站起来，面向大众，做知识分享。我想请教您，经过这么长时间的上节目、参加读者见面活动，您认为，口才重要吗？您支持所有的孩子从小都要接受语言表演艺术的训练吗？对当众演讲，您有什么自己独特的心得吗？

最后，我再简单又“隆重”地自我介绍下吧！

我，1978年出生，一名北京远郊区（密云）农村娃。我的亲生父亲姓季，我的原名应该叫季娜。三周岁时，亲生父亲突然病故。年轻的母亲为了我和腹中的弟弟，选择了一个大她十七岁的男人改嫁。其间，我、弟弟和母亲经历的苦难坎坷就不一一叙述了。在我二十四周岁时，继父也永远地离开了我们。我现在的姓随继父，叫席立娜。

上小学三年级时，我受一位语文老师的影响，开始喜欢上了写作和诗歌。在自己人生快满四十岁那年，我将十岁到三十九岁时写的诗歌，整理出来两百首，结为一本诗集，为书取名为《有你有春天》，作为自己的四十岁生日礼物！

作为写文字的人，如果没有亲自出过书，真的无法感受到自己的文字成为一本书的喜悦，也感受不到被更多读者了解、喜欢、支持、追逐、夸赞等种种的愉悦感。

我出了诗集，我感受到了！看到这本诗集获奖，被图书馆收藏，我知道，从此，世间有一些文字，它们将替我活着，并且活得更长久。

我迷恋上了出书的感觉，后来，又用了一年多的时间，根据我的生活体验和母亲的生命履历，写了一本小说，书名叫《烧不死的鸟就是凤凰》。

现在新的小说，正在动笔写作中，暂时定名为《湖边有棵许愿树》。

把我自己说了这么多给您，最终目的只有一个，我将自己已经出版的作品，附带这封信，作为我送给您的六十六岁生日礼物，企望您能喜爱并收到您的回信！

郑渊洁先生，再次祝福您六十六岁生日快乐，吉祥如意！

粉丝席立娜拜上

2021年1月8日

第二十三封信

无论生命形式是怎样的，一只小羊羔，或是一朵云，都代表着最纯洁的生命的本质。

亲爱的郑叔叔：

听说您六十六岁生日马上就要到了，心中非常欢喜，一提到您的名字，我心中马上浮现出小时候背着大大的书包上下学，走到哪里书包都少不了一本《童话大王》的场景，我的大脑里又立刻蹦出了皮皮鲁和鲁西西的名字。那个从小喜欢读书，从小到大都是班里语文课代表的小女孩，而今已经成为一名探索生命智慧和女性成长的老师。

还记得那个没有因特网、没有微信，也没有电脑的时代，我手中唯一不能放下的就是书。在我童年的记忆中，不记得有哪些著名作家，因为年纪小，只关心自己喜欢的事情和书籍，郑渊洁叔叔的大名，几乎是我自有记忆以来第一个可以记住的著名作家的名字，所以我想叫您一声“郑老”，也表达我对您的钦佩和崇敬之心。

现在的我已经从事了许多年的关于生命智慧的探索和教学，同时从事心理咨询和对生命中各种关系的疗愈。正如您所知道的那样，当代人有许多的痛点，家庭生活、事业发展、个人成长交织在一起，充满了各种挑战和困难。我不由得想起小时候看的大灰狼罗克的“人生指南”。

那里说，让别人愉快的人是世界上最幸福的人。罗克用一个陈旧的坏掉的照相机给熊猫照相，又给老虎一家照全家福，给狐狸先生和狐狸小姐照订婚照，一周后当他们来找罗克要照片的时候，他糊里糊涂地说，自己把照片搞丢了。当大家生气地离开，罗克情绪坏透了，把人生指南撕得粉碎。

初读人生指南的故事，只觉得这只狼好傻，拿着破相机给人家照相，是不是脑子少了一根筋。现在在大都市生活这么多年，大学毕业后从北京到上海，阅历了许多的生命故事，才一点点悟出里面的况味，有多少次我们怀着那么美好的想法想给别人提供自己的支持和服务，以表达内心之爱，事情做出来却是另外一副模样。即便怀着一颗善美的心去做事情，结果往往也不尽如人意。让别人幸福是内心美好的愿望，可是还要有让人幸福的能力呢。郑叔叔您不点明，却在字里行间中，留给我们思考和反思的空间。难怪说，您的童话适合八岁到一百岁的人读啊。

有趣而善良的大灰狼罗克也是“一狼千面”啊，既是哲学家教练也是中情局特工，这不就是个人生体验的大玩家嘛！说到人生体验就不得不说皮皮鲁的故事啦：有一次皮皮鲁到了一个不一样的世界，那个世界里的人在举办嗑瓜子比赛，参赛的人嗑嗑嗑个不停，每个人面前都磕出一大堆瓜子壳的山，然后自己坐在瓜子壳上继续嗑瓜子……这样奇异的想法，我看一次乐一次，真是天马行空的想象力！初读觉得皮皮鲁和那个世界的人都是傻子，后来觉得，我是不是也可以这么傻呢？津津有味地嗑瓜子，享受其中，沉浸在自己喜悦的状态之中。大家都说当下的力量，其实就是一种超越时空契入生命之流的力量，虽然是普通的嗑瓜子，却是一种忘我的状态和境界！

皮皮鲁和鲁西西两兄妹，他们各种奇妙的经历让人羡慕不已，想想我自己也是一个好奇爱体验的灵魂，去年跑去山里静心，夏天到梧桐上跳舞，巨大的蟑螂飞落在我的床上，我尖叫着不敢睡觉。我曾经在春寒料峭的春天，于山东临沂的玫瑰湖水里练习昆达里尼瑜伽萨特冥想，牙齿打战、浑身发抖地练习了半个多小时。我那“老外”的瑜伽男老师在水里带领我们练习，他身上一点儿脂肪都没有呢，还不停地做着练习。我那时非常惊叹他的非凡毅力，也佩服自己敢于向自己挑战。哈哈，郑叔叔，您觉得我是不是也有着一个非常敢于体验的灵魂？总觉得童话里的故事也会在现实里发生，人们按着计划行动，可是总是出乎意料，这就是体验的丰富和价值，也是童话故事给人们的普通生活带来的惊喜和喜悦！

在郑叔叔的童话故事中，您常用一种让人觉得有点儿心酸的方式来启发思考。在皮皮鲁的故事中，有一段说，皮皮鲁每天二十四小时穿着兔模拟衣上学，不管天气多热，他都不敢脱，他怕别人失望。夏天上课时，皮皮鲁浑身都被汗水湿透了，他几次险些窒息，可当他看见挂在教室里的“全兔班”奖时，就战胜了酷暑。皮皮鲁变得沉默寡言了，他不敢张嘴说话，他不能说出自己的主见，因为他已经是兔子了，老师和父母和同学都会为他的转变感到喜悦，皮皮鲁生活中唯一的希望，就是能有一天脱掉这模拟兔衣，他从骨髓里害怕穿一辈子。

每当我读到这段故事的时候，我就感慨万千，当一个人需要接受一种习惯、一个模式，开始怎么都不适应，逼着自己默默忍受着，忍着忍着渐渐习以为常，周围的人还觉得很棒；后来自己失去了本来的样子，如同从小到大在学校许多人要做班里让大家喜欢的好学生，长大了就成为好妻子、好丈夫、好员工，最终都活成了别人喜欢的样子，丢掉了自己的“衣服”，自己的天赋才华和心之渴望，都丢失了。我特别希望现在的家长们，都来一起读读郑叔叔的童话，这样自己的孩子就不会在成长的道路上穿上一件不属于自己的“衣服”。

在皮皮鲁“纸手铐”的故事中，我再次看到了您想要给孩子们自由的力量和自然的本性。有一个邪恶的国家，警察使用的是纸手铐，手铐是一张纸条，上面写的是一句佩戴者不愿违背的话，比如“破坏公正公平是错误的”，一旦选择挣脱手铐就意味着违背自己的信念，只有向厌恶的规则妥协才能解决麻烦。这里提到了戴着信念的手铐，戴得久了，自己就全然当真了，比如，有的人戴着“我不配拥有许多财富”的手铐，他就很可能一直过着很艰难的生活。当有人试图给他摘掉手铐的时候，他却觉得手铐已经是身体的一部分了，长在身体上了，要剥离太痛苦了，还是戴着比较舒服呢。可是只有狠狠心，把这些不属于自己的“信念”摘掉了，才能真正地自由。郑叔叔，您觉得我的这份反思和感悟怎么样？

郑叔叔，我不得不说，我最最最难忘的一个故事，就是《天上有一朵云》，我还记得那段小羊羔和牧羊人的对话：

“你为什么喜欢我？”

“因为你像人。”

“不是所有的人都像人吗？”

“有的人像狼。”

您还写道：“以某种形式的生命投生到这个星球上，内容却又不像那种生命的形式，这是生命的悲哀，只有生命的内容和生命的形式一致时，才是灿烂的生命。”“在这个星球上，热带风暴和台风都不是最可怕的，最可怕的是嫉妒的风暴。”因为牧羊人喜欢小羊羔，羊群疯狂地嫉妒小羊羔获得的宠爱，有一只狼——披着狼皮的羊，把小羊羔带走了。后来有一朵云，像小羊羔一样洁白、水灵、温柔，腼腆又不做作，周身透着自然，牧羊人和它开始交谈，每日约会。“天上有这样一朵云，地上有这样一位牧羊人。生命更加短暂，短暂得天长地久。”

天啊，这个故事短短的，美得那么无声无息，还有没有一种更加美好的遇见和看见呢？那种感觉就好像是，我从心里看见你了，我从灵魂深处看见了你的纯净和美好，无论你的生命形式是什么样子的。一只小羊羔还是一朵云，都代表着最纯洁的生命的本质。如此怦然心动的美好和对生命的深刻理解，我很好奇，我想问问郑叔叔，您是如何写出来的，您如何用一种淡然轻松的态度，写出人性最深刻的爱与纯净、嫉妒与生死的超越呢？是什么样的灵感和经历让您有这样的笔触，让我读了之后感觉到那柔软和坚强的心灵？

郑叔叔，您知道最启发我的想象力的是哪个故事吗？您还记得吗，鲁西西种了一个西瓜，越长越大，成了第二个星球，政府决定说一个穷人球一个富人球，大家开始移民，结果每次调配都有人往不属于自己的球去的现象。皮皮鲁一家不穷也不富，就选择了住在鲁西西自己种的西瓜球上生活，如果论精神世界财富的话，皮皮鲁一家则应该是世界上最富有的。这一段故事太有想象力和创造力啦，而且也激发了我的想象力，我就想：不是有两个西瓜星球嘛，如果有爱的人住在一个星球，没有爱的人和喜欢攻击、控制的人，住在另外一个星球，这样是不是也挺好的。那些有时有爱和有时恐惧的人，就给他们一个营养舱，给他吸足够的爱，吐出的废气释放出大量的恐惧、嫉妒等负面的能量，负面的能量经过大树的呼吸，就又变成了爱的能量。经过营养舱充能的人，如果还不好，就让他去另外一个星球，去了那个星球，他们就变成了小孩子，天天玩耍，恐惧的星球也变成了爱的世界。哈哈，郑叔叔，您看怎么样啊，以后我也要写童话故事，到时候您给我指导和建议吧！

说了这么多我记忆犹新的故事，我还想和您说一说您在我心目中的样子。近日我和朋友聊天，说起要给您写一封信来庆贺您的六十六岁生日，我的好友说，她在微博上得知您常年吃素，而且还做素食给自己的爸爸妈妈，居然还设计了郑氏素菜谱。我相当惊讶了！我觉得，素食是新时代的潮流和先进的意识。我也是一位素食主义者，不吃红肉、鸡蛋和牛奶，我觉得喜欢素食的人，会有一个相当好的身心状态和自我感觉，难怪看了您的最新照片，发现您相当帅气而精神呢，充满了自信的魅力。

我再次对您表达我最由衷的钦佩、赞赏和感激。这么多年了，您坚持每天凌晨四点起床开始写作，六点前要写完六千字，坚持三十多年，笔耕不辍，这一份勤奋和坚持极大地触动和鼓舞着我。您不仅有才华，还有比一般人更加勤奋的高品质输出，闪耀着智慧的光芒和灵魂的深刻。

婉琪感恩您用一颗童心唤醒我的童心，感谢您的童话故事，那是我最初的喜悦和开心，感谢您勤奋的笔下超然的世界和无限的生命拓展，您是我们人生的典范。幽默与智慧，善美与深思，如此丰盛的生命体验是从您的童话故事中收获的，同时我也触碰到了您那个闪闪发光的赤子之心！

郑叔叔，您马上就要过生日啦，我衷心地祝福您身体健康、家庭幸福、新作多多，愿您的智慧可以不断影响新一代的少年儿童，也影响着我们当代的成人去反思和提升自己的生命状态，希望更多的人可以找到他们自己那份美好和童真，希望人们可以在您的故事中找到生命的真谛和爱的力量！

您的粉丝：曹婉琪
2021年1月9日

第二十四封信

那些童话在我胆小时给我勇气，在我消极时给我力量。没有生而英勇，只有选择无畏。

亲爱的郑同学：

您好，展信佳！在皮皮鲁讲堂上，大家都叫您郑同学，那我也就不见外了哈。都说看一本好书，就好像跟许多名人说话一样，看完一部好的作品，也想跟作者有进一步的沟通。年少时读过您的童话故事后只是忙着沉浸，不懂书信的沟通，现如今提起笔终于能够勇敢地给您写信，我也很想我的信能有机会住进您的某一处房子，如果放不下就再买一套哟！（此处应配笑脸表情）

自我介绍一下，我1985年出生，是一个地道的北方姑娘，法学研究生，从事司法工作多年。一边听着淡淡的轻音乐，一边想要告诉您，我正在家办公呢，也有时间抽空提笔了。没办法，新冠病毒又开始肆虐，这一次蔓延到了辽宁沈阳，于是我开始居家办公。

元旦之前，沈阳市就开始了全员核酸检测，作为沈城人民的一员，我加入到了核酸检测的志愿工作中，这样做既是责任也是义务，为自己、为他人都要出一份力的，参与过以后才更深地感悟到：其实我们在做很多事情时不需要多大的家国情怀，重要的是要先迈开脚步，行动起来做事的意义自然就体现了。毕竟只有去做才能对抗内心的恐惧，尽己所能来对抗明天的不确定，去找寻意义所在。

年少时读着您那些既魔幻又现实的童话故事，心里一点儿一点儿地冒出了一个小芽，它告诉我，这世上还有另外一个我所不认识的，也从未想到过的世界，而这个世界又离我很近，有时候就在我身边。我只是一个普通人，那些皮皮鲁、鲁西西等鲜活的人物给了我一个插上翅膀想象的平台，给了我一个天马行空的空间，在我胆小时给我勇气，在我消极时给我力量，陪我一起欢笑一起飞舞，而后一天天长大，远离童年，却从未远离当年的那些童话故事。

因为，我不认为童话仅仅是写给小朋友看的，尤其是您的故事书，它不仅充满想象、欢趣无比，还让我们懂得许多生活的真理。记得看过皮皮鲁和一只小猫咪的故事，几个小孩子都得了重病，而拥有多条命的猫咪最后把自己的几条命都给了那几个生病的小孩，孩子们得救了，猫咪却无声无息地死去了。当时看到故事结尾的时候，我哭得稀里哗啦，但同时也隐约懂得了要去帮助有困难的人，虽然自己可能会有损失，但是舍己为人也是应有之举。所以，2021新年伊始，我毫不犹豫地走上了沈城抗疫岗位，汇入攻克时艰的平凡力量之中。没有生而英勇，只有选择无畏，平凡的人，也可以有不平凡的精神。那些义无反顾的转身，那些在零下二十几度寒风中坚守的身影和那些被口罩留下印记的脸庞，有些苦但不抱怨，有些累但不退缩。疫情难凉热血，信念点亮希望，坚守，担当，责任，奉献，他们就在我身边，是平凡中国人的缩影，是不平凡中国精神的彰显。暖流涌动，终将带走寒冬，微光汇聚，终将冲破黑暗。写到这一刻，唯愿疫情散去，国泰民安。

刚刚过去的2020年是被疫情笼罩的一年，每个人回想起来都是一部辛酸史，这在跨年的朋友圈里体现得淋漓尽致，大家都在感慨，也在总结，更在期冀。但是，2021年病毒又开始反复，让我不禁开始反思：我们作为个体真的非常渺小，没有哪一个人仅靠自己就能够完全独立地存活下去。在新一轮的恐慌开始以后，我却相对冷静下来，不是不怕，而是知道怎样才能更好地保护自己和家人，自己还能做些什么有益的事。

也曾像皮皮鲁一样有一个当超人的梦，吸收一点儿能量液就可以无所不能，不管是雪中送炭，还是锦上添花，轻松解决好所有的事情。但无论是您的童话故事还是现实都告诉我，人类从来没有远离各种风险的威胁，一次又一次的危机爆发危险袭来，不断提醒人类的有限性。所以，面对疫情，我们只有积极应对，做好防护的同时，再去为他人为社会做一些力所能及的事情。超人也需要努力，超人也不能偷懒不实实在在去做而只靠臆想。很多无能为力而又无助的时候，只要再坚持一下，事情也许就会出现转机。童年时，您的每一个童话故事都告诉我，遇多大的难事都不要绝望、不要放弃，坚持和努力就一定能看见光明，童年时期获得的这许多正面积极的引导让我受益至今。

其实，最要佩服的是您的坚持。撑起三十多年的《童话大王》，这么长久的写作，您做到了孜孜不倦，我想这可能就是内心的热爱与责任吧。近来，总是能看见您在网络上回复热心读者的留言，语言机智又幽默，掀起一片开心的热浪。这样的郑同学离我的想象更近了一步，原来您不仅有一个想象力丰富的大脑，更有一颗有趣的灵魂。出自您笔下的“早起的虫儿被鸟吃”，让我乐不可支地度过了一个个艰难爬起的清晨，因为我宁可当那只早起的鸟儿，去等晚起的小虫虫，也不要当一只爬不起来一无所获的小懒鸟。工作后的我开启坚持每天早起半小时读书学英语的节奏，看起来是和日常工作毫无联系，但是谁能想到工作六年后我突然有了继续读书再深造一下的想法呢？于是，考研英语没费多大劲儿就通过了，备考期间更早起床复习也毫无压力，因为“小小鸟”早起的功夫早已在平时练就，长久以来的坚持和努力让我圆梦于法学的象牙塔。

哦，对了，悄悄告诉您，单位的同事姐姐最近刚生了双胞胎，取了小名分别叫舒克和贝塔，一对好兄弟。不知道您会不会认为她侵犯了您的知识产权呢，嘿嘿……“80后”的我们几乎没人没看过舒克和贝塔的故事，两只可爱的小老鼠分别开着飞机和坦克帮助他人，战胜海盗，最后保卫了人类和平。小时候看得痴迷，总觉得长大后应该要侠肝义胆，锄强扶弱。长大后也算遂了心愿吧，学了四年的法律，大学一毕业就走上了司法工作岗位，整天同犯罪分子做斗争。没有多么豪迈壮阔的职业追求，只是想当一个称职的司法民工，忠于法律，坚守底线，审慎地对待每一个案件，不冤枉一个好人，也不放纵一个坏人。说起来容易，做起来真的是需要一个强大的信念，需要根植于内心的法律信仰，更需要坚持和自律，在能力范围内做好自己该做的事情，做好自己能做的事情。虽然每天都要面对消极阴暗的一面，但我心中始终有自己的坚守和认知，“惩十恶相当于扬十善”，没能直接从事微笑帮助他人让人觉得良善的工作，惩治恶人恶事、让犯罪人受到应有的惩罚也是另一种“善良”。舒克和贝塔保卫人类和平，而我践行国家的法治实施，捍卫国家的法律权威，却也觉得跟这两只非凡的小老鼠不相上下呢。

两只小老鼠的畅想暂停到这里，寒冬夜里，我要继续出门去开始第三轮防疫检测志愿工作，去跟病毒做斗争啦，静候我们打赢疫情防卫战的佳音，也静候您的回信哟！

另外，也要顺祝您六十六岁生日快乐。在我们东北有传统俗谚“六十六吃刀肉”，子女要用六两六的面和六两六的肉，为过六十六岁生日的父母包六十六个饺子（一般都尽量做得小一些），如果能一天吃完，就预示能够健康长寿、顺顺利利。虽然您不是东北人，但也不妨一试，顺便考验一下孩子们包饺子的功力，毕竟咱们国家大部分重要的节日都要吃饺子，您六十六大寿也不能例外哈！

敬祝：身体倍儿棒！作品倍儿好！

您的大读者：于小博

2021年1月7日

第二十五封信

我们的生命携带着大大小小的童话，那些童话就在身体里，童话就是我们，我们就是童话。

郑渊洁叔叔：

展信佳！

我看网上的孩子们都叫您郑爷爷了，听着特别和蔼亲切，有一种想要跟爷爷说悄悄话的安全感。虽然我也想跟着叫一声郑爷爷，但实际情况似乎不太合适，您与我父亲是同辈人，所以我只能正儿八经地叫郑叔叔了。

郑渊洁这个名字在我心里简直与1986年版《西游记》的重量相当，而且具备一定曼德拉效应的色彩。童年里《西游记》的内容似乎源源不绝，仿若有二百集那么长，长大后发现只有二十五集。相似也相反，郑渊洁在我心里好像只是一个名字那么短，长大后却发现这个名字跟我的记忆同岁。

我读您作品的年代，是这个魔幻世纪开始的时候。2001，璀璨而奇妙，即使年纪轻轻，我却已经能感受到整个世界正在开花，身边的时空都在变动，好像有新的物种正在看不见的天地网格中分娩。那一年，大事方面中国申奥成功、加入了世贸组织，小事件上台湾偶像剧进入内地，F4席卷亚洲，周杰伦红遍全国，“四小天后”唱着歌，而我的豆蔻年华也开始了。我第一次注意到校园里的银杏树就在语文老师的窗边四季演变，爬山虎的枝蔓在逸夫楼茂盛攀爬，还有下午四点半夕阳下的草坪上空，总是飞着白蝴蝶……荷尔蒙将我从生命中引出，我看上去没有任何变化，却浑身长满了触角，吸收着来自生活、校园、学业，以及阅读材料中关于万事万物的信息。

学校十字路口对面有一个报亭，我现在都记得那个老板长得与卡夫卡格外相似，《童话大王》就摆放在《少年文艺》《萌芽》《青年文摘》旁边。这本书是郑渊洁写的，这本书叫《童话大王》，而郑渊洁就是“童话大王”。在我心里，《童话大王》是永不停刊的。我看不懂《童话大王》的时候，它在；我认识它后，它在；我变成大人，它依然在。

在极具包容性的班主任的引导下，2004级初中五班的我们可以说是空前绝后地闪耀着创作的激情。我们笔耕不辍地写周记，如饥似渴地阅读课外书，报亭简直被我们承包了。我们成立了“写作天团”，交换阅读彼此最新的日记，交换阅读彼此订阅的杂志，精神生活极其丰富，但是，要想读到《童话大王》，可是充满了不容易！

为什么？这就要说到那位家里订购《童话大王》的男同学。他是我们写作小组的一员，微胖，戴眼镜，成绩中等，浑身恶趣味，反应敏捷却表情迟钝，不喜欢语文，阅读爱好只有《童话大王》，外号“闷大”。

我们当时座位搭配都是一男一女，他与同桌爱琳斗智斗勇，其强度波及我们整个天团。爱琳要看《童话大王》，他同意借阅，每期新刊准时带到班里，但规矩是得他先看，看完传给爱琳，爱琳再传给我们。这当然是情理之中，但是他别有心机，每期杂志看完后，一定要保留几日，享受大家的奉承和夸赞，好话说尽，才终于肯拿出他的《童话大王》。

南方的冬天格外湿冷，我就记得他穿着羽绒服，取下已经发脏的棉手套，眯着眼睛，推一推镜框，镜片上都是薄雾，在我们一顿哀求后，满脸迷之微笑，心满意足地放下手里吃了一半的火腿肠，拍拍油腻腻的胖手，转过身拉开书包，从里面摸出已经发皱的书……就在我们等待的小眼神即将被希望点燃之时，他欲擒故纵，坏笑着扫视一圈围坐者，开始对我们进行毫无新意的恶趣味打击，他把手指伸进鼻孔……再把鼻涕一页一页抹到书上……

长大以后我们开同学会，依然对这一幕记忆犹新。当年的我们，接过那一本本涂上了鼻涕的《童话大王》，翘着兰花指，小心翼翼地绕过闷大恶趣味的整蛊，读完了很多的连载故事。

这还没完，借了书以后，闷大就跟守门员一样，时刻关注着他的书去向何方，跟进着我们传阅的进度。《童话大王》若稍有破损和污渍，就成为他再次淘气的理由——可是，明明他已经把书弄得脏破不堪，怎么鉴别新的污渍呢？这就看他心情了。

我记得他收回每一期《童话大王》后，低着头放进书包的样子。书已经脏了、皱了，被一群年轻的孩子争相翻阅，再被他装回家。大家散去了，也没人夸他了，可是没关系，下一期，他又有新的机会受到众人“爱戴”啦！

闷大一定是我们阅读《童话大王》的生活中浓墨重彩的一笔，不，重口味的一笔。但是他给我们设置的高门槛并没有影响我们的乐趣，我至今无法想象当年的自己是如何绕过了他的恶作剧，获得了阅读的快乐！

其实在识字前我就知道皮皮鲁、鲁西西了。大我八岁的表哥，每天回来都戴着皮皮鲁的棒球帽。那些我身边喜欢皮皮鲁的男生，总是散发着调皮捣蛋、不善言辞却心地善良的特质。

闷大就是这样一个普通的孩子，十五岁的男生多么难以言喻！用这种方法与女生互动，在同学中获得认可。他调皮捣蛋，惹人嫌弃，却还是日复一日带来新刊过刊，一次次把书借给了我们。后来我们才知道，他如此欺负爱琳——欺负就是不知道如何表达喜欢哪！他自己都没意识到已经喜欢上了爱琳。两个人在斗智斗勇的过程中收获了爆笑、友情，一个慢热而淘气的男生，也第一次感受到了心动。三年转眼过去，高中以后，我就没有见过闷大了。

事实上，初中年代给我种下了丰富的情感和创作的种子。那时候，我们都不是拔尖的学生，贪玩，偏科，小聪明，大傻个儿，没心没肺又心思细腻，害怕数学且在意成绩，文学保护了我们敏感的心，让不完美的自己拥有了表达的道路，在面对复杂世界的成长过程中获得了善意的理解。

毫不夸张地说，当时我唯一的爱好就是读书写作，最大的自信就是面对八百字的语文作文，总能在最后一刻写到八百二十字，这种收敛了激情的恰到好处，深受语文老师的喜爱。年少无知的我获得了被数学碾压无望后来自语文的收留，天赐的热爱激发了我对写作的沉溺和自信，但是我万万没想到会遇到《智齿》。

最近一个朋友说想拔牙，来找我问经验。能不能拔？疼不疼？会不会变傻？作为一个拔过三颗智齿的人，面对这样的问题，我总会跳出题目外，适时地推荐他们重温一下您的《智齿》："梁功辰是受读者欢迎的作家，一次，他在医生的劝告下拔除智齿后，丧失了写作才能。"

这本书当年毫无悬念地再次被争相传阅，并且带来了不小的震动和惊慌。在那之后我告诉自己，不能拔智齿！——二十五岁，我躺在牙科医生的灯光下，拔掉了第一颗智齿。

但是那一刻我想起了很多故事，充满了无言的感动，一种深深的情感涌现，高速的回忆叠加——这是童话的力量和影响，随着智齿被取出来，我感受到一种新的魔幻！那是一个轮回的结束，一次自我超越的尝试，一场内在的冒险和对自己深深的看见。

长大后的我，与写作不断打交道，这可以说是我的快乐、乐趣和专长，它养育我，同时也养着我！我意识到，骨子里，我在乎才华超出了自己的想象，《智齿》无疑是一棵跨维度的植物：故事是种子，十几年后，随着我的智齿被拔出，它开了花。它成了其他的形态，却依然保留着当年被触动过的基因。伴随着生命经历的展开、成长和成熟，我意识到那颗智齿永远不会被真正拔掉。那颗智齿就是一份勇气、耐心、善良、生命力、向光性和自我接纳。

害怕和守护，热爱和退却，失败与平等心。失落的智齿，是多年来对自己的缺席。《童话大王》，为我带来的不仅仅是故事，更多的是情感的交织、生活的体验和一种童话的态度——如闯关一样轻松而认真地对待生活、学习本领，同时，绝不失去“游戏玩家”的天真。

童话里充满了童年的我、少年的我、成年的我、老年的我。如果到了八十岁，我依然没有“长大”，我想，这就是童话给我带来的礼物。

您撑起了三十多年的《童话大王》，为那么多孩子带来了充满惊喜的世界，那些世界带着他们穿过年岁，不断地被想起，不断地影响着，使他们完成从阅读到领悟的蜕变，这多么像童话本身啊！您让我相信，我们的生命携带着大大小小的童话，那些童话就在身体里，童话就是我们，我们就是童话。

您已经长大的小读者：陈晓晓

2021年1月11日

第二十六封信

陪伴是最长情的告白。那些来自童话中的小伙伴的陪伴，何尝不是一种成长的礼物。

敬爱的郑渊洁老师：

您好！

虽然我们素未谋面，却深觉熟识许久！我是您的一位读者，我叫葛智尧，目前就职于中国中医科学院产业管理处，从事中医药产业管理、大健康产业领域相关工作。说起来，出生于张家口的我与您同为河北老乡，真是一种缘分，一份荣幸。借着这次宝贵的机会，我试着跟您闲谈一下过去，再跟您分享一下现在吧。

我出生于1989年，作为一名标准的“80后”，又处于与“90后”转承衔接的年龄。那个时代，中国正值深受改革开放影响各地经济文化都在快速发展的时候，工业制造业飞速发展，电子信息网络技术正在悄然间刷新大众认知，文化教育理念亦处在即将发生巨变的关键转折点，国外那些千奇百怪、裹着花花绿绿外皮的东西不知如何就已来到我们身边，不由分说地打破了人们固化的生活方式，人们从被迫接受到主动认知，再去突破创新，一切都是那么顺理成章。电视机的普及更是让更多人开始了解外面的世界，从简单到复杂，电视节目的种类不断丰富，满足于不同年龄段的需求。动画片的应运而生，让那时候还是孩子的我们感受到了前所未有的新奇，直到现在好多人的童年记忆都是当年那些卡通形象，不论是《大闹天宫》《小蝌蚪找妈妈》这种代表国产动画的经典之作，还是《圣斗士星矢》《变形金刚》这些日本、美国的作品，都在我们这代人心中烙下了深深的印记。在那个时候，我与我最喜爱的两位小伙伴相遇了，他们的名字是舒克和贝塔。“开飞机的舒克……开坦克的贝塔……自己的路，自己走，谁需要我们帮助，只要叫声舒克贝塔……”就在此时我哼唱着主题曲，脑海中想着那两只可爱伶俐、勇敢正直的小老鼠，不由得感觉回到了那个再也回不去的过去。那时候蓝天白云，鸟语花香，我与院子里的小朋友们开心地玩耍，那不单是我们与两只小老鼠的朝夕相处，那更是午睡后爷爷切好的一牙西瓜，晚饭时奶奶煮好的一锅面片汤，是年轻的爸爸妈妈每个周末都会接我回家的一段模糊岁月……如今，我已长大成人，爸妈几近花甲，爷爷前年离开了我们，年迈的奶奶在楼房里佝偻着身体，我已近一年未见她。写到这儿，不禁有些动情了，若是岁月不嗜夺，谁人诗情话故人。

回到正题，长大后才知道，我的这两位小伙伴——舒克和贝塔，他们都出自您的笔下，在付之于无限情感与人物化的童话世界中，他们天然地走进了我和亿万小朋友的心中。虽然经过动画片的形式展示出来的，仅仅是您完整故事系列中的一部分，但在那时国产动画并不丰富的背景下，舒克和贝塔成了我们心中一直无法忘怀的童年记忆。您对故事主人公的生动刻画和对故事细节的精心打磨汇成一股正能量，潜移默化地钻进我们幼小的心里，勇敢、团结、遇到困难不退缩的小小精神就这样扎下了根，发了芽，如今一直在持续影响着我们心灵的成长；您，也成了我们心中指引着成长方向的故事大王。接到大民哥的邀请时，我脑海中涌现了很多关键词来与您形成链接，最终，我觉得最准确的一个词，那就是童年，所以我想再跟您絮叨一些，说说童年吧。

童年，应该是美好而难忘的，甚至有时候，那种在幸福与欢愉中交杂着疼痛与缺失的童年经历更饱满而让人难忘。若是问起每个人心中的童年，定是五味杂陈，甜不滋儿的，又有点儿苦哇哇儿的，一个丰富而饱满的、幸福的、快乐的童年，应该是人生中难得宝贵的财富吧。童年之幸，大近相同；童年之不幸，各自有之。万幸的是，有了像您这样的人用独有的方式陪伴着一代又一代孩子们成长，再多的疼痛与缺失，都会在美妙的音乐和多彩的童话世界里灰飞烟灭了吧。有人说，陪伴才是最长情的告白，郑老师，“童话大王”创造出来的形形色色的小伙伴们的陪伴，何尝不是一种成长的礼物，一直陪伴我们长大。我们这代人的童年或多或少受到您的影响，我们出生在计划生育执行最严格的年代，父母恪守国家相关政策，我们都是独生子。在童年世界中，父母忙碌，隔辈的爷爷奶奶、姥姥姥爷仿佛又无法像伙伴一样陪同我们成长，从小回到家，最开心的事情就是打开电视，看着动画片，与那些故事中像舒克、贝塔和皮皮鲁这样的小伙伴神游独处一段时间，那就是再快乐不过的时光了。

话别童年，转眼长大的我，在工作中也深受您的影响。2020年，是不平凡的一年，新冠疫情的爆发给这个时代留下了一道深深的裂痕。原本在河北过年，深夜突然的一通电话将我叫醒，我单位——中国中医科学院，在腊月二十九的当天，由工程院院士、中国中医科学院院长黄璐琦带队，组建了第一支国家中医医疗队，大年三十大家众志成城签订了生死状、责任书，奔赴武汉前线。随后，我单位又派出第二支中医医疗队、专家组，陆续前去支援武汉。我作为中国中医科学院的一员，虽然没有上到前线，但也算是和同事们一起在大后方阵地，用自己的实际行动参与着这场没有硝烟的战斗。我们每天都与前线同事争分夺秒采集数据，配合前线搭配中药方剂。每天的心都悬在空中，只希望在中医药介入治疗后，抗疫战争能够取得突破性的进展。时间一天天地过去，疫情数据就像出租车报价器一样，一路向上攀升丝毫没有停下来的意思。随后，武汉封城，全国各地支援，诸如“热干面挺住”的标语飘扬在武汉没有阳光与彩虹的天空上，组成了一抹新的光彩。雷神山、火神山两座医院光速建成，大型国企纷纷转型开始生产救援物资，生产口罩、护目镜、防护服等救援物资送往前线。中国中医医疗队在武汉接手的方舱医院成绩喜人，中医药治疗介入，不但让新冠肺炎患者抵抗力增强、强身健体，“三药三方”的使用也使得传统的中医药在抗击疫情的过程中发挥了稳定人心、调理肺气的作用。这一切我们所见所闻，都是中国速度，更是中国制度。郑老师，我想代表中医药人特向您发出一份请求，希望在您未来的作品中能够看到咱们中华小神医的身影，中医药作为我国传统文化的组成部分，正在被国内外接受和认可，这也是我们文化自信中最早、最成体系的内容之一。作为中医药从业者，希望能看到更多的小朋友像结识舒克和贝塔一样，从小认识一名小小中医，在您的故事中领略中医药的神奇，将传统文化的根牢牢扎下。

疫情期间我写过一篇小文，一直未发表，信件的最后，请允许我借此信函将前线发回的场景用文字的方式汇报给您与读者，也让我们共同铭记这场抗争，铭记我们伟大的医疗工作者，铭记我们无比强大亲爱的党与国家——

眼前有一片废墟，未见枪炮响，却是一片战争激荡的土灰。没有城墙，没有牢狱，四下皆是通路与大桥，却不见自由的生灵与盎然的花树。只有远处天空呼啸而过紧急停降的飞机和放眼望去不变形状的惨白雨朵。病毒都渴望这样的战争，战后废墟里，有数不清的哀号与悲鸣，那是物种界限外的激烈博弈与互尽厮杀，那是侵吞的战歌与仇恨的战俘……没人看得清灰烬与残骸的烟尘中，是堆叠如山的医用垃圾与废旧口罩。

心中有一片废墟，黑漆漆的空洞不堪，向外延展，像一张血色深渊巨口，即便是暴露于阳光之下，依然不知廉耻地吞噬着平静与安然，满足地吐出恐惧与无助的红色骨片……人们盯着手机屏幕，双手颤抖着翻动一页又一页的信息与报道，但，那都也只是数字的堆叠与文字的输出。瞬息万变之间，淘汰与离弃成了每一刻都可能发生的事情，有人被迫调整脚步，有人却永远地被风沙卷席不见。

我趴在地面，额头贴着大地，远处传来马蹄声声，那是红色的千军万马，挥舞着旗帜由远及近，马踏浓雾浓雾散，旗挥拨云艳阳天。

远处有一片废墟，红色土壤，发出新绿的枝丫，我可以放心地睡去了。

祝郑老师六十六周岁生日快乐，一切安康！

此致

敬礼！

葛智尧

2021年1月11日

第二十七封信

“童话大王”告诉我，一直到六十岁、七十岁、八十岁，都要继续做一个拥有天真、始终有趣且真诚的人。

童话大王：

您好！

论起岁数和辈分，我应该称呼您叔叔，因为我和您儿子亚旗都是“80后”。但是，“童话大王”这个称谓，从我很小刚开始学认字的时候，就和《大灰狼画报》上我第一次见到的小老虎和亚旗的故事，一起深入到我的心中啦。虽然记忆里也有小喇叭电台中的孙敬修爷爷讲故事，《儿童文学》《故事会》这些后来陆续来到身边的刊物，但是作为一个称谓而非一本书，也只有“童话大王＝郑渊洁”这个印象最最深刻了。

我得先说一说自己心中藏了几十年的羡慕和委屈。

《童话大王》我看了不下一百期吧。皮皮鲁和鲁西西，还有舒克和贝塔的各种历险记，虽然情节我已忘得七七八八了，但是那种亲切感，是绝对不会消失的，一直都在，就等着在某个时刻被重新唤起。《大灰狼画报》我就看过那么一期，真的。但八岁那年在我二舅舅家昏黄的前檐下面，趴在一张竹椅子上，哆哆嗦嗦又着急忙慌地看完这本画报，是同样特别深刻的经历。

为啥哆哆嗦嗦？那个晚上大人们说了啥我已经记不太清了，但对外婆说的白天晌午那会儿最热的时候，院子水池里盘进去一条大花蛇贪凉的事，我是太害怕了！大人们应该是爱惜电，不舍得把院子里照得通明，纳凉坐哪儿，就开那里孤零零一盏黄灯泡。在郊区的大院子里，四周都是黑唰唰不停摇晃的树影，脑袋上还时不时有小燕子进进出出扑棱翅膀的动静，再加上脑袋里对大！花！蛇！的充分想象……我感觉到分分钟要吓尿的紧张！……

但就是在这样的情况下，我还舍不得拉着妈妈赶紧回家去，还要趴在椅子上，就着那么昏黄的光线，贪婪地快速翻看这本画报，只能说，我太缺这个了！

对。那是我第一次也是最后一次看《大灰狼画报》。小镇，没有能提供给孩子阅读的图书馆，只有一家新华书店、一个邮局和邮局外面的报刊摊，是能接触到时新报刊的地方。但是家庭条件有限，大人也很少买书给我，画报这种要通过邮局征订的奢侈玩意儿，那是不可能有的。懂事的我也没有要求过。而在二舅舅家，第一次读到亚旗和小老虎，一个在书里面也是七八岁年纪的小男孩，居然能那么潇洒帅气地和小老虎做朋友，爸爸跟对待哥们儿一样跟他说话，那么尊重他，把他当大人看，他还拥有那么多自由和爱，这个，在我的生活里真是太罕见了。而这种好看的图画、好看的文字，我只能偶遇，无法拥有，拥有它的人恰恰是学习一塌糊涂整天被老师拉来跟我做对比的表哥。这种叫我难过的缺失感，并不只是在亚旗和小老虎这件事上第一次体察，某种意义上，它和百货店橱窗里的蛋糕糖果、幼儿园只有一把花生可以给我做零食、百货大楼里那套过家家玩具一样，都是童年贯穿始终的匮乏感，以及向大人讨要时很可能得到羞辱式拒绝甚至责骂打罚的恐惧和难堪……

我感觉，我有整整一年，都对这个叫亚旗的小男孩又羡慕，又嫉妒，又念念不忘——某种程度上，还有对表哥学习没我一半好却能有这么好看的图画书的不能理解（虽然因为他学习实在不开窍，二舅舅后来再也没有给他订过这个画报）——可能那种执着劲儿，一直要到舒克贝塔系列才逐渐消磨。

所以说，“童话大王”这个人，在我心中的形象一直都是勇敢真实、特立独行，对世人也不藏着掖着那种带劲儿的主儿。虽然不知道您的儿子亚旗后来如何，但是从您后来居然能鼓励他回家自学，我就把这种羡慕嫉妒一直保存至今了！

虽然不是每个人都有这种幸运，成为从小就可以生活在“童话大王”给他打造的宛如童话一般的世界中，但是，那些小时候读到的，并非一般意义上的只有甜蜜、温情、美好，也有各种讽刺、揭露甚至恐怖的故事，是一直可以给到一个在闭塞小镇生活的另一种“80后”很多很多能量的，有很多场景可能是一辈子的烙印。比如，时至今日，我都特别抗拒吃午餐肉或火腿肠这种食品，是因为罐头小人们的出生那一章过于让我感到惊悚；比如，有一次出差路上，呼啸路过一家挂着亚旗招牌的饭店，特别想喊司机停车让我回去看看到底是不是亚旗开办的那家……

还有，对皮皮鲁这样的男生的喜欢，是从希望自己有这样一个哥哥，到希望有这样一个男友，但一直到现在也没有见到生活中真的有几个像皮皮鲁这样仗义有担当的善良好样儿的，虽然自己不小心真的纯属巧合地活成了那个懂事、学习好也够勇敢的鲁西西。

嗯，如果说真的有什么是我从您这里得到的最宝贵的经验，那可能就是一直到六十岁、七十岁、八十岁，在耳朵还能听得到、嘴巴还能比较溜的时候，都继续做一个拥有天真、始终有趣且真诚的人吧。而且，如何能做到保护好自己这些美好，也是一门不太容易习得的学问呢。已经许久没有再看您的作品了，但是，从您这些年回复大小读者的文字里能够清楚地看见：那些美好的东西，一直都在，而且，正是因为它们一直在，居然没丢嘿！给我更多向着美好继续前进的勇气，也能让我在历经那么多艰难后，在已经丢失了那种动辄可以欢喜大笑的能力后，还为自己目前依然持有的这点美好，心怀柔软，葆有欢欣。

谢谢您一直都在。希望在接下去的日子里，我们继续。

祝您生日快乐，一生童话。

一个继续羡慕嫉妒亚旗的“80后”小孩于内心、于每天

风雨晴

2021年1月12日

第二十八封信

所谓“英雄不问出处”，鼠籍出身的舒克贝塔也能成为正义、善良的代名词，用自己的行动实现自己的价值。

尊敬的“童话大王”郑叔叔：

您好！

请允许我这样称呼您。虽然现在很多小朋友称呼您为郑爷爷，但我是您80年代的小朋友，当年那个喜欢《童话大王》的忠实读者之一。我跟皮皮鲁同岁，是舒克贝塔的小姐姐。时至今日，我的孩子也在看您的童话作品。您笔下的人物皮皮鲁、鲁西西、舒克、贝塔和大灰狼罗克家喻户晓，承载了一代人甚至几代人的记忆。特别是由您的作品改编的动画片成为“80后”“90后”童年的一部分，甚至我家“10后”的小朋友也是您的小粉丝。他是一个妥妥的“ABC”，一个看迪士尼长大的孩子，没想到他也会被舒克贝塔所吸引，而且看的还是1989年版的动画片。这说明老鼠的经典形象不只有米老鼠，还有舒克和贝塔。飞行员舒克和坦克手贝塔的冒险经历吸引着各个年龄段的“小朋友”。我们小时候觉得您是一位脑洞奇特的叔叔，您创作的舒克贝塔带着我们上天入地地冒险，飞机坦克航母样样精通，面对各种坏蛋通通闯关。我们的童年和少年时代，因为有着舒克贝塔的陪伴而感到非常幸福，时至今日我还能讲出舒克贝塔和他们小伙伴的故事。他俩算是很早的荧屏

“红蓝CP”，那段熟悉的主题曲我仍然能张口就来。

在您众多的童话作品中，我认为《舒克和贝塔历险记》可以说是最受欢迎的一部作品，原因可能主要是以下几个：一、故事内容精彩；二、符合孩子们的价值观；三、拥有积极的情感教育作用。

对于原创童话来说，没有精彩内容的作品肯定是空洞的，要想出彩必须坚持内容为王，用故事赢得读者。童话作为儿童文学的一种载体，其内容就是要通过丰富的想象来编写适合儿童欣赏的故事，具有语言通俗易懂、情节离奇曲折、引人入胜的特点。您创作的《舒克和贝塔历险记》讲述的是不想当小偷的小老鼠舒克和被花猫咪丽欺负的小老鼠贝塔，他们不打不相识，成为最佳拍档，开着飞机，驾着坦克，一起冒险一起成长。他们抓坏人，开航空公司，上太空，到全宇宙冒险，情节跌宕起伏，耐人回味，令人久久不能忘怀。您的故事抓住了我们读者的心，绝对的内容为王。

除了丰富的内容，您的文学创作大都符合孩子们的价值观。虽然小时候我们很难理解“价值观”这么一个抽象的概念，但是大人和孩子们都喜欢舒克和贝塔，都认为他们做的事情是对的。这就是价值观，是由一个社会群体共享的、区分好坏判断是非的观念。事实上，每一个群体或者社会都有其主导的价值观。好的文学作品显示了一个社会的普遍观念，它们在孩子们的成长和社会化过程中起着非常重要的作用。您的童话故事与孩子们的认知结构相适应，因此受到孩子们的欢迎。我觉得您的童话故事里的价值观主要有以下几种类型：一、道德价值，《舒克和贝塔历险记》里处处展示着舒克贝塔乐于助人，热心真心对待每一位朋友，诚实地面对自己的内心，有错必改；二、能力价值，两只小老鼠因为梦想而去冒险，有开飞机、开坦克的能力，不断提升改变着自身形象和能力，并帮助其他朋友一起进步，展望未来的美好生活；三、社会价值，两只老鼠不畏强权，惩恶扬善，维护和平，进而获得真正的友谊，也帮助了人类朋友和动物朋友；四、个人价值，那就跟塑造的角色性格有关了，他们虽然都是底层出来的，被其他动物看不起，但是天性乐观开朗。所谓“英雄不问出处”，鼠籍出身的舒克贝塔也能成为正义、善良的代名词，用行动实现自己的价值。舒克和贝塔用自己的经历感染着读者，向读者传达思想情感，给他们以正向的引导。

童话故事的读者是小朋友。小朋友在成长过程中受教育的比重占得很大。童话故事是陪伴和促进儿童精神成长的重要资源，在孩子的情感教育、性格塑造方面有着特别的优势。您的童话作品总是善于以细腻的笔调来展示人与人、人与世界之间的诗意之美，从而给儿童以强烈的情感教育。那种潜在的、移人心性的作用实在是不能低估的。您的《舒克和贝塔历险记》里满满都是真善美和自强不息的精神，这些对孩子们的情感有着浓厚的熏陶，不断塑造着他们坚毅的性格。就连我们大人都会被影响感染到，并和孩子们产生共鸣。

我们深爱的《舒克和贝塔历险记》经过改编后成为一款绝对的现象级动画片，不知被翻来覆去放了多少次。作为传媒专业出身的我，还想和您聊聊它在我眼里的过去和未来。

您这部已问世近四十年的文学作品可以流传至今，我觉得它一是借助了多样的传播方式，二是借助了多种艺术形式进行展示。其实我和大部分“80后”“90后”一样，最初看到的是《舒克贝塔》的动画片，而我身边“70后”的朋友们往往一开始看的是原著。不过最近我也有去网上听关于舒克贝塔的有声读物，感觉也非常不错。一个优秀的童话故事需要媒介载体传播，东西再好没有传播渠道也不可能得到广泛的认可。您的《舒克和贝塔历险记》多年来通过不同介质传播开来，当然这些介质也跟着社会进步科技发展不断地更新、不断地融合向前。从传统媒体到新媒体再到融媒体，《舒克和贝塔历险记》被不同的媒介传播，经过多渠道全方位到达受众端。比如，在传统媒体时代您的童话出现在连载刊物上，后来制作成动画片、做成广播节目。内容的传播面对的就是读者、电视观众和听众，这样就形成了传统媒体“点对面”传播方式。随着多元化的介质融合、技术融合，新媒体和融媒体发展使传播方式不断重构，强化了“点对点”精准化的传播方式。比如，现在我想在手机喜马拉雅APP上听舒克和贝塔的历险记，只要点播就出来了；如果我在YouTube上搜索“舒克贝塔”，也会马上跳出来1989版和2019版动画片；我还可以在微博、微信、短视频平台传播相关内容，并与他人互动与交流。最近郑老师您频频上热搜，很多公众号都报道您的“经典回复”，妙语连珠，温暖贴心，永远跟小粉丝们站在同一平台有爱互动，给我们带来了一波回忆杀。这就是运用移动互联网、大数据和人工智能技术，实现平台、渠道、终端的个性化内容输送，把传统媒体传播的对象读者、观众、听众通通变成了童话的终端用户。虽然舒克和贝塔已经年近四十了，但他们的故事还是被一代又一代的小朋友熟知和喜爱，就连我七岁的儿子也可以在海外无障碍地感受着他们的历险故事。当今融媒体时代虽然融合了技术、融合了介质，改变了传播方式，但优质内容依然不变，那两个可爱的小老鼠无论被搬上哪个介质“舞台”，他们的故事都会精彩纷呈。期待您的童话故事以更多传播形式陪伴我们下一个四十年。

郑老师是《舒克和贝塔历险记》的缔造者。虽然这部作品最初以文字形式讲述故事，但艺术形式总是多元化的，不拘于文字一种。1989版的动画片就把您的文字内容改编成动画片搬上荧幕，用影像语言讲述故事。记得那个时候我每天到点都要打开电视剧目不转睛地看动画片。舒克贝塔赶上了20世纪80年代末90年代初电视的起步发展阶段，于是多了一种电视艺术表现形式。那个时代电视逐步走进人们的生活，影像语言带来的视听觉冲击力远远比文字更生动。当然经典永远会被翻拍，舒克贝塔也不例外，在2019年重新制作的新版《舒克贝塔》动画片里，人物形象、故事情节也都根据现在的时代有所改变。我相信也期待未来还会有电影版、舞台剧版的《舒克和贝塔历险记》。我一直都认为舞台剧版的会受很多儿童的喜爱。由孩子们演绎他们心中的老鼠英雄，诠释浓浓友谊、自强不息、永不言败的精神，想想都激动。而在其他艺术展示方面，我觉得您的童话今后还可以在衍生品上进行创作研发并推向市场。说到衍生品，我们国家在动画动漫的衍生品领域做得总是不够。支撑一部动漫作品很重要的市场之一就是开发衍生品。试想二十多年前迪士尼的《狮子王》，现在每年还在通过衍生品市场的份额赚钱。我好朋友，前迪士尼动画大师刘大伟（Davy Liu）先生，他也是最早的一位迪士尼华裔动漫大师。他告诉我当初他们去非洲写生，主要是画非洲“爸爸和儿子”的主题。他们画的时候也涉及了各种动物。画了半个多月的人物后，他们发现动物比人物更好。好在哪里呢？动物形象的衍生品比人物更好走向市场。于是他开始着重画狮子及各种动物，才有了后来的《狮子王》。也是因为《狮子王》的成功让迪士尼大赚一笔，把衍生品的市场做得越来越成熟。时至今日，全球迪士尼乐园里处处都是电影的衍生品，当然也包括迪士尼乐园本身。同理，我们在舒克贝塔的形象上也可以做很多衍生品，比如玩偶公仔，或其他产品联名款，Gucci就在做跟米老鼠联名的T恤。我们的舒克和贝塔是不是也可以放在水杯上、放在书包上、放在坐垫上呢？您童话故事的形象可以进行各种广泛的合作。除了形象还有各种版权的合作或者出售，比如电影版权、音乐版权、舞台剧版权、网络版权、主题乐园版权、主题博物馆版权等各种版权类的市场营销，这些都会是郑渊洁童话衍生品所创造出来的价值。您觉得对吗？

作为您和舒克贝塔的老粉丝，到现在我还在给我的孩子讲舒克贝塔的故事，让我的下一代感受美好的直击心灵的童话，成为彼此交流的一个话题。两只老鼠也成为我跟孩子们的好朋友。最后真心希望您和您的作品用不同的方式、在不同年代的未来都可以继续大放异彩，经典流传。“舒克舒克舒克……开飞机的舒克；贝塔贝塔贝塔……开坦克的贝塔……”

此致

敬礼！

王翊帆

2021年1月14日于美国休斯敦

第二十九封信

一个孩子在成长过程中必然要面对家庭教育、学校教育和社会教育，三者之间到底是一种什么样的关系？

郑渊洁老师：

您好！

我是您的忠实读者，很冒昧地给您写信。今年您就要过六十六岁的生日了。在中国人的传统里，六十六岁具有特殊的意义，普遍是要过寿的。在一些农村地区，这可能是老人一生中过的为数不多的生日之一，往往会大操大办一场，亲朋好友都会送上美好的祝福。您是一位广有影响的儿童文学作家，可以说是时代赠予我们的一笔财富，作为一个“80后”，我是读您的书长大的，您的作品是千千万万个像我这样的人的共同记忆，伴随着我们成长，影响着我们的人生，而且还将继续影响我们后代的人生。所以，在您六十六岁生日到来之际，我决定写一封信，谈一谈对您的认识，也给您祝个寿。您是著名的作家，当然会收到不少读者的来信，您还曾专门买下多套房产用来存放大家的信件，对读者的重视可见一斑。在如今的这个新媒体时代，您更是与时俱进，毫不落伍，在微博、抖音上与大家互动得不亦乐乎，金句频出，热点不断，时不时引起大范围的围观。所以给您写信，我是毫无压力的。

作为一名儿童文学作家，有评论称您用“中国式童话滋润了几代人的心灵”，我觉得是十分贴切的。学校里没有开设作家这个专业，即使有，也很大可能培养不出真正的作家。您小学四年级肄业，但这没有影响您成为一名优秀的作家。作家是需要天赋的，更需要后天的努力。兴趣是最好的老师，投入是成功的保证。您坚持数十年笔耕不辍，而且还是一个时刻保持思想开放的人，这让您的创作力永不枯竭。评价一个作家的成功与否，销量当然是重要的，但并不是唯一的衡量标准，最关键的还是作品本身蕴含的价值。郑老师以“四大名传”为代表的作品，以《童话大王》为代表的载体，在中国现当代儿童文学史上无疑是现象级的。我不是文学评论家，无法对您的作品做出专业全面的评判。但从我个人的阅读经历看，您的作品存在着永恒的价值。一部作品，在儿时阅读是那么有趣，充满吸引力，成年再读时，还能够读下去并能够产生新的理解，并找到新的意义时，那作品本身就具有了穿越时空的能力，具备了成为经典的价值。实际情况也是这样的，已经为人父母的我们，依然把您的童话作品列在我们孩子的读书单上。当然，时代在变，环境在变，人们的思想观念也在发生改变。对于您的作品，也出现了一些不同的声音，甚至有人提出某些作品并不适合儿童阅读。我认为这都是太正常不过的现象。郑老师的作品影响面太大了，一千个读者眼中就有一千个哈姆雷特，没有不同的声音才是不正常的。但我想强调的是，不同的视角会产生不同的理解，成人的世界和儿童的世界并不完全相同。一些质疑者，可能把我们的视角和思维强加给了孩子。我坚信，孩子的世界永远是单纯简单的。

作为一名父亲，您在子女的教育上无疑也是成功的。儿子郑亚旗在求学路上走了一条与父亲差不多的路，小学毕业就转入了您的“私塾”，并没有在学校里接受系统的教育。女儿郑亚飞则是学校教育的典范，妥妥的学霸，也就是大家常说的“别人家的孩子”。不同的道路，结果都相当成功。当然，可能有人会说，我们对成功的标准过于功利。但不得不承认，对中国家长来说，望子成龙、望女成凤可能是大家最原始朴素的想法和难以克制的冲动。一个孩子成长过程中必然要面对家庭教育、学校教育和社会教育，三者之间是一种什么样的关系？“蓬生麻中不扶而直，白沙在涅与之俱黑”“近墨者黑近朱者赤”“孟母三迁”，这些古语和故事都强调了环境对人成长的重要性。那么上一个所谓的好学校对孩子的成长成才是不是决定性的？家长应该在孩子成长的过程中扮演什么样的角色？这些都是我经常思考的问题。我从您这里找到了答案。两个孩子，两种不同的求学之路，最后却殊途同归。在我看来，这两个孩子的成功很大程度上源于家庭教育的成功。在儿子脱离学校教育之后，您坚信“没有不成才的孩子，只有不会教的父母”，付出了大量心血，承担了教育孩子的责任。自己编教材，自己授课。但又不是那种打了鸡血的“虎爸”，与孩子之间的关系始终是平等的。同时又经常带孩子一起出门看世界，并没有用家庭教育代替社会教育。“十八岁之前要啥有啥，十八岁之后一切都要靠自己”，让孩子更多地主动接受社会的历练。在我看来，家庭教育、学校教育和社会教育只有有机结合才能最大化地有利于孩子的成长，而家庭教育又是最最重要的。学校教育是标准化流程化的教育，我们虽然强调因材施教，但其实是很难完全做到的。最了解自己孩子的应该是家长，而不是老师。那种认为给孩子找个好学校，就可以把一切交给老师的想法是完全错误的，是家长抛弃自身责任的表现，更是对孩子不负责任。当然，每一个孩子都不一样，成长的道路也不一样。您的两个孩子的成才之路是不能复制的。没有几个家长有足够的勇气让孩子完全脱离学校教育，同时也没有必要。充分利用学校教育的作用，主动承担起自己的责任，把精力和资源更多地投入到孩子本身而不是外在条件上。您说过，爸爸妈妈在教育孩子的时候，应闭上嘴，抬起腿，走自己的人生路演示给孩子看，我深以为然。

您在承担社会责任上也是模范。您有很高的知名度和很大的影响力，一言一行都会被放在聚光灯和显微镜下接受全社会的审视。大家给了一个人多少名气和资源，也意味着给了一个人多大的责任。您通过自己辛苦的创作，给自己带来名气与财富，但在言行上始终不忘肩负的社会责任，言谈间始终充满了正能量，与读者的每一次互动都是令人愉快和舒服的。我所知道的汶川地震、玉树地震，您更是慷慨解囊，奉献爱心。而专门为贫困地区孩子创作的童话《红枣女孩》，不仅仅完美阐释了生命、母爱、努力和感恩，还为全国的贫困孩子募集了五亿元善款。如果说投身慈善事业是承担社会责任，那么为维护权利而斗争同样也是承担社会责任。您曾说过，自己把《商标法》全文一万零七十二个字都背诵下来了。在四十多年的写作生涯里，有三十年都是在疲于奔命的维权当中。您用自己的实际行动对侵犯知识产权的行为说不，不仅仅是维护本人的合法权益，更有利于整个社会提升知识产权保护意识。再往更大方面说，如果没有对知识产权的严格保护，就不会鼓励更多的人才和资源投入到创作中来，就不会有更多好的作品问世，最终会影响我们文化强国的建设。因此，这也是社会的呼唤和历史的担当。

以上写了这么多，认识都是粗浅的，是一个普通读者对您的朴素表达。最后，祝郑老师健康长寿，作为文坛的一棵常青树，继续以优秀的作品影响人，以高尚的人品感召人。

此致

敬礼!

邢璐

2021年1月15日

第三十封信

我从那些文字中汲取到的最大养分，便是平实中的深邃、正义中的天真、趣味中的人情。

郑渊洁老师：

逢值您六十六岁生日前际，提前祝您生日快乐，非常荣幸有机会与您做一次书信通文。

初见您生动明快的童话故事是小学四年级，那是塞外山城的学堂里，我们每周五下午一次的课外活动。记得那时每隔七日，便会有一个很美丽的女教员来给大家诵读您的作品，那算是我们枯燥的应试教育中，难有的一抹亮色。

记忆中，《皮皮鲁传》《鲁西西传》《舒克和贝塔历险记》是印象最深的故事，现下回忆起来那些引人入胜又生动有趣、画面感跳脱的故事，竟比整整六年的语文课更有味道。过了近二十年，如今的我也算是一个写作者，从您的文字中汲取到的最大养分，便是平实中的深邃、正义中的天真、趣味中的人情。

所谓平实中的深邃：您总可以通过最为简洁平实的文字，传递出很深邃的道理。例如，您塑造的皮皮鲁这个形象——一个不为传统礼教所推崇的叛逆式的男孩形象，以他高蹈逾矩、不与人群的种种行为，将他刻画成一个成绩不好、不喜被管教约束、自由灵驯的聪敏人设。但是，在他看似乖张怪诞、特立独行的行为谱系下，却藏着一颗真诚善良、正义勇敢的内心。比如，在《训兔记》中，全班同学都乖乖顺从了上级指令，只有皮皮鲁依旧坚持自我，抗拒被条令和环境同化。我猜测，郑老师内心也是一个敢于质疑规则和礼教的人。或许，您在柔和地批判一些问题，以一个少年为形象载体，通过他的叛逆和坚持，对某种定见性的教育模式中所存在的问题，进行了委婉地评析。

所谓正义中的天真：我想您的伟大之处在于，您总可以通过非常平简的童话故事，与广大儿童群体、少年群体建立起一架心理桥梁。而且，在郑老师的诸多故事中，关于情义、正义、阳光和爱的能量符号是随处可见的。像《舒克和贝塔历险记》这部作品，其中舒克驾着飞机翱翔天际，总会遇到各种出奇的困窘和险阻；贝塔驾着坦克在地面驰骋，应着天上的舒克相互激励。我想，在我们这一代独生子女的时代底色中，在“家家都有家中宝”的这样一个客观性格里，您提醒了一种难得的“男性教育”。而且，这部作品以柔和趣味的表现形式，输出了一种“狼性精神”——即善念与天真、合作与正义、情谊与坚定、协力和共赢。

所谓趣味中的人情：对我触动很大的是您的细腻，您的作品不乏灵动柔逊的情味。您在《鲁西西传》这部作品中对青少年心理活动、心理成长的探察和整理，让我们感受到您理性中的细致。鲁西西是皮皮鲁的孪生妹妹，比起她反叛乖戾的哥哥，她是老师家长眼中的乖乖女，顺从懂事，认真努力。鲁西西身上有很多故事，她比较宅，内敛沉静，良善可喜，她快乐自如地活在自己的天真世界里，比如，她遇见过零食国王、罐头小人，她还曾有一瓶用了可以变成任何人的护肤霜，而且还发现了红沙发里的音乐城。您把一个看似安静的女孩内里中的丰富灵性和跳脱别致刻画了出来，她自有她的一个静邃的精神世界。可以说，您塑造的鲁西西，是一个真正鲜活，且具有明快性情的女孩形象。您将青少年男女的心理世界和成长经历都描画得非常灵动，也许鲁西西身上有您女儿的影子吧，印象中，您对孩子的教育也和传统型家长是不同的，您自有自己的一套逻辑体系，真让我辈在严苛家教下成长起来的孩子好生羡慕啊。

感谢郑老师用一个个活泼励志又奇幻有趣的童话故事，陪伴了我们这一代人的成长，谢谢您为我们输出的良善明媚和正义真诚。祝您六十六岁生日快乐，一切安顺！

董子溪

2021年1月15日

第三十一封信

童话温暖轻柔地触动着孩子们幼小的心灵世界，让他们充满遐想，又充满着对未知明天的期望。

郑渊结老师：

您好！

每个人都有不一样的人生历程，但与童话相伴的童年总是相似的。童话像一道绚丽的彩虹，温暖轻柔地触动着我们幼小的心灵世界，让我们无限遐想和感动，又充满着对未知明天的期望。

1972年，我出生在美丽辽阔的内蒙古锡林郭勒大草原上一个水草丰茂的军马场。那里有一群来自五湖四海的父辈，用辛勤的汗水建设着祖国寂寞的边疆。那时候，人们的生活和自然条件太苦、太差，根本没有办法和今天相比。物资匮乏，交通不便，通讯也闭塞，文化生活少得可怜，一年到头只能看上几场电影，夜晚还经常习惯性地停电。读书看报就是父辈最大的爱好，听大人们讲故事也是我和弟弟最大的乐趣。记不清什么时候开始听姥姥讲刺激吓人的《狼来了》，多少次听父亲讲神奇的《西游记》，讲鬼怪连篇的《聊斋志异》……直到有一天，父亲还是用自己瞎编的故事来糊弄我和弟弟，或又重复讲那些老掉牙的故事时，我知道父亲的故事讲完了。我真希望父亲是个故事大王，每天都有讲不完的新故事。

慢慢地，我开始对父亲老掉牙的故事不感兴趣了，弟弟也不再用祈求的眼神和语调让父亲讲故事了。我们开始新一轮纠缠，让父亲给我们买小人书、连环画。小伙伴们有，我们也要，这个要求很合理，并很快在父亲每一次从外地出差回来时得到满足，崭新的童话故事书一本本摆在我们的面前，有丹麦安徒生的《安徒生童话》、德国格林兄弟的《格林童话》等。《灰姑娘》《海的女儿》《白雪公主》，还有《阿里巴巴和四十大盗》……这些童话很快被我读完，锁进书箱。我渴望，我幻想，能有一车讲不完的童话，能有一个讲不完童话的大王来安抚我。

终于，在一个静谧的暑假，父亲把一本精美的《童话大王》交给了我。那一刻，一个叫郑渊洁的人，还有他笔下的舒克、贝塔——两只会开飞机、驾坦克的小老鼠，走进了我的童年世界。他们勇敢、积极、友善、坚韧、好学，遇到各种各样的困难都不惧怕，也总能努力想办法克服。我被深深地吸引到故事的情境里去，感到新鲜、刺激、奇幻。原来童话故事也可以这样写，这样讲。我欢喜这样的童话故事，不再是姥姥讲的《狼来了》里的一惊一乍，不再是父亲那般轻描淡写的叙述，也不再是传统的从前、现在和未来，笼统简短。我喜欢《童话大王》里的舒克、贝塔、大灰狼罗克，喜欢每一个刻画鲜活的角色，喜欢《童话大王》的连续延展、构思新颖、趣味生动。我喜欢一个不再静止的童话，可以娓娓道来，天马行空，可以使每一个童话里的人物生动、轻灵地活起来，使人有身临其境想和童话人物对话的感觉。一个会讲故事的“童话大王”，才是真正的“大王”。

就这样，慢慢读着《童话大王》的我也慢慢长大，那些童话告诉我什么是善良、正义，什么是丑恶、虚伪，丰富了我的认知，更教会我一些做人做事的方法和道理以及对生活的态度，对我日后文学创作也或多或少有所指引和影响。

光阴荏苒，岁月如梭。不再年幼的我，转眼间快五十岁了，可《童话大王》依然陪着我。女儿小的时候，给女儿讲童话时，也会把《童话大王》里的有关舒克和贝塔的故事作为首选，我希望能够把我儿时的快乐传递并分享给她，因为我太爱《童话大王》了。

因为喜爱《童话大王》的缘故，所以对作者郑渊洁产生过很多好奇和疑惑。郑渊洁究竟是个什么样的人？我甚至曾和小伙伴们争论郑渊洁老师是男人还是女人，是小喇叭电台里百事通的小叮当，还是课文里神奇的神笔马良。后来，随着年龄的增长、时代的进步，逐渐从报纸书刊、电视访谈节目中了解了您，才知道您是个有着不同寻常故事的人，一个了不起的人，一个面对困难永不低头的人。您因为一篇《早起的虫儿被鸟吃》的作文，小学都未能读完，靠父母的引导和教诲，怀着对童话的奇思妙想，执着地打开了文学大门。一个人三十几年坚守着《童话大王》，付出满腔的热忱、精力和心血。做好一件事容易，几十年如一日做好一件事，真的不容易。执着有时是一种信念，一种胜利。同样面对自己儿子学习的问题，您结合自己特殊的人生经历，用自己独创的教育方式，成功培养出优秀的儿子，这一点引起全社会的思考。向盗版侵权，您也勇于开火说不；您向贫困和灾区捐款，奉献爱心，回馈社会……父母是孩子最好的老师，您做到了，而且做得非常完美。

丹麦作家安徒生被誉为欧洲儿童文学的太阳。在我的心里，您和您笔下的《童话大王》就是中国儿童文学的太阳。那太阳永恒地印记在我的童年中，那是一个时代的印记，温暖着我们前行。

马峻岭

于2021年元旦

第三十二封信

一个人不一定要成为天才，就做一个独一无二的自己，也一样可以很优秀。

郑爷爷：

您好！

我是一位来自北京的十岁的小读者。久仰您的大名，这是我第一次给“偶像”的家长写信呢，真的是又紧张又兴奋。哦，对了，一激动忘了跟您介绍一下我自己，我是您的“孩子”皮皮鲁和鲁西西的铁杆粉丝。

很遗憾还没能有机会亲眼见到您，但是我效仿皮皮鲁的聪慧，利用流行的网络，和您“见图如面”啦。网络上看到您的照片，目若朗星，鼻直口阔，大耳朝怀，脸上有和善又宽厚的笑容，带着一种雅人深致的气质，我便明白皮皮鲁的正义勇敢、标新立异，鲁西西的品学兼优、心地善良，一定都是继承了您身上优秀的基因。

说到和您“相识”，那还要感谢我的“偶像”皮皮鲁。“嗖……”时光飞毯一下子极速穿越回到五六年前……那时的我，淘气顽皮，好奇心萌动，大多数的时间都是在户外四下奔跑、嬉戏，极少会有安静下来的时候。而那时候，早教启蒙渐渐盛行，妈妈为了尽量缩小我和别人在“起跑线”上的差距，开始想着给我开展各种智力活动，也开始动着脑筋让我“静”下来。或许您最能理解，已经爆发的小宇宙，怎么可能说停就停呢？不过直到有一天，妈妈给我讲起了那个胆容量大得像个馒头的皮皮鲁同学的故事。

我真的很惊奇他居然能坐着“二踢脚”进入太阳，对于那时的我来说，太阳是遥远而又陌生的，听到他在太阳上的奇闻阔见，我也好想去上面逛一逛。不过，那以后的好几个春节，我都不敢自己一个人去放手持的烟花，我怕一不小心也开启独自一个人的太空旅行，那爸爸妈妈一定会因为想我而难过的。但他的天马行空、大胆探险又是我们大多数男孩子相似的特征，不得不让我对他的故事捧在手里地喜欢，又满眼崇拜地期待。我开始缠着家人继续讲关于他的故事，不过大人的时间总是那么有限，我便开始了自食其力地自主阅读，从注音版到无注音版，从皮皮鲁在云端调皮地拨快“地球之钟”，到与当权的狗熊奇奇市长斗争，再到皮皮鲁牌牙膏能点石成金，还有帮助小同学击败威胁他们的恶霸大同学……他有自己独到的见解，总是想尽办法去实现自己一些稀奇古怪的想法，他渴望去做自己乐意去做的事情，天上地下四处冒险；他携带神奇的超能力，随时根据需要，发明飞碟、软件等，看到人所不见、听到人所未闻的事情，随心所欲地穿梭于各种时空之中……

在上小学前的那段日子，皮皮鲁简直就是我最亲密的朋友。慢慢地，从一开始只有皮皮鲁，到出现鲁西西、舒克和贝塔，再到后来也开始看从前看不下去的长篇故事。而后，我便从相信皮皮鲁、鲁西西的故事是一套真实的日记，转变为理解到他的诞生是由一个更伟大的人塑造而成的，而那个人便是——您。

或许是因为我长大了，也可能是反复翻看太多次，我渐渐发现除了天马行空的奇幻故事之外，更让我赞叹不已的是那些特别有意义、我特别赞同和支持的观点和内容。“鼓励能将白痴变成天才。”这是我最喜欢的一句话，实在太有道理了，虽然我还没有变成天才（当然我坚信我肯定不是个白痴，但极大可能我也确实不是天才），可我确实是鼓励的受益者。老师鼓励我有目标就有进步，家长鼓励我不要因为失败而退缩，好朋友鼓励我不要因为别人的态度而怀疑自己，所以我自己都能感到每一天、每一步的成长，从一个被时时刻刻照顾的小奶娃到现在可以独立做早饭的小男生，从一旦失败就哭鼻子到现在可以自我反省问题，从面红耳赤地跟别人理论对我的评价到如今面对批评可以“有则改之无则加勉”，您是不是也觉得我离天才越来越近了呢？我现在时常告诉他们，对我的鼓励多多益善，这样才能助我早日成为天才！

真的很感激童年和皮皮鲁相遇，感谢他带我领略了那么多奇幻的世界，体验了大开脑洞的奇思妙想，更要谢谢他带给我那么多捧腹大笑的时刻和有同理心的善良感动！当然，我更要谢谢您——皮皮鲁的父亲，给我似懂非懂、懵懵懂懂的童年里提出过很多有意义的思考和笃定的坚持。我更期待得到您的鼓励，人不一定要成为天才，就做一个独一无二的自己，也一样可以很优秀！

很有幸在您六十六岁大寿这年，为您写上这封信。遥祝您身体健康，笑口常开！

王子坤

2021年1月于北京

第三十三封信

把心里好的坏的都放下，留下好奇心，接受奇遇，这就是童话，而我们就是自己童话的主角。

亲爱的郑渊洁先生：

展信佳！

我是您的读者酒窝果果，我生活在辽宁大连，您可以叫我果果，祝福您六十六岁生日快乐，要一直做我们心中永恒的“童话大王”哦。

我打小看您的作品《皮皮鲁传》《鲁西西传》《舒克和贝塔历险记》，听说舒克贝塔的故事出了全新的版本，也开始追更，不亦乐乎。您或许以为我会和鲁西西一样，是个安静、爱吃零食、有点儿小心眼儿的姑娘。其实，我的性格豪爽耿直，更像皮皮鲁，好奇心很重，乐意尝试新事物，正如我现在的工作——旅游自媒体，实现很多人奢望的“说走就走的旅行”，去感受天南地北的风土人情，还欣赏了国内外四时美景。

在很多人眼里，我就是那个被幸运眷顾的孩子，能把旅行当作自己的工作，并成为热爱的事业。郑先生，您知道吗？我的第一份工作是在大连电视台画动画片，可能我的心里一直装满了各式各样的童话故事，所以才有了这样一份称心的工作。我的这颗不算安稳的心，对世界充满了探知的渴望，渴望自己的生活能过得像童话，于是，后来我背起行囊，一直走在追寻童话的路上。

什么是童话，童话是非常具有幻想色彩的虚构故事，有歌词说“童话里都是骗人的”；在成年人的世界中，童话好比梦想，好多心灵鸡汤告诉我们，为了梦想努力吧，万一实现了呢！可实现梦想的概率又有多少呢？对于什么是童话，郑先生一定有着更深刻的解读，您的童话主角，永远是最接地气的人物，好比成绩一般般、心地善良、整日天马行空的皮皮鲁，这是多数小朋友真实的写照，其实也是很多大朋友的童年。谢谢您，“童话大王”，您让我知道无忧无虑的童年本该和繁重的课业没什么关联，您创造的童话世界让现实与幻想高度融合，在您的作品影响下，我开始相信童话，童话一度成为我踮起脚尖就可以触碰的存在。

环球旅行十余年，走过六大洲四十余个国家的二百三十七座城市，一路探寻，一路经历，一路感动。我记得千年苗寨里孩子们无邪的笑脸；记得春风沉醉明媚清澈的贝加尔湖畔；记得在锡林郭勒大草原策马奔腾，和好朋友一起迎接新年的曙光……那些难忘的过往真正描绘了我生命的童话，让我一路向前，永不止步。

在澳大利亚，我遇见了绝美的蓝色萤火虫，这是一次喜出望外的蓝色浪漫之旅。2月是欣赏萤火虫的最佳季节，夜幕降临之时，天空中繁星密布，群星闪闪烁烁；近处有成千上万只萤火虫在空中飞舞，整个岩壁上跳动着点点的蓝色的光，它们就像一条泛着微光的小溪，悠远且细长，又像是一条闪亮的钻石项链，镶嵌在蓝丝绒般静谧的夜空中，把大自然的神奇展露无遗。面对着星星点点的蓝色萤火虫，我流下了眼泪，幸福的光束就这样普照着大地，黑夜里，萤火虫给了我们蓝色的光芒，给了我无尽的温暖。我们总是希望，世界上会有很多的美好，能和自己相遇；我们总是期待，世界上有很多的力量，能够连接自己，去发现各种想象不到的可能。

汶川地震后，我一个人自驾川西，一路翻越了很多个海拔四千米以上的垭口，如果不亲自体验，是无法感受到蜀道之难、蜀道之险的。回想起这段经历，有点儿“无知者不畏”的傻劲儿，也一定是凝聚了很多的力量，才让我“有惊无险”。途经映秀地震路段，车子近乎“骑”在高度一米左右的土棱子上前行，车子的护板划掉了，我捡起来继续往前开。一辆没有护板的车，在不知前方路况、没有回头路的情况下，就这么开着，总算看到了别的车，感觉有了伴儿，没想到他的车油箱漏了，路人合力把这辆车抬到路边，我和后面的车得以继续前行。我抓着方向盘，坐在车里大气都不敢喘，没有同伴，前路未卜，所有的恐惧扑面而来——总算到了平坦的路上，也即将抵达都江堰。我把车停在路边，狠狠地亲了它一下，为这辆没护板的车把我送到平安地带，也为了自己的勇敢和无畏。

我总是会想，儿童的天性是什么？成年人的天性又是什么？在繁杂的生活和工作中，我们渴望拥有一颗赤子之心，面对这个并不友好的复杂世界。在您的童话故事里，我读到了您对“人”的尊重，您为“差生”正名，去释放儿童的天性。儿童的天性就是成年人的天性，简单不失本真，领悟自然，追求真善美。我在内蒙古的大草原，听蒙古长调，那一望无际的草原，奔跑着牛和羊，悠扬的声音缓缓飘向远方又仿佛在耳边回荡，就在这个时刻……我渴望这质朴的声音走在民族和世界之间，让古老的世界绽放年轻的生命力，穿过时光，连接爱和真诚。

每接触到一个民族，我喜欢换上当地人的服饰，了解当地习俗，想短时间内融入他们之中。那一年在尼泊尔，一天之中我经历了两场当地年轻人的婚礼，更有趣的是，其中一对夫妻还邀请我这个外国人为他们做证婚人。我上台用并不熟练的英语为他们祝福，新人脸上洋溢的幸福，告诉我这诚意满满的祝福，他们已经收到。

给您写这封信的时候，是大连的冬天，寒冬腊月。2020年12月到2021年1月，大连下了好几场鹅毛大雪，这样大的雪，我已经十多年没有见过了。第一场雪，我刚从锡林郭勒跨年回家，第二天早上，天地一片洁白，雪花簌簌飘下……吃过早饭，我牵着壮壮跑进了茫茫的雪里。雪地上留下壮壮梅花般可爱的脚印，马上又被白雪覆盖；不怕冷的麻雀在枝头叽叽喳喳叫着，“全家总动员”出发赏雪景；我躺在厚厚的雪里，尽情撒欢，浑身上下都是雪，而我却不用担心回家会挨妈妈的一顿骂；雪地里，守护我们的医护人员，化身为“大白”，体态笨重，却那么可爱……这样温暖又安静的画面，不就是童话里的情景吗？而那些惊心动魄的冒险经历，不也是童话里的情节吗？可是，有多少人，早已忽略了生活的细节。

我喜欢花朵，从各地淘回来形态万千的花瓶，插上绽放的鲜花，那是我最舒心的时刻；我喜欢沿着滨海路，开到观景台，在车里为自己调制一杯手冲咖啡，听首老歌，那是我最放空的时刻；我喜欢成都的火锅、上海的红烧肉、大兴安岭的江鱼，被美食包围，那是我最满足的时刻……人生中，总会有那么多值得纪念的时刻，我会细数珍贵的过往，放进心灵的纪念册。成年人的世界，早让柴米油盐掩盖住原本热爱生活的心，童话已成为童年的专属，面对整日的一地鸡毛和不断冒出的白发，日子变成了枷锁。我很想对别人说，当你感觉疲乏，远方就是你的充电站，把心里那些好的坏的，都放下吧，留下你的好奇心，勇于尝试，接受奇遇——这就是童话，而我，我们，就是自己童话故事的主角。

郑先生，“全网最风趣幽默的老头儿”，再一次祝福您生日快乐吧。感谢您，用最真的童话，守护了我的赤子心，让我热爱拥有的一切，敢于挑战未知的时刻，即便在漆黑的世界，也能看见前所未有的精彩；在永不止步的探索路上，发现可能、发现远方，发现不可能可以成为可能。那么绚丽的未来，等我去触摸；那么有爱的人，等我去拥抱；那么好的我自己，等我去遇见。

敬颂冬祺！

您忠实的读者：酒窝果果

2021年1月19日于大连家中

第三十四封信

一切皆有可能，生活准备了足够多的惊喜，给相信奇迹的人，给有梦想的人，给童年时代有童话陪伴的人。

郑渊洁老师：

您好！

如果童年里没有您的童话，我不知道自己是不是能有勇气在三十六岁的时候出走，离开自己的舒适圈，重新开启另一段精彩的人生。我一直认为那是童话世界给我的力量，是您的童话在我心里种下的那枚“相信生活有无限可能”的种子，发芽生长的结果。

我在家排行老大，母亲三十岁才生下我，我下面有一个小我十三个月的妹妹和一个小我四岁的弟弟。我的母亲事业心极强，且极为“强悍”，对我的教育方法就是最简单最直接的“肢体接触”，有时气急了，还会借助绳子之类的“介质”。印象比较深的一次是，大概十一二岁的我带领全院的小孩沿着消防云梯爬上了教学楼五楼的楼顶，在没有任何护栏的房顶上追逐玩耍嬉闹……长大后理解了那些简单粗暴，是一个母亲对孩子屡教不改顽劣成性的束手无策和对危险的后怕。母亲的“杀威棒”没有给我造成太多的心理阴影，因为这并未让我陷入过自我怀疑，更多的是和她斗智斗勇。或许正是您的童话的陪伴，让我一直坚定地认为顽皮和捣蛋，就是童年该有的样子。一直陪着我长大的皮皮鲁也是这样调皮捣蛋的，而且，我自认是很有“分寸”的，我毕竟没有学皮皮鲁坐着“二踢脚”上天。（这里得配一个大笑的表情）

母亲作为中学教师，极为重视我们的学习，经济上虽然捉襟见肘，但家里订阅的儿童读物没有少过。每当新的一期儿童读物来了，院里的孩子们也会围到我家，人人都想先睹为快，就只好由一个小朋友读，大家听。1978年，我八岁，对于一个能够简单听说读写的小孩子来说，正值求知欲好奇心最为强烈的年纪。感谢郑渊洁老师，在这一年您开始了您的文学创作。至今犹记得一个小朋友负责读完《黑黑在诚实岛》后，小伙伴们开始大聊那些曾经对父母撒过的谎。1981年问世的皮皮鲁，更是成为一代人的玩伴。还记得有一次，一个负责读的小朋友不认识“小乖乖”的“乖”字，所有人都不知道怎么读，最后经过一致同意，就读“乘”吧，反正是名字，不影响……于是“小乘乘”长“小乘乘”短，就这么“乘乘”了一下午。那时候的时间好像总是过得很慢，大人忙顾不上孩子，孩子们呢，也都是自己找乐子度过一个又一个成长的上午、下午。

1985年，您要一个人写一本刊物——《童话大王》，这样一件在别人眼里不可能完成的事情，您一坚持就是三十几年，成为“神一样的存在”。1985年，我上了高一，遇见一个少年，开始谈恋爱；后来，这个少年真的成了我的丈夫。至今，我不知道这是不是童话给我的力量，让我在任何不安躁动的时刻，都维持着追求美好的信念。

于我而言，真正陪我长大的，不是您的《童话大王》，是您早期的那些作品，以及已经深深走进我的视野、我的世界的，您这个人。后来，我关注到您独特的教育理念，您让儿子郑亚旗离开校园，您自己编辑教材教育他，您的女儿又在您的引导下成为一个最爱上学最爱学校的孩子……这些让我明白了人生可以有无限可能。

在我三十六岁的时候，突然厌倦了安稳无趣的生活，毅然只身从三线小城来到北京。是直接做一名律师呢？还是读个博士再深造一下呢？徘徊着，努力着，在这个陌生的城市，我用了整整一年的时间，靠着无知者无畏的勇气，考入了北京大学法学院，攻取了诉讼法学博士学位。回头看来时路，想起无数朋友说：想考北大博士，太幼稚了，一个在三线城市已经工作了十年之久且无任何背景的人，辞职去读书，还要考北大博士，这不大可能吧……一切皆有可能，生活准备了足够多的惊喜，给相信奇迹的人，给有梦想的人，给童年时代有童话陪伴的人。

童话对于我们意味着什么？那些在儿时读过的童话，在我们长大后去了哪儿？我认为童话里那些虚构出来的美好，在儿时种进我们的心里，长大后在现实世界里与我们如影随形，成为每一个人的心灵密码，在需要的时候可以化为一种力量！在遇到挫折的时候，在遭受生活暴击的时候，在为梦想努力的时候，在享受爱情的时候，在享受成功的时候，那些儿时读过的或许情节已经模糊的童话，化为心灵密码自动打开，成为一种力量，可以支持一个人走过属于他的精彩人生。

五十知天命，我今年五十一岁了，可只有我自己知道我的内心依然是少年，一个坚强、乐观而又相信美好的少年，这个影子就是在我成长的那个物资匮乏的年代里，郑老师您的童话给予我的力量。

2020年11月24日，在大民兄的引见下，我见到了您。见到偶像，人生如梦。一席谈下来，更加明白了，为何皮皮鲁如此顽皮，郑老师如此“顽皮”。人生，本该顽皮，不是吗？不然作为明知自己是向死而生的人类，人生多无趣。

说起童话，可能有人会想起王子和公主的故事，而我，更喜欢透着对人性的窥探和对现实世界的嘲讽的郑渊洁童话。

郑渊洁老师，祝您六十六岁生日快乐！

您的粉丝：门金玲

2021年1月31日

第三十五封信

童话是童年的纸上游戏，那些故事和语言化作清风里的呢喃，吹进孩子的梦中，走进了孩子的心灵。

郑老师：

元旦已过，这是2021年了，今年您将度过六十六岁的生日，今年也是您的孩子舒克和贝塔回到地球的日子，他们应该和皮皮鲁、鲁西西重逢了。

舒克贝塔从外星回到地球，是不是还能认识这个地球，还能认识已经有些沧桑的皮皮鲁，还有或许已经发胖成大妈的鲁西西。大王，您能给皮皮鲁和鲁西西不老仙药，让他们在童话王国里永远生活在童年吗？舒克、贝塔、皮皮鲁、鲁西西陪伴了几代孩子们的成长，您抚育了孩子们的伙伴，伴随着他们一起长大。我的女儿读着舒克、贝塔、皮皮鲁、鲁西西故事长大了。开飞机的舒克、开坦克的贝塔是女儿童年的伙伴，也是她童年的回忆。

我在床边给女儿读童话，已经是我和女儿每每回忆都少不了的话题。

女儿一篇篇地要求读着舒克贝塔的故事，我虽然乐此不疲，有时也念得口干舌燥，就改用方言念。女儿就会不停地抗议我的敷衍：“读童话，不许说山东话！”

童话是童年的纸上游戏，是想象力的世界。童话无疑是最纯粹的载体，引领孩子们走上善良的大道，快乐地成长为一个心中充满爱的人。童话的力量是潜移默化的，也许，童年的一篇读物就可以影响一个孩子的一生！或许是在读过了奥斯卡·王尔德的童话之后，才懂得了奉献的伟大；或许是在读过了《小王子》之后，才明白了友情的难能可贵；或许是在读过了舒克和贝塔的故事后，思维才被小小的坦克、直升机引向深邃的太空……

童话的故事和语言已经化作了清风里的呢喃，吹进孩子的梦中，走进了孩子的心灵。不知不觉中，孩子长大了。我们会蓦然发觉，童话的力量早已经根植在孩子们的品格中，时时引导着他们的行动。伴随着童话长大的孩子是幸福的，他们幼小的心灵里充盈着对美的追求和对善良的感悟。每一篇童年时读过的童话都变成了滋润心灵苗圃的甘霖，肥沃的土壤才会结出甜美的果实！

童话实现了很多生活中实现不了的梦想，或许我的女儿还会把舒克贝塔带给她的孩子。地球上的皮皮鲁、鲁西西会老去，但舒克、贝塔不会老去，这两只小老鼠一直会伴着一代代的孩子们成长，孩子们还会问爸爸们耗完电池的老鼠国王到哪里充电。

郑老师，“60后”的我，童年里没有舒克贝塔，甚至都没有童话，那时没有读过您的书。我童年的读物，是在暑假期间到母亲工作的工厂图书馆能借到的“儿童”读物，《新来的小石柱》《向阳院的故事》《金光大道》《艳阳天》……工厂的孩子不爱读书，只有我这个瘦弱体格不敢和别人打架，当然更是打不过人家的人，喜欢捧着这样的“大书”（连环画叫“小人书”）读，徜徉在这些书的世界中：《新来的小石柱》中的小石柱（大名叫石成钢），为攻克体操动作，敢于同各种困难斗，七斗八斗不怕骨折残疾斗出了1080°转体动作；《向阳院的故事》让我从小认识了一个字——“亳”，孩子们经风雨、见世面，在斗争中茁壮成长；《金光大道》中张金发要搞“发家致富”竞赛，“谁发家谁光荣，谁受穷谁狗熊”，在农业生产战线上开展了斗争……

妈妈做的饭最香，小时候的故事最难忘。我的童年读物都是关于“斗争”，也塑造了我的思维模式。女儿则读着不一样的书成长，她现在已经成长为跨国律师，还在说指望借皮皮鲁那瓶护肤霜帮她完成永远写不完的案卷。女儿们在展开完全不同的人生画卷，这幅画起笔来自于舒克和贝塔的善良与包容。

四十年一瞬间，2021年我们期待舒克贝塔回到地球，真的不要那些“斗争”再回到我们的生活。

郑老师，祝您长寿天年！

您的读者：曲宏

2021年1月31日于北京先后居寓所

第三十六封信

每个生命都了不起。所有勇于逐梦的人生，都能成为一部梦想成真的童话。

尊敬的郑渊洁老师：

您好！

作为您缔造的童话世界的关注者、向往者、受益者，晚辈恭祝您六十六岁生日快乐！创作童话使人年轻，保持童心童趣让人活力永驻，在新闻上看到您一如既往活力满满、思维敏捷，言辞犀利而机智，还是那个意气风发、激扬文字的青少年的良师益友，我由衷地感到高兴。“六十而耳顺”， 我想大胆地谈一些肤浅的体会和不成熟的看法，希望能得到您的理解。

◇ 人生就是童话

郑渊洁这个名字对大多数人来说毫不陌生，赫赫有名的“童话大王”兼慈善家、演说家。但坦率地讲，我并不算是您的忠实读者，童年时代只看过《舒克贝塔》《魔方大厦》等动画片，原著大约只读过《生化保姆》和《遥控老师》的部分内容。即便如此，我这个“非忠实读者”还是认为您的作品读来让人觉得很“痛快”，构思大胆奇特却没有背离现实逻辑，褒扬真善美但多了一些讽刺和辛辣。就像您在一些重大场合中的演讲，脑洞大开但在情理之中，逗人发笑却绝不低俗。

1985年5月，只刊登您一个人作品的《童话大王》杂志创刊。到今天，您已将《童话大王》写了三十余年，印数超过两亿册。在文学领域，这可谓极不寻常的成就。投入写作时，您是一个只有小学四年级“学历”的工人，虽然缺乏一定的专业训练和知识储备，却拥有超常的想象力和好奇心，还有靠写作改变命运的雄心壮志。人生可以是童话，人生本就是自己写就的童话。靠好奇心探索，靠想象力开拓，靠雄心壮志驱动，那些天马行空甚至不可思议就会走出脑海、走出人心，落地变为现实。正如您，靠一支笔写就了童话般的人生：将一名没有受过专业训练的文学爱好者变成了长盛不衰的“童话大王”，将一个一穷二白的家变得富足显赫。

但是，如果仅仅将“人生就是童话”理解为以一己之力完成不可思议，让世人啧啧称奇，未免有些不尽兴。其实，努力将童心童趣和正义善良在这个复杂残酷的成人世界中保持下去、展现出来、传递出去，让更多的人受到鼓舞与启迪，一起守护儿时的梦想与最初的好奇心，重新发现并珍视内心深处的童真天性，并以此给自己的人生画布上增添一些不寻常的色彩，则更符合“童话大王”的创作初衷，更能贴合“人生就是童话”的含义。童话般的人生，不一定是传统意义上成熟的、成功的，但一定是快乐的、轻松的，有意思和有意义的。

人生是现实的、严肃的，不完全以自己的意志为转移的；人生又是温暖的、包容的，始终给人以希望和热情的，主要靠自己的智慧与恒心去书写的。“童话大王”的故事取材于现实，来源于人生，自然有美好也有残酷，有光明也有黑暗，有坦途也有曲折。但无论如何，在“童话大王”的眼中，每个生命都了不起，每个梦想都有被实现的可能，所有勇于逐梦的人生，都能成为一部梦想成真的童话。是啊，无论是童话中的人生，抑或是现实中的人生，它们之中都有风云变幻，都有阴晴雨雪。难能可贵的，是像读童话的孩子一般，以一份天真烂漫去正视无法改变的现实；是像童话中的人物一样，以一份勇敢无畏去挑战难以逾越的障碍。

◇ **创作童话，并让童话变为现实**

最打动我的事情，是您2008年4月9日到访国家级贫困县陕西省佳县木头峪乡羊圈山村希望小学，以生活极度艰苦却奋力拼搏向上的乡村孩子为原型，仅用二十分钟时间创作出了一篇八百字左右的短篇童话《红枣女孩》。文章寓意鲜明、凝练隽永，以枣树和红枣的对话、红枣的成长成熟生动自然地传递了“所有生命都了不起”“坚守同样美丽”“用自己的生命去给别的生命补充血液”等积极的观点理念，颂扬了贫困少年在逆境中自尊自信、乐观向上、自强不息的宝贵品质。

不仅如此，您还带着羊圈山村八岁女孩刘佩佩和另外十名来自全国贫困地区的孩子，通过三个月的直播节目募集到五亿元善款，为以“红枣女孩”为代表的贫困儿童们“在贫困、干旱和酷日下凝聚生命”提供了不可或缺的物质支持。让贫困儿童成为美好故事中的主人公，并竭尽全力让这故事变为生动现实，这才称得上“童话”，称得上“创作”。有童话作家的捷才睿思，更有侠之大者的剑胆仁心和实干家开拓者的善作善成，这才称得上一个“大”字，名副其实的“童话大王”。

更让人称赞的是，您决定用二十年时间追踪刘佩佩的踪迹，从2008年4月9日开始，到2028年4月9日截止。这无疑是一种守护，是在勉励和督促刘佩佩在“由青变红，成为一颗魅力四射的红枣女孩”后笃定如初，以实际行动做到“在山泉水清，出山泉水清”，持续地用自己的生命去给别的生命补充血液，完成这篇童话的“点睛之笔”。从这个意义上讲，《红枣女孩》这篇八百余字的童话将创作、修改、打磨二十年，同那些百万字的皇皇巨著一样倾注着您无尽心血。侠者仁心，这童话才得以诞生；行动力非凡，这童话才开始变为现实；有着善作善成的恒心，这童话才经得住时间和现实的考验，成为童话世界中的精品力作。

◇ 好童话从未远离我们

得知红枣女孩的事后，我对童话开始有了新的理解认知。

什么是童话？童话不完全是作者的童心童趣、奇思妙想向周遭环境单向投射后产生的反馈和回声，好童话不是玄妙的，其内核一定是使人快意恩仇、有代入感的，一定是经过仔细推敲、能积极回应现实关切的实施方案，一定是能帮助读者坚守梦想城池、始终相信自身奋斗充满意义的温馨劝慰。唯有如此，它才会有不竭生命力和强大感染力。好童话不是虚幻的，其蓝本往往是寻常生活中的不寻常场景，其主角往往是芸芸众生中踽踽独行的你我他，其结局常常是失意彷徨后的柳暗花明、梦想花开。唯有如此，它才会有现实感召力和现实穿透力。其实，生活本身就是一部写不尽的故事。我想，您的童话中多角度、多层次的情节设计，大多来自您自己的人生体验吧，本质上依然是“按照生活的本来面目去反映生活”，但您更加注重将价值追求——平等、自由、互助、博爱贯穿其中，并注重启迪读者用符合现实又超越常规的办法去改变现状。比如，《遥控老师》这个故事，您赋予了考试成绩平平、频频受到老师挖苦歧视的学生展现创新才能、反抗老师“压迫”的机会和能力，挑战了“唯分数论”等观念，读来让人啧啧称奇，“于我心有戚戚焉”。好童话源自现实又不完全拘泥于现实场景，超越现实又不失其真实，是作者真诚地面对生活、积极地解释生活、大胆地创造生活的结果，是心力、脑力、眼力、笔力的集中体现。

童话应该怎么写？用二十分钟编织梦想，用三个月让梦想照进现实，用二十年为梦想护航、给梦想保鲜。这创作可谓一气呵成，更可谓十年一剑；可谓妙手偶得，更可谓念兹在兹的结果；可谓书生意气，更可谓老成持重；可谓匠心独运，更可谓苦心孤诣；可谓浪漫主义笔法，更可谓现实主义风格。情到心到写故事，身体力行作童话。您的努力与坚守，让人明白，童话并非不可兑现的空头支票，童话应是理想与现实的交融、非凡与寻常的呼应，童话就在身边；让人相信，你我他都可以脱离现实窠臼，成为童话里的主人公，你我他都可以挣脱现实引力，写就不寻常故事，人生即是童话。

童话应该怎么看？幼年时大约流连于其中稚拙可爱的卡通形象和构思新奇的故事情节，执着于善恶忠奸、是非曲直；成年时或许对其中的童言童语、童心童趣会心一笑，对正义战胜邪恶、真理战胜强权感到酣畅淋漓，对历经波折初心不改、收获成长与成功的主角深表赞许与钦羡。但无论前者后者，阅读始终没有脱离自身和现实，其初衷都是为心灵打开一扇窗户，想象另一种可能，体验另一种生活；其过程都是对人性本善的回归，对过往经历的回味，对现实世界的考量；其结果都是学着更加真实地面对自己，更加诚恳友善地对待他人，更加积极自信地面对生活，更加敬畏执着地追逐梦想。读者赞赏构思精巧的童话，叹服曲折离奇的童话，但读者更需要有温度的故事、有力度的行动、让人信服向往的祝福，比如《红枣女孩》，比如郑渊洁老师的人生际遇。

祝“童话大王”永远年轻，祝《童话大王》长盛不衰，愿好童话永远伴随我们！

邵明力

2021年2月14日

第三十七封信

所有你能想象到的一切都可能是真实的。感谢童话，让我们看到更多的可能。

郑渊洁先生：

阅信如晤，见字如面！

“批阅”各方来信，想必是您的日常，面对陌生的“信访”，时有惊悸，也时有惊喜。

童话，总是和童年紧密相连。关于童话的话题，多少有些朝“话”夕拾的撷趣。作为郑氏童话的普“读”众生之一，我体验过深深沉浸在童话世界的童年，我也是那个神话时代的行者和过客。

在我印象的底版上，郑渊洁童话世界的经典标识，就是皮皮鲁和鲁西西。不知为什么，当年一见这俩名字，脑海里就蹦出《西游记》中的奔波儿灞和灞波儿奔，乱石山碧波潭的两条鱼精。据说鱼精的名字译自藏语，意为“苯教人”“吐蕃人”之类，颇有西域特色。这对儿鲇鱼怪黑鱼精的大名，后来一直被沿用至今，竟也成了“网红”。还有黄狮精手下的两只狼头怪——刁钻古怪和古怪刁钻，名字搭配在一起清奇有趣，朗朗上口。至于舒克和贝塔，也算“洋”名立万，我曾深以为他们和米老鼠沾亲带故，如今记起不禁莞尔。

皮皮鲁和鲁西西在“70后”“80后”的童年可谓大放异彩。这个影响深远的故事系列，在文学创作和商业运作上获得了难以复制的成功。《童话大王》在三十几年里都由一个人的作品支撑，这在古今中外文学出版史上也是凤毛麟角，创造了跨越童话和现实两个平行世界的双重传奇。

将近半个世纪前，国内原创童话领域其实缺乏风格鲜明、自成体系的作品，大多是零星散布，偶露峥嵘。比如张天翼的《宝葫芦的秘密》《大林和小林》、孙幼军的《小布头奇遇记》、叶永烈的《小灵通漫游未来》，虽然独树一帜，却孤木难成林。

那些年我在中央音乐学院读附小，典型集体大院里长大的孩子，每天大部分时间用于练琴和上文化课，而课外童话读物基本以国外作品居多——《安徒生童话》《格林童话》《伊索寓言》《格列佛游记》《一千零一夜》，大家耳熟能详。像《海底两万里》《八十天环游地球》凡尔纳模式领衔的科幻题材，连同柯南·道尔的《福尔摩斯探案选》，都属于让人脑洞大开的神品。成人之后才渐渐懂得，很多关于哲学的宗教解释，都是隐藏在神话故事里并代代流传下去的。

在童话故事仍以文字阅读为主流的年代，孩子们的想象力是天马行空的。我坚信毕加索说的那句“所有你能想象到的一切都可能是真实的”。

国外做过一个有趣的著名实验：把同城随机找来的十名学画画的儿童分成两组，一组听老师讲白雪公主的故事，另一组用手机或平板电脑看白雪公主的动画片。然后，要求两组孩子画出各自心目中的白雪公主。结果显示，听老师讲故事的五个孩子画出的白雪公主，形态各异，争奇斗艳；而拿手机看过动画的五个孩子画出的白雪公主大同小异，如出一辙。

是什么限制了孩子的想象力?

德国著名脑科学家、精神科医师、哈佛大学客座教授施皮茨尔，在《数字痴呆化——数字化的社会如何扼杀现代人的脑力》一书中明确表达了对数字化可能影响孩子脑力发育的担忧。而这距离尼葛洛庞帝写出互联网启蒙著作《数字化生存》仅仅二十多年。

保持好奇心，是成为一名优秀哲学家的重要条件，也可以说是哲学家和孩子共通的一种能力。挪威作家乔斯坦·贾德在他的关于哲学史的小说《苏菲的世界》中提出："最具有颠覆性的人，是那些提出问题的人。相对而言，回答问题却不怎么危险。任何一个问题都可能比一千个答案更具爆炸性。"这本书使得乔斯坦享誉全球。1997年，他创立"苏菲基金会"，每年颁发十万美金"苏菲奖"，以此鼓励能以创新方式为人类发展和环境保护做出突出贡献的个人或机构。

这种思维的能量，基于一种观念：不要成为一个把眼下的世界视为理所当然的人！

北欧是盛产神话的圣地，就乘兴再讲一个北欧的"现代神话"——

创立于1932年的丹麦乐高（LEGO）公司，在他们20世纪90年代的产品说明书中放有一段致天下父母的话："创造的冲动在所有孩子心中都同样强烈，无论是男孩还是女孩。关键是想象力，而不是技巧。照着你希望的样子，去建造你想到的任何东西——床、卡车、娃娃屋、太空船！许多男孩喜欢娃娃屋，它们比太空船更贴近人性。许多女孩喜欢太空船，它们比娃娃屋更激动人心。最重要的是，把合适的材料放到他们手中，让他们创造自己喜欢的东西。"这段温暖的话一如乐高公司的理念——LEGO这个词，取自丹麦语，寓意"玩得快乐"。

1983年，向张海迪学习的热潮席卷全国。1984年，我心血来潮给张海迪写了封信，寄到了中央电视台。意外的是，这封信在《新闻联播》中由女主播完整读播了。机缘巧合，二十年后我也去了央视工作，成为一名主编，后来又从主编转为编剧。

张海迪与您同龄。坦白地说，当年我受到张海迪激励，不只是因为她身残志坚，更重要且秘密的缘起是因为她会说世界语！尽管世界语大致是清朝末年传入中国的“万国新语”，由波兰人所创造，属于没有母语文化土壤的人造语种，但在一个少年的眼里，它就像另一种童话，像一门通晓鸟言兽语的神秘咒语。

其实，文字就是咒语。诸多化境，都从咒语中诞生。创作者就是一个“灵媒”，是自己潜意识的“灵媒”。每一种创作都有潜意识的成分。

一提到创作，不得不提到郑洪升前辈的《郑渊洁家书》。这本书，堪称金玉良言伯乐手册。它不仅仅承载着坚如磐石的父恩真情，对每一名有缘拜读此书的人来说，也定能从中受益。每一封信，都是一篇提纲挈领的读书笔记。惊叹郑伯在人物传记方面竟然倾注了如此多的心血。其中给我留下深刻印象的是爱因斯坦的一句话：“一个人的真正价值首先决定于他在什么程度上和在什么意义上从自我解放出来。如果一个人忘掉了他在学校里所学到的每一样东西，那么留下来的就是教育。”无独有偶，对写信同样抱有极大热忱的萧伯纳，也谈过很多对这方面的独到见解。

码字如码砖，我个人习惯将码字看作一种手艺，这样便有了劳动画面感。可“守”艺人的处境窘迫堪忧，令人唏嘘。因此，我认为值得向所有坚持传统书写和传统阅读的人致敬。

古人语“闻道有先后，术业有专攻”，但童话创作往往需要剑走偏锋，需要偏方，偏方治大病。

作为编剧，我曾参与《武林外传后传》的剧本策划与创作。投资方曾策划将莫小贝和同福客栈七侠镇的街坊邻居小孩攒一个故事系列，类似于“武二代”，改编成另一部《武林后传》，而且是动漫作品，但这将完全脱离原剧的气质。因为孩子的所思所想，与成人完全不在一个层面。动漫剧本和真人影视剧本在创作上不在一个维度空间，尤其是童话神话题材，更是与后者相去甚远。

分享一点儿个人体会：人到中年后，随着精力、体力、好奇心的锐减，以及荷尔蒙的失调与衰退，人整体是处于迅速坠落的状态。这时候就需要接触新事物，重启学无止境的模式！学习可以将人的精神状态往上拉升，从而减缓下滑的速度。正如人在青少年时因长期处于积极向上学习攀登的状态，时光的流逝似乎就非常缓慢。相反，一味地追求感官器官的养生，则仅仅是流于生理表象，无法从根本上缓冲生命本体的失落。所以我非常敬佩您，几十年笔耕不辍，始终保持创作的热情。相信居里夫人的自省也是您所认可的吧：“荣誉就像玩具，只能玩玩而已，决不能永远守着它，否则一事无成。”

一个法国人说过：作品就是写给所有不知名的朋友的一封信。我想，这本书信集里的每一封信，既是写给郑渊洁先生的，也是大家写给自己的。感谢郑先生在那个神话年代，让我们看到更多的可能，看到更多的童真和梦想，看到另一个平行的世界，以及活在另一个世界里的自己。

亲历者的一言而过，背后往往是波涛汹涌。三十年前，我和杨大民相识于烽火台文学社。此去荏苒经年，和大民的重逢又何尝不是一个童话？

人言为信。信笔所至，如在，如来。

关淇方

于2021辛丑年三月春

恭祝敬呈

第三十八封信

信念的魔力是所向无敌的。哪怕不能活在童话里，是否至少能够保有一份童心？

尊敬的郑渊洁老师：

您好！我是您的一位“晚熟”读者，在本该读您作品的年龄，我却不知道您的存在，夸张点说，太多课外书的存在我都不知道。直到这些年，先后有了一双儿女——我和爱人的“皮皮鲁”和“鲁西西”，我才陪着他们一起读您的作品。

以如此“晚熟”的心态读您的作品，最先产生共鸣的是《子夜灯光》，因为在我的童年时光里也曾无数次幻想过自己的正义出场。不过，关于贪官，那时候的我倒没想到过“送他们进监狱和刑场”；我当年梦想的是，能有爷爷阉割小猪崽儿的本领，我想把那些本领用在贪官们身上。如今，已经而立之年的我已经不好意思给儿子分享自己当年稚嫩的正义梦想，但我仍然和儿子探讨，在他小小又大大的梦想里，有没有那样一份对正义的坚定信仰？

这样的追问正是您的作品带给我们每一位读者的价值之一：我们对正义、善良、美好是否有无比坚定的信念？我提出这个问题的时候，儿子用了您书中的句子作答：“信念的魔力是所向无敌的。”所以，我就和儿子谈起了您笔下的“金鱼马”。在儿子四岁生日那天，我买了一匹马给他作为生日礼物，儿子给它起名叫“乐迪”。和金鱼马一样，乐迪也是一匹土得掉渣儿的马，但在我的两个孩子眼里，乐迪是名副其实的神马，他们兄妹俩甚至想过骑着乐迪去月亮上。正如金鱼马那样，乐迪也“用自己的生命为这个世界增加了一道新的光彩，使地球在宇宙中更加绚丽”。

我现在的职业算是个小小农场主，有几百头牛、几百头猪。每次儿子为作文没什么内容可写头疼时，我总建议他去看看农场里的那些精灵们，它们的美好或缺陷，快乐或痛苦，都是真实的存在，它们也是非常好的童话角儿。儿子总是思考怎么样才能在人和动物之间建一个“人和动物电话局”，以实现不同物种语言之间的翻译，因为每当我为救治一头牛或一头猪而靠近它们时，它们总是以为我要杀它们，拼命挣扎反抗。读了您的作品后，儿子也曾问过我：“爸爸，童话里好像没有主人杀死自己喜爱的动物的……”嗯，这对我来说是这些年来最大的情感困境：我杀我所爱，我杀我所养。不知道在童话的世界里，这个困境是否有解？

除了两个孩子的父亲这一角色，在阅读您作品时，我也常常会进入一种属于独立之我的个体思域。最常想的是：作为一个人，哪怕不能活在童话的世界里，我们是否至少能够保有一份童心？小到个体，大到我们这个民族，能否以更加阳光、好奇的精神状态去照亮世界？

写下上面这些文字才发现，忘了最重要的事：祝您六十六岁大寿吉祥开心！一定要买个大蛋糕，上面只写“6”岁，然后再像一个六岁小男孩那样，给我们写出更多天马行空的童话故事！

写信人：青海农民 阿牛哥

2021年3月3日

第三十九封信

长大是一个很扫兴的过程，但若能保有一颗童心看世界，生活也会变得温柔吧。

老郑：

郑爷爷，我想要一座红宝石公寓，可以放下一整个书柜；我想要一架五角飞碟，和皮皮鲁、鲁西西、舒克、贝塔，还有郑亚旗一起飞上天空玩耍；还有，机器猴力力士想要一套有所有人签名的《皮皮鲁总动员》，嘿嘿，我也想要！郑爷爷，我在书店里买的第一本《皮皮鲁传》，扉页写着“这是一本写给男孩子看的书”，你可知道我生气又失望地把它送给了班里个子最高的男同学。作为回报，他买了一本《鲁西西传》给我，我俩的友谊就从皮皮鲁和鲁西西的故事开始了。

郑叔叔，《五个苹果折腾地球》，第五个苹果到底在哪里？还有《穿风衣的猫》，虽然读它的时候我已经念中学二年级，但是仍会因为悲伤的结局一个人躲在被窝里哭，你说五个小患者如果在今天遇到穿风衣的猫，他们的故事会有不一样的结局吗？

洁哥，上大学时老师要求写一篇关于贪腐故事的读后感，我竟翻起了你的《杀人蚁》，并把这故事写入了我的作业中。时至今日，我从事了纪检监察工作，想起那血腥的杀人蚁仍不寒而栗。要是你提笔以童话故事来表现官场腐败的一面，定能和《官场现形记》等作品相媲美。

老郑，感谢你和你的小伙伴们陪伴我走过了人生的不同阶段，给予了我智慧的芬芳和知识的力量。说来惭愧，最近一次读你的书，大约是在2016年，读的是《皮皮鲁送你100条命》。第一条命讲警惕汽车时提到了童心的重要性，你说孩子有童心没什么，成年人有童心就不得了了。童心是什么？说白了就是求知欲和好奇心。童心还包括幽默感、想象力和大智若愚。这些都是成功者必备的素质。而长大，真的是一个很扫兴的过程，每天告诉自己要做一个不动声色的大人，不准情绪化，不准偷偷想念，不准回头看，逐渐丧失求知欲和好奇心，去过自己另外的生活。我们每个人，就这样在生活的围追堵截下，在一次次的自我暗示中，把自己催熟起来。这样的生活，还真是扫兴啊！我是一个未到而立之年的“90后”，在职场打拼还不足两年，但由于从事反腐工作，我看到更多的是社会和人性阴暗、扭曲的一面。老郑，如果像你一样保有一颗童心去看世界，生活也会变得温柔吧。

老郑，谢谢你，让我这个所谓的大人相信有童话的世界，愿意努力让自己变得更好，用力去尝试一些事情，不断地去挖掘自己内在的好奇心，让自己变得更丰富更圆满。

老郑，听说你的生日快要到了，在此预祝生日快乐！

胡寒

2021年3月3日

第四十封信

从文学作品中汲取到的营养，长成了我的血肉筋骨，塑造了我的精神世界，其中对我影响最深的，当属童话故事。

尊敬的郑渊洁先生：

您好！

我是您的一位忠实读者，20世纪80年代中期出生在辽西地区。那是一个中国儿童文学大发展和大繁荣的年代。我妈妈是普通的老师，日子过得清苦，但她舍得花钱给我买书。我的家里有一些世界优秀儿童文学作品，大部分是中国的。现在我人近中年，当年的很多书已经记不得名字了。但是我从这些作品中汲取到的营养，长成了我的血肉和筋骨，并深刻地影响和塑造了我的精神世界。其中对我影响最深的是您的童话故事。

我八岁那年去三姨家，见十五岁的表哥有一本您的作品《五个苹果折腾地球》，我看个开头，就被那新奇生动的故事抓住了，从此一发不可收，快乐不可言！

那年我们班级新建个图书角，班主任号召我们捐书，我便背着我妈一下子捐了七十四本童话书。这个数字竟然记了二十七年，因为我妈心疼得唠叨了无数次：“买这七十四本书花了多少钱啊！”

一个孩子这样的“无私奉献”只是想听到老师的当众表扬。想来，老师对学生的肯定或否定，对孩子的影响不可估量。

然而，那年花八毛钱买的《童话大王》（1993年8月出版），至今完好珍藏在我的书橱里，和古今世界级大文豪的作品一起相映生辉！半生读书，喜欢中国文学，接触过《诗经》《楚辞》、老庄孔孟、李杜诗篇、宋词元曲、明清小说，还有浩如烟海的近现代文学作品。它们一起构成了中国文学宝库。打开这座宝库，在那不计其数的珍宝中，您的作品同样熠熠生辉，放射出无可替代的光芒。

您有自己独特的人文思考，在揭露人性的弱点时坚信生活的美好，写出的故事引人入胜，发人深思，抨击丑恶又酣畅淋漓，讽刺众生相，入木三分。您可能不算世界上最著名的儿童文学作家，但您却写出了我儿时最爱读最愿意接受的书！

笔上有情，心中有爱。您写出了当代儿童文学史上的传奇！我有幸自己在童年的岁月里，接触了您的那些生动有趣的故事，它们助力我成长成材，使我热爱阅读，享受阅读，进而热爱学习。

深深感谢您给我的童年带来无限的欢乐。今年6月适逢您的六十六大寿，祝福您永葆童心，时时快乐！

此致

敬礼！

您的忠实读者：海兰

2021年3月1日

第四十一封信

有些故事更像是魔幻现实主义，在天马行空里包裹着对现实的辛辣讽刺，对亲情、友情、爱情的赞颂。

郑伯伯：

您好！

我是您的粉丝，同时也是一名医生。从新闻中得知，您买了十套房用于存放读者的来信，我当时心想，您对待读者也太好了。我也一直想给您写信来着，但是迟迟没有组织好语言，加上长期从事医疗工作，写出的文字干枯简短，所以这事就一拖再拖。这次借着您六十六岁生日的契机，我给您写了这封信，作为一份小小的“礼物”。

记得小时候在电视机里看到动画片《舒克贝塔》，每天电视里响起“舒克舒克舒克……开飞机的舒克；贝塔贝塔贝塔……开坦克的贝塔”这段洗脑神曲，就是快乐时光的开启。从小在南方小城市长大，老鼠是我们那儿最肮脏不堪的动物，人人喊打。但是舒克和贝塔却颠覆了我的认知，他们睿智、勇敢，敢于跟世俗偏见斗争到底，甚至超越了米老鼠、杰瑞等，成为我心目中最爱的老鼠。那时候梦想着哪天也能跟舒克和贝塔一样，开着自己的飞机坦克出去冒险，闯荡世界，建功立业。后来有一天我偶然得知，您就是创造舒克和贝塔的作家，而且还独立创作了月刊《童话大王》。第一次阅读《童话大王》，我就被里面一个个精彩的故事迷住了。

从那以后，我开始每个月攒钱购买《童话大王》。看完新出炉的杂志后还经常意犹未尽，又从旧书店收集了很多旧的《童话大王》，看得如痴如醉。可以说，您写的那一个个故事，也跟舒克和贝塔一样，颠覆了我的认知。那时候我是个好学生，不管在学校还是家里都是个标准意义上的乖孩子，每天按时完成作业，上各种兴趣班。然而您的书中写出了对教育现状的不满、对现实的讽刺，让我不禁思考：老师家长的话一定是真理吗？我所知道的、我周围人所知道的，可能并不是世界的全部真相。我慢慢学会独立思考，逐渐摆脱了很多既往思维上的禁锢，开始尝试着从不同的角度去审视周围世界的一切，才发现，原来世界不是非黑即白，原来很多事情可以从这么个角度去看待，这才逐步建立起自己的思维框架。

除此之外，您的想象力也是一流的，不管是《病菌集中营》《白客》还是《鬼车》，每每读了都让人欲罢不能。每当我读您写的故事，最喜欢的就是看到一半合上书，自己预测一下故事的走向，想象自己如果是作者的话接下来要怎么完成这个故事。但是您写的部分总是超乎我的认知和想象，不禁让人感慨，到底是什么样的人才能拥有这样卓越的想象力。在《白客》里面，P图软件居然能把真人的头换掉，而到了《病菌集中营》，病菌还能配合男女主角反腐。小学时我是市里游泳队的队员，读到《龙珠风波》时对主角拥有龙珠真是羡慕不已，偷偷想着自己要是能有这么一颗龙珠，就能在泳池里轻松战胜所有对手。好多的情节构思都让人意想不到。但是谁知道呢，也许有一天，随着科技的发展，书里的情节也能成真。目前越来越火的肠道菌群研究已经证实了，菌群跟人体的各种疾病密切相关，甚至跟人的心理状态也有着千丝万缕的联系，而换头这一技术也有了成功的案例（虽然不是用P图软件换的）。没准等技术发展到一定程度，我们真的能发现微生物就是一个个有智慧的独立个体，能够配合人类进行好多疾病的诊治，到了那个时候，您就成为预言家啦。

我发现市面上有很多关于您作品的争议，很多家长认为您写的并不是童话，甚至连“毁童年”这样的字眼都出现了。其实这些观点我也是部分“赞成”的，与其说那些故事是童话，我更倾向于是魔幻现实主义，在天马行空里包裹着一个个对现实的辛辣讽刺，对亲情、友情、爱情的赞颂。但是说您的书并不适合儿童阅读，我可不这么认为，让孩子接触现实——不管是光明温暖的现实，还是黑暗冰冷的现实，抑或是晦涩的现实——早点认清这世界不是粉红色的，这不是更好吗？成人都把小孩子的世界看得过于简单了，忘却了自己是怎么成长的。看看《隐秘的角落》就知道了，早慧的小孩如果没有得到良好的引导，成人一味地对他们掩盖现实，强调只要简简单单地学习就好，那反而是一种灾难。引导孩子独立思考、认识世界，才是最重要的，不该简单粗暴地将一些书视为洪水猛兽。我想，知世故而不世故，或许是一种更好的状态。

上了高中之后，因为学业繁重，看您的书的时间就少了。但是您教会我的思维方法，一直伴随着我，直到大学毕业、工作、结婚成家，潜移默化地影响了生活中的很多事，在生活工作中遇到难题，我会学着像您一样，尝试着去逆向思考和解决问题，有时能取得意想不到的效果。以前以为您的工作是很轻松的事，既有乐趣，又名利双收，还能一直待在家里舒舒服服地写作。工作后我才知道您撑起一部月刊三十余年如一日，高产又多精品。一个人经受住如此多寂寞的岁月，创造出一本本精神盛宴，这是多么难能可贵，郑伯伯一直是我心目中的英雄。等我有了孩子，依然要把手里的《童话大王》传给他，让他也爱上这种阅读的乐趣，学会自己独立思考，不盲从，不逐流。

感谢这么多年来郑伯伯陪伴我成长，祝您身体健康，生活幸福美满，期待看到您更多的好作品。

Dr.Wang

2021年3月13日

第四十二封信

信念一旦驻扎在了心里，就像亮起了一座灯塔，让人永远都能够看到前进的方向，拥有冲破一切的力量。

我最敬爱的郑渊洁老师：

这会儿的我怀着无比欣喜，又无比激动的心情给您写这封信。激动的是收到了大民哥的邀请，有了这样一个特殊的机会；欣喜的是可以给陪伴了我整个童年的偶像您，送去六十六岁的生日祝福，祝您生日快乐，身体永远康健，做我们永远的“童话大王”！

时光穿梭，让我瞬间又回到了童年时光。原来，我一直都是那个来自六朝古都南京的小读者，您可以叫我蕙质兰心，我也一直是那个爱做梦、爱幻想，遇到问题勇往直前的孩子。“皮皮鲁，鲁西西，舒克舒克，我是贝塔贝塔，收到请回答……”这一帧帧一幕幕仿佛就在眼前。

在您写的这么多童话人物和故事中，让我印象最深刻的是您1987年出版的《舒克和贝塔历险记》，其中的两只小老鼠，一只会开飞机，一只会开坦克，天天惩恶扬善，一起历尽千辛、团结互助，在共同经历中建立起了深厚的友谊。现在想来，在我幼年时期，您就已经在我心中埋下了“什么是友谊，什么叫担当，什么才是朋友”的种子。1995年出版的《皮皮鲁传》《鲁西西传》中，童话人物皮皮鲁，更是让我印象深刻。他总是天上地下四处冒险，既淘气爱玩，又个性张扬、爱动脑筋、充满幻想、勇敢活泼，像极了小时候的我们。您童话中每个人物传递出的鲜活形象，是那么栩栩如生，就像一直陪伴在我们身边的小伙伴，温暖而真实。您用一个个鲜活的动画人物和童话故事串起了我整个童年的成长轨迹，因为有您童话的陪伴，在那个还没有手机，通信基本靠写信，信息获取还没有如今这么便捷的年代，我如获至宝地翻来覆去读您写的每一篇童话故事，跟着动画片里的人物一起笑一起闹，一起哭一起叫。您让童年的我，感受到了人性最本真的爱和美好。直到今日，它们都一直根植在我的心里，陪伴了我很多的春夏秋冬。这一路走来，我也经历了一些挫折，也有伤心过，沮丧过，懊恼过。但信念这种东西，它一旦驻扎在了心里，就像亮起了一座灯塔，让人永远都能够看到前进的方向，拥有冲破一切的力量。信写到这会儿，我的思绪已如泉涌，心中感慨万千。

记忆拉回到我十二岁小学毕业那年，凭着刻苦努力，小升初我考上了一所不错的初中，父母说暑假带我去首都北京旅游。那年夏天，我们一家三口登上了天安门城楼，去感受1949年新中国成立时，全民沸腾的那种终于翻身当家做主的无比自豪的喜悦。凌晨起床坐最早一班公共汽车，依稀记得车上满满当当好多人，大家一路上都特别激动地讨论一会儿亲眼看到升国旗会是怎样的场景。我那天虽然起得很早，但一点儿都不困，一路上都特别兴奋。当到达天安门，薄雾逐渐散开，旭日即将冉冉升起，在激动的、挥舞着双手的人群中，我看到了英姿飒爽的国旗护卫队成员迈着整齐划一的步伐向我们走来，然后立定，升国旗奏国歌，敬礼。作为少先队中的一员，当时我的心情无法用言语表达，我用最标准的姿势向着国旗的方向敬礼，感觉到眼眶都湿润了，那是一种无以言表的喜悦和激动。直到现在，当时的场景都还历历在目，那是我第一次去北京，更是第一次亲临天安门现场，看到了这样无比庄严神圣的场景，那无数次让我魂牵梦萦的场景，就这样呈现在我的眼前。之后，去故宫看历朝历代的中华文明，去颐和园看皇家园林，爬八达岭长城，去天坛祈福，到十三陵看地宫……还记得，生平第一次吃麦当劳，那是北京开的第一家，门口有一个麦当劳叔叔，我还跟他一起拍照留了念。在快要结束北京的旅行时，爸妈问我："我们准备送个礼物给你，让你带回去做个北京旅游的纪念，你最希望得到的礼物是什么？"我当时想都没想，脱口而出："我想去北京的郑渊洁专卖店买一本童话笔记本，带回去写平日随笔！"我现在还特别清楚地记得，当我拿到那本童话笔记本时欢呼雀跃的状态。现在，笔记本还在我的书柜里完好保存着，虽然它已不再崭新，有点儿卷边且已微微泛黄，但却承载了我童年时的许多美好回忆，是我人生中无法割舍的一段珍贵记忆，有故事，有童话，有爱，有温暖。

现在的我，即将踏入四十不惑的门槛。但在我心里，就像一首歌里所唱的那样："我还是从前那个少年，没有一丝丝改变，时间只不过是考验，种在心中信念丝毫未减。眼前这个少年，还是最初那张脸，面前再多艰险不退却……"就像您当时写《童话大王》一样，从未改变初衷，一写就是很多年。

三十岁之前的我，是在本地一家上市集团公司做管理的工作，机缘巧合之下，在探寻自己未来人生方向的十字路口，有幸遇见了改变我人生轨迹的一位台湾老师，自此让我走入了人生的另一段新的旅程。我现在是一名国家二级心理咨询师，身心灵疗愈师，企业的心理教练。在工作之余，同时在南京两家公益组织做义工，一边是为创业者及其团队提供个人及团队的心理疗愈服务，已做了近九年的时间；另外是在一家救援组织做心理组教官，为我们救援队队员及其家属提供心理疏导和心理学方面的科普工作，也已做了近三年的时间。因为您的童话，让我看到了爱的光辉，看到了心的力量，明白了拥有梦想就要去努力实现，人生拥有无限的可能，不要给自己设限，想成为什么样的人，是由自己决定的，与年龄无关，与身份无关。只要想做，没有什么不可以。也教会我赠人玫瑰，手留余香，应该让身边的人能够因为我的存在而更加美好。

此刻，已近凌晨，我望向窗外，午夜的南京城，微风清扬，月光皎洁，星光点点。我的嘴边不自觉哼唱出我特别喜欢的歌——光良的《童话》，里面有一段歌词是这样唱的："我愿变成童话里，你爱的那个天使，张开双手，变成翅膀守护你，你要相信，相信我们会像童话故事里，幸福和快乐是结局……"这像极了郑渊洁老师您，您就像歌里的那位天使，守护着儿时的我们长大。

爱出者爱返，福往者福来，感谢您在我生命中的一路陪伴，让我的人生因为有了您笔下不同阶段的童话人物和故事，而更加丰富、立体、具象、鲜活。再次祝福您——我最爱的"童话大王"郑渊洁老师，六十六岁生日快乐！

您永远的小读者：姚敏

2021年3月14日 农历二月二"龙抬头"

于南京家中

第四十三封信

生命是如此短暂，每个人都是要长大的，你后来找到属于自己的牧羊人或小羊羔了吗?

郑叔叔：

您好!

“我是来自江苏南京的小读者常亮……”时间过得真是太快了，离我人生中第一次给您写信，竟然已经过去了快三十年！“郑叔叔”是我第一次给您写信时使用的称呼，那是我读小学的时候，应该是在1992年前后。对您来说，“郑叔叔”这个称呼，一定是熟悉得不能再熟悉了！因此，请允许我如今再一次使用这个亲切的称呼，给您写一封发自北京同城的信。

首先，还是想和您说说我和《童话大王》的缘分。我出生于1981年，是从1988年开始看《童话大王》的，几乎每期必读，那时候，我为数不多的压岁钱都被省下来用于订购《郑渊洁童话全集》。实话说来，对那时的我来说，这些书也算价格不菲呢。不管是月刊，还是全集，今天他们还静静地躺在我老家的书柜里。毋庸置疑，在我的童年少年时代，您的童话是我最主要的精神食粮。作为一个忠实的小读者，当时我最大的理想就是如果去北京，一定要到皮皮鲁专卖店，看看郑渊洁叔叔。去年国庆，我回老家看望爸妈，还翻到了那本蓝色的《郑渊洁和皮皮鲁对话录全集》。我还记得，有一次您和皮皮鲁说，您最不希望看到的，就是自己大陆的小读者和对岸的小读者未来有一天驾驶着战斗机互相厮杀，那是我第一次对两岸关系有了懵懂的了解。如今想来，对少年时的我而言，《童话大王》并不只是童话，而是了解真实世界的一扇窗。

不过，缘分再深也有变淡了的时候。1997年，也就是我上高三那年，可能因为高考竞争的残酷压力，我放弃了自己少得可怜的兴趣爱好，包括古诗词，甚至，也包括我的老朋友《童话大王》。在那个时候，作为下岗职工家庭的孩子，高考对我而言，不啻一场改变命运的决战，也是一次扫荡青春的洗礼。1998年，经历了莫名的阴差阳错，我被调剂到北京上大学，开始了“南京人在北京”的“北漂”生涯。上大学以后，《童话大王》偶尔会出现在我的生活之中，因为我最好的发小不定期会寄几本《童话大王》给我。我发现，每一本都有翻阅过的痕迹，原来他是自己看完后才寄给我的，哈哈，真是好朋友有福同享的感觉。但是，可能是人到了不同年龄，阅读兴趣也会发生变化，也可能是，我觉得您的童话内容越来越沉重，越来越现实，跟以前的风格不大一样了。面对着现实与理想的迷茫，忙碌于考研和求职，渐渐地，我没有再继续看童话了。

有缘自会再见。我学了四年法律，2002年大学毕业以后，我到了北京市东城区人民法院工作。印象里天安门附近有皮皮鲁专卖店，这时候是离您越来越近了，可我也没有真的去找您。后来，我从区法院又调到北京市高级法院，一眨眼就在法院工作了十二年。在这期间，我在职读了法学硕士、博士，当法官审理了一些案件，还出版了一些普法书籍。我这次一定要和您说的，是我觉得非常有缘的一件事：2008年，我和您相逢于中央电视台的一次法制节目，当时《经济与法》栏目组织了一期叫《辩辩辩》的专题节目，那期节目是王小骞主持的，您是参与嘉宾，而我作为法官和一位律师担任评委。我一看您也在现场，特别激动，这可是偶像本尊啊！节目结束后，我还请您一起合了个影，可惜，我同事帮我拍的照片后来找不到了！我一直想找您的助理问一问，她那里有没有保存……今天给您写信，我还想冒昧地问一下您，还记得当年一起做节目的小法官吗？

2014年，我从法院辞职下海，在几家上市公司的法务部工作过。可能我这些年修为还不够，眼光也不准，虽然也做过公司高管，但是免不了摔跤掉坑，始终也没能完全适应外面的世界。最终，我还是选择了给自己打工的律师职业。前几年，我和朋友一起创办了一家律师事务所，开始了我作为职业律师的生涯。做律师、办律所的这几年，我深深体会到了创业的艰辛，懂得了什么叫“白手起家”，多少也可以体会到，您当时一个人支撑起一本杂志的重担。如果说这几年做律师的心路历程，我有两点总结：

第一，不论是大公司还是普通老百姓，都必须具有法律意识，做事情下决定之前都要想想是否合法。如果企业或者个人不尊重法律，不敬畏法治，那很可能会埋下祸患。这些年，我身边就有一些朋友，或者因为忽视法律而遭受损失，或者因为违反法律而身陷囹圄。更荒诞的是，有时候当事人甚至自己就是学习过法律或从事法律工作的，可能他们是当局者迷了吧！

第二，中国法治社会的建设需要大家长期的共同努力，普法宣传是每一位法律人，以及每一位有识之士的社会责任。我担任了《法治日报》《法律与生活》《北京青年报》《新京报》，以及中央电视台、北京广播电视台等多家媒体多个栏目的普法嘉宾，也在得道APP、知乎、微博等平台得到了近十万用户关注。工作之余，我坚持每天普法，从文字到视频，各种形式，乐此不疲。去年，我发现您不仅给孩子们出了故事体《刑法》读本《皮皮鲁和469宗罪》，还推出了视频普法节目《郑在说法》，才知道您也是普法老行家了。2020年7月4日，您在微博里说，您的小读者长大后成为律师的挺多。我一时激动给您留了个言，您还转发了一下！缘分如此：从昨天到今天，从江南到北国，从线上到线下，从童话到普法，真是无处不在。

2020年赶上了疫情，上半年我的两个儿子一直待在家里，他们一个五年级，一个三年级。我之前给他们也买过很多童书，阴差阳错的是，我却几乎没有给他们看过您的作品。不知道是哪一次，我买了一本《皮皮鲁送你100条命》给他们，本来是想加强对孩子的安全教育，结果他们非常喜欢。我琢磨，这本书和以前我看的《童话大王》风格不太一样，不知道您的其他作品他们是不是还喜欢？毕竟，他们是看着《熊出没》《喜羊羊与灰太狼》动画片，玩着《我的世界》游戏成长起来的“10后”，跟我小时候可不一样啊。幸运的是，当我网购了一箱子《皮皮鲁传》《鲁西西传》《舒克贝塔传》后，惊喜地发现他们居然不忍释卷，吃饭时也拿着本童话不撒手。一时之间，恍如隔世。我和《童话大王》的缘分，不经意间又传承到了我的下一代。去年我们回老家探亲，他们俩发现了书架上的《郑渊洁童话全集》，于是天天都拿起来读个没完。今年，我又订阅了《童话大王》杂志，全新的杂志看着真是非常陌生，但相信这一代孩子们也会喜欢。特别是我家的大儿子最怕写作文，我跟他说：“郑爷爷教你写作文呢，你好好看看，他能够写出那么有意思的童话，没准你也可以的！”就这样，《童话大王》又回到了我的生活之中，往日时光似乎重演在我的孩子身上，这是多么令人感慨的缘分！

絮絮叨叨写了这么多，我到底想说点什么？或者说，面对着这样珍贵的给您写信的机会，我应该重点表达什么？其实，我只是想再次对您说一声谢谢！因为您的童话，让我童年的精神世界如此丰盈，我拥有了皮皮鲁、鲁西西、舒克、贝塔、机器猴力力士、大灰狼罗克……而不只有《大闹天宫》《安徒生童话》《变形金刚》《圣斗士星矢》……当然，我并不是否定后面这些作品的价值，而是想说，《童话大王》带给我的意义和影响更多。如果让我回忆两个印象最深的童话，我想说两个短篇。第一个是《三十六万五千天》，这个童话让我明白，什么叫作信用和诺言，为了实现诺言，泽是如何穿越千年寻找到亚，又是如何如释重负地告别。法律强调诚实信用原则，生而为人，如果我们能有泽一半的精神，哪里会有那么多的违约和纠纷呢？第二个是《天上有一朵云》，牧羊人和小羊羔的故事，情感那么纯粹动人，不为世俗所左右。故事里的几句话，我甚至还用到过自己的作文里："幸福使生命变得短暂，痛苦使生命变得漫长。这短暂使生命地久天长，这漫长使生命转瞬即逝。"生命是如此短暂，每个人都是要长大的，我们后来找到属于自己的牧羊人或小羊羔了吗？

信写到这里，也该到了尾声。听说您就要迎来六十六岁的生日，有这样的机缘和您再次交流，似乎也是命运的安排，人生有时候真的像童话吧！最后，我携我家的两个小读者，一起祝您生日快乐！健康长寿！希望能够带着他们一起参加您的生日庆典，也希望一代代的小读者都能读着您的童话幸福成长！

您的小读者常亮敬上

2021年3月16日

第四十四封信

这个世界，没有什么比爱更让人温暖，更能给人生活下去的力量和勇气了！

郑渊洁先生：

您好！平生素未谋面，今儿以写信方式“相见”，首先祝您身体健康，生日快乐！

第一次读您的作品时，我初为人母。书店里眼花缭乱的儿童读物中，我挑选了您的《舒克和贝塔历险记》。每天晚上，在学校旁边的那间教工宿舍里，在温暖的灯光下，我带着牙牙学语的女儿一同读您笔下的童话，多年后仍是我们母女美好的回忆。

我是一名中学教师，在孩子成长过程中，磕磕绊绊地努力学做合格家长。当女儿渐渐长大，我发现在孩子成长过程中，依然留有很多遗憾。而有些事，一旦错过就不再来。

我开始有意识地学习和研究家庭教育，主动参加线上线下的学习和讨论，并到中国教育报刊社做了几个月《家庭教育周刊》的特邀编辑。2018年，我在学校组建了家校共育讲师团队，组织部分对家庭教育有兴趣的老师一起研究探讨，开办家校共育大讲堂，每个学期都会为家长们开办讲座，带领家长一同学习，一起成长。目的是帮助更多的家长少走弯路，少留遗憾，帮助更多的孩子长成最好的自己。

2019年，我参与了张家口市家庭教育热线咨询工作，成为一名家庭教育咨询师。还参与了张家口市家庭教育讲师团公益活动，并被评为十佳讲师。

我曾经阅读过您父亲写的《郑老爷子大观园与郑渊洁家书》，也看过您父子参加的《朗读者》节目。说实在的，您能成为享誉世界的“童话大王”，真的是毫不奇怪。即使当时您没有选择写作，也很可能在别的领域中做出一番成就。我曾多次把您家的家庭教育故事讲给家长听，讲给电话咨询家庭教育的朋友听，写在家庭教育公众号的文章里，让更多的人看到听到，反思家庭教育和学校教育中存在种种问题。

不能不说说您当年辍学的故事。

您在年少犯错误时，父母常责令您写检查，应该说是一种很不错的教育手段。我感觉可以推荐给更多的家长和同行，作为教育孩子的一种方式。这个方式，可以让孩子安静下来独自还原整个事情的过程，冷静思考。客观上，写检查是对事情最好的梳理，也能体现对自己行为严谨负责的态度，附带还提高了孩子的文字水平。最大的好处，避免了不冷静状态下的情绪失控。当人的情绪失控时，往往容易做出不理智的选择，甚至出现极端的行为，后悔莫及。

接着说说您的语文老师布置的作文《早起的鸟儿有虫吃》，被您改为《早起的虫儿被鸟吃》。不得不说，这是个充满智慧的自主命题作文，可以作为原题目的姊妹篇，可以让每个学生都试着写一写，培养学生的辩证思维，提高他们思考问题和表达观点的能力。也许是当年的那位老师太过年轻，也许是那位老师不够自信，缺了点因势利导，多了些野蛮粗暴，罚当年的那个小男孩当着全班同学们的面反复说一句话：“郑渊洁是全班最没有出息的。”这的确会让小小少年感到自尊心严重受到伤害，而引爆了后续事件。

这个故事给了我很多思考。每个儿童都值得被尊重，也必须被尊重。“后生可畏”是成年人必须时刻自省的。一个作文题目引发了一个孩子深入思考，是师者本可以用智慧化解的一个小插曲。为师者，本该尽可能地启发和引导学生学会思考。用开放包容的态度欢迎学生挑战我们的“权威”，至少是让学生有最基本的表达权利。我们的教育大可不必以孩子是否听老师的话为评价标准，否则，我们的格局当真是太小了一些。如果后代仅仅是听前人的话，这个社会还会进步发展吗？还会创新突破吗？一句“吾爱吾师，吾更爱真理”是为人师者应该追求的目标，努力达到的境界。

您和郑老爷子在《朗读者》栏目中一起合作的《父与子》，让我看到了幸福父子的模样，这篇文字是一个很好的家庭教育蓝本：

在我们这儿，不是你是什么就得生什么，而是逢什么年生什么。比如去年，不管你是羊还是兔还是马，生的孩子都是狗。狗的爸爸妈妈也不一定是狗，可能是兔子。

今年生的孩子都将是猪。于是就有了这么一头小猪成为我的儿子。这是我们的缘分。不管他是什么，我都爱他，他的血管里流着我的血。尽管我是羊，他是猪。

多么生动有趣，也很有现实参照意义。为人父母者，不能选择自己的孩子，孩子也不能选择父母。每一对父子、母子都是几世修来的缘分，都是上天最好的安排。那个羊爸爸幸福地给小猪当爸爸，说：“做父亲的对待孩子只能干一件事——爱。”

而现实中的家庭教育为什么常常鸡飞狗跳呢？

《父与子》的故事告诉我们，家庭中首要是爱，无条件的，也是充满温馨和智慧的爱。爱有出息的孩子似乎并不难，爱一个平凡的孩子，或者是爱一个看上去不太有出息的孩子，需要父母的真爱与包容，别让本应纯净的父爱母爱变了味。

您当年被学校开除回家时，父亲没有毫无意义地指责，没有劈头盖脸地谩骂和抱怨，一句“孩子，没关系，我在家教你”温和而掷地有声。那不是一时的冲动，那是无尽的责任和如山的父爱。

要知道，很多孩子在成长过程中出了问题，往往最早放弃他们的就是亲生父母。我在学校工作三十多年，最怕听到家长们的一句话是：“我是一个失败的父亲/母亲。”一句“我是一个失败的父亲/母亲”，就是向全世界挂起了白旗，宣布了投降，就是向孩子或声明或暗示对他的放弃，而忘却了做家长的责任，错过了和孩子一起成长的机会。

郑老爷子无疑给很多家长树立了一个好榜样。我不是说都把孩子带回家自己教，其精髓是父亲对孩子的心理支持，充满信心，不离不弃，付诸行动，持之以恒。他对您日后的言传身教，耳濡目染，成就了日后的“童话大王”，也呈现给世人幸福父子的模样，引来无数人的赞叹和羡慕。耄耋老人能陪伴着已过花甲之年的儿子写作，能和儿子一同登台共情朗读，能成为儿子不断写下去的动力之源，这本身就非常美好。

郑老爷子成为您一生的榜样，榜样的力量是无穷的。

在郑家的家教中有着太多与众不同的地方，也体现出我们常说的“因材施教”。

每一个孩子都是独特的。我很赞成您提出的：一个好的教育者应该用五十种教育方式去教育一个孩子，而不是用一种方法教育五十个孩子。在学校教育中，可能会有一定的难度。但无论是家长还是老师，我们都不要急于把孩子培养成什么，而是要看看孩子是什么。就像羊爸爸生的儿子是一只可爱的小猪，那就培养他成为一头能够幸福生活的小猪好了；如果猴子生出的是一条鱼，那就大可不必教孩子学上树了，不妨让鱼儿好好畅游，也许他会快乐地鱼翔浅底。我们之所以有那么多的家长容易焦虑，有那么多的孩子课业负担很重，有那么多孩子并不期待寒暑假，因为铺天盖地的二课班让他们在幼小的年龄感到生活毫无意思，没有可以期待的事情等着他做。而家长除了焦虑并没有静下心了解孩子，耐心地帮助孩子，春风化雨地熏陶孩子。缺少了学习与思考，缺少了研究与探讨。

我是羊，我生了一头小猪，我感到幸福和惬意。如果在这个世界上，羊只能生羊，马只能生马，那该成什么样子了？

我爱我的小猪儿子。如果他是鸡或是蛇或是兔或是老鼠，我一样爱他，一样让他成为世界上最幸福的孩子——因为我是他爸爸。

能成为这只羊的儿子，那头小猪有多幸福。不，只要是这个爸爸的，无论儿子是蛇、兔、老鼠都是幸福的。

父母之爱本不该有太多的附加条件。

爱，是可以传递的。您把父爱传递给自己的儿子和女儿。前提依然是郑家传承下来的尊重孩子，因材施教。不适合在学校学习的儿子回家学习，不适合在家读书的女儿去了学校读成学霸。

这个世界既没有两片相同的叶子，也没有两个相同的孩子。在家庭教育这道难题中，我们没有标准答案，每一个答案都是开放的、发散的，我们需要一起探索和寻找，不跟风，不放弃，了解孩子，帮助孩子，适合孩子成长的才是最好的。

感谢您，“童话大王”，用内心的善良、睿智而幽默的文字温暖着无数孩子纯净的心，在他们的世界里留下了最初的想象、期待和美好；感谢您，用一家三代人的家教故事，诠释着幸福家庭的含义。

父子、母子一场，既然没有人能选择彼此的关系，那就全力以赴地用爱和智慧温暖彼此、陪伴彼此吧！我常常会想，如果这个世界只有丰富的物质，而没有经典的诗词歌赋，没有美好的童话，没有看似无用的艺术，将会有多少心灵变得干涸？我常常会想，如果这个世界只有先进的科学技术，而缺少亲情、友情和爱情，缺少正义和道义，这个世界将会变得多么令人生厌。

您用童话讲述了童话里的世界，映射了现实中的世界；您用自己和家人的故事呈现了父子（女）情深。这个世界，没有什么比爱更让人温暖，更能给人生活下去的力量和勇气了！

最后，祝郑老爷子和您全家幸福安康！再次祝您生日快乐！

龙涛

2021年3月18日

第四十五封信

我惊喜地发现，人群中远不止我一个没被驯化成兔。是的，那只是一个童话。我们终将长大，不再害怕。

郑渊洁先生：

您好！见字如面。本来想称呼您“郑老”，但一想到您今年才六十六岁，网上看到新闻报道您的图片也完全是一副“精神小伙”的样貌，觉得“郑老”一词实属不妥。许多人称呼您为“老师”，但您对我最大的影响，恰恰是对“老师”这个概念有了“童年阴影”般的解读。其中缘由，不用下回分解，且听我慢慢道来。（《童话大王》连载断章之处，堪称儿时最大煎熬）因此，思来想去，还是称呼您郑渊洁先生吧。

人们习惯将现在与过去割裂。我和太太重返我们共同的小学母校时，都有种恍如隔世的感觉。共同回忆的那段童年时光，仿佛发生在上个世纪，如梦一样绚烂但不够真实。但转念一想，其实距今也不过二十几年的光景。童年的影响对一个人而言，太过于重要，性格、习惯、价值观就像“初始程序”一样。人生很长，我们总要根据不同年龄段的需求，下载各种五花八门的“应用软件”。但当你人生走到一个节点，需要清理繁杂时，一恢复“出厂设置”，剩下来最核心的东西一定还是那么几样。尽管机器的硬件老化了，但内核总能回到原点。

与您结缘就是在“初始程序”的安装时。十岁那年，在机关做公务员的小姨把一本《皮皮鲁传》送给我作为生日礼物。那本湛蓝色封面的书几乎全是文字，没有插图，厚厚的一大本放在我的小手上，沉甸甸的。但就是这样一本与同时代其他漫画书相较“其貌不扬”的“大部头”，让我这个“85后”小学生感受到精彩奇幻的同时，也依稀在心里留下了某些不一样的东西。

您塑造了皮皮鲁、鲁西西、大灰狼罗克这些经典的角色。他们的故事，像一面面哈哈镜，呈现的是奇趣的童话幻境。但镜子的那一头，依然是那个真实而深刻的成人世界。在您的众多系列作品中，给我留下最深印象的是关于皮皮鲁的一个特殊章节——《驯兔记》。这篇故事在皮皮鲁系列故事中像是外传一样的存在。故事的主要内容我至今仍可以完整复述，我也一定会在将来说给我的小孩听：皮皮鲁无忧无虑的校园时光突然被一个恐怖事件打破。学校里的班干部有一天突然变成了兔子，更让皮皮鲁震惊的是，老师对此竟高兴得手舞足蹈，就连自己的父母也教育他要向班干部看齐，早日成为乖巧、顺从的兔子。但来自老师与家长的双重压力并没有让倔强的皮皮鲁屈服。他依旧与所有人斗智斗勇，坚决不吃胡萝卜。直到故事结尾，老师的女儿——一个坐着轮椅的小女孩，向皮皮鲁讲述了自己母亲如何含辛茹苦、日夜操劳地“培驯”着大家，皮皮鲁最终以戴上兔子头套的方式选择了妥协，成为小学毕业照上清一色兔头中的一个。

这则短篇与皮皮鲁的整个故事线没有太大的关联性。但您可能想象不到，这则故事带给当年那个十岁小男孩怎样的震撼。我的大脑像是被植入了一个与之前接受的主流教育完全不同，甚至有些不太兼容的内容。直到我上大学，在英语课上与美国外教交流时，才貌似搞清楚了那个东西的英文名——critical thinking，对应的中文翻译叫作“批判性思维”。这也是我在这封信的开头，不称呼您为“老师”的原因。只会教导孩子“听话”的老师会带来缺失的教育，但如果只是简单反向理解，一味标榜“不听话”且不容反驳，那此老师与彼老师又有什么不同呢？您不是告诉我孰是孰非的老师，而是启蒙我辨别是非的长辈。因为先生是将自己对所经历时代洪流的感悟与反思，通过一个个童话向我们娓娓道来。

大学毕业后，我以综合面试能力第一的成绩，获得了在央企的工作机会。身边的亲戚朋友都替我高兴，认为我找到了铁饭碗，进了保险箱。我开始穿着统一的工作服，过上朝九晚五的生活。感谢那个相对宽松的环境带给我的成长与积淀。但国企整体上那种一成不变、整齐划一的工作氛围，却时常让我在夜深人静的时刻感到茫然，总觉得潜意识里有某种东西在发生作用。经过深思熟虑，我最终还是选择遵循本心，离开自己的舒适圈，去开启人生全新的连载篇章。

当年高考时，我选择的是法学专业，并且在大三时一次性通过了国家司法考试。因此，便有了选择法官、检察官、律师这三个主流法律职业的可能。身边不少老友、同学都在坚持不懈地参加法院、检察院的公务员考试，将律师作为一个退而求其次的保底选择，甚至压根排除了这个选项。但摘下“头套”的我却将律师作为第一志愿，就像当年高考志愿单上的“法学”一样。

律师，尤其是刑事辩护律师，也许是当前中国社会中“最不温良恭俭让”的一部分人。职业准则要求我们必须以保障被告人的利益为己任。尽管这个人貌似已经“站到了人民的对立面”，尽管我们与之对抗的是代表国家意志的公权力机关，但那些如山铁证是否经得起推敲？那些有罪指控是否符合法律的原意而未在政治运动的影响下矫枉过正？保持怀疑精神与批判思维，并付之于坚定的行动，是这个职业之所以能够闪耀的原因。进入律师行业中，我结识了不少值得尊敬的前辈大咖，结交了许多优秀的伙伴。我惊喜地发现，原本放眼望去“兔头”攒动的人群中，远不止是我一个没被真正驯化成兔。不少人因为种种原因，选择暂时地妥协；拿掉头套后，依旧是一张张充满个性，鲜活而保持真我的面孔。

郑渊洁先生，当年那个十岁的小男孩在读完《驯兔记》后特别想问您：我和皮皮鲁一样，不想成为兔子，郑渊洁老师，我该怎么办？二十年后，这个男孩貌似有了自己的答案。今年，您在《驯兔记》被改编成的电影中本色出演，面对饰演皮皮鲁的小演员提出的相同问题，您给出了自己的答案：“孩子，不要难过。这只是一个童话。”是的，这只是一个童话。我们终将长大，不再害怕！

郑渊洁先生，感谢您当年的生日礼物！祝愿您六十六岁生日快乐！

王梦楼
2021年3月20日

第四十六封信

一部好的童话作品就是一次人生启蒙。它能够开启孩童丰富的想象力，让他养成与书相伴的好习惯。

尊敬的郑老师：

您好！首先恭祝您生日快乐！牛年吉祥安康！

我是您忠实的读者和粉丝，20世纪70年代出生于东北吉林的一个小山城。小时候的县城图书馆是一栋建于60年代的两层小楼，当时县里还没有少年宫，购买图书和杂志也不是很方便，杂志需要去邮局订购，这个小图书馆和不远处的县文化馆就成了我儿时最重要的知识和文艺殿堂。小时候比较内向，加上与哥哥们的年龄相差比较大，所以几乎没什么能经常一起疯跑的玩伴，我最大的快乐就是每天往图书馆跑，坐在角落里，沉浸在书香和五彩缤纷的书中世界。

那时最喜欢的杂志是《儿童文学》和《童话大王》，《童话大王》我小学时几乎每期必读。还记得有期封底是您骑辆摩托车的照片，那是我第一次见到郑老师的形象。受孙敬修老爷爷的影响，总觉得讲故事的都应该是白胡子老头儿，对此记忆很深刻。现在回想起儿时快乐，脑海里还会不自觉地哼起“舒克舒克舒克……开飞机的舒克；贝塔贝塔贝塔……开坦克的贝塔”。舒克和贝塔这对好伙伴，开飞机，驾坦克，经历各种冒险，他们的善良勇敢以及团结友爱、乐于助人深深地影响了我。还有聪明善良但又调皮的皮皮鲁，已不是童话人物，更像是陪伴我成长的儿时伙伴。您作品里每一个聪明、勇敢、调皮的形象都是我童年最快乐最鲜活的记忆，尤其是罐头小人，几十年了，每次开铁皮罐头时都会想里面会不会有五个小人，哈哈！

一部好的童话作品就是一次人生启蒙。是您开启了我儿时丰富的想象力，让我很小就养成了与书相伴的好习惯。现在的学习压力，已经让很多孩子失去了阅读的习惯。工作之后，我去国外出差的机会很多，有个朋友曾开玩笑地说："中国人一上飞机就睡觉，老外们大多在看书，是不是中国人很累啊？"后来观察确实如此，尤其现在智能手机时代，碎片化信息和娱乐挤掉了更多人的读书时间，这种状况发展下去对一个社会和一个民族来说都是可怕和可悲的，我们需要更多像您这样的儿童文学作家，让我们的孩子们在被作业压得透不过气的时候，有一方天马行空的缤纷世界，并从小养成与书为伴的好习惯。

儿时您就是我的偶像，小学时我曾投稿《儿童画报》的有奖征文活动，写的小童话故事获得了全国二等奖，这对一个小山城里的孩子来说绝对是无比兴奋和刺激的事，当时我就把您作为人生目标，立志以后成为一名童话作家。但后来阴差阳错考进一所著名大学的航天学院，成了一名工程师，快跟舒克贝塔成同行了。前些年听说了您宴请三位伯乐编辑的逸闻趣事，也因此总想着能有机会请我儿时的偶像吃个饭，跟皮皮鲁和鲁西西的爸爸聊个天，谈谈舒克贝塔的事业、皮皮鲁的家庭和五个小人的结局，这会是一件多么令人神往的开心事。所幸托一位朋友的福，能有机会在您生日的时候给您写封祝福信，这跟实现儿时梦想差不多，让我无比兴奋和激动。

最近疫情又开始变得严重起来，疫情虽给这个世界带来了巨大的冲击和灾难，但会有越来越多的人回归精神家园，回归书香世界。祈愿国泰民安，也祈愿我们的“童话大王”永远年轻可爱，有更多的作品让我们永远活在童话般的快乐里！

期待能早日与您见面！衷心祝福您！感谢您！

此致

敬礼！

您的学生：姜心

庚子年腊月 冬夜

第四十七封信

孩子是一张白纸。这张纸最终变成一幅美丽的图画，还是变成黑色的涂鸦，关键在于教育。

敬爱的郑老师：

您好！我是皮皮鲁和鲁西西的“同学”，是在《童话大王》这所学校里快乐成长的您的学生。

今天是我四十七岁的生日，三十六年前，也是一个开拓进取的牛年，我有幸成为您千万个学生中的一员，成为您童话王国里忠实的粉丝。那时候没有手机，没有平板电脑，阅读是一个孩子最大的乐趣。《少年文艺》《儿童文学》这些文学刊物让我感受了文字之美，而《童话大王》更像是一个奇幻的魔法世界，使我置身于五彩斑斓的精彩童话里。开飞机的舒克和开坦克的贝塔，有勇有谋的皮皮鲁，聪明善良的鲁西西，这些奇妙而有趣的人物就像是我生活中的朋友，我时刻被他们的故事吸引并感染着，被他们的正义勇敢激励着。可以说，他们就是我童年的精神玩伴，也是我学习的榜样。闲暇的时候，想想他们的奇妙旅行，憧憬一下未来的人生；情绪不好的时候，想想他们不向邪恶势力和困难低头的勇气，所有阴霾一扫而光；与朋友发生矛盾的时候，想想他们的大度和包容，“相逢一笑泯恩仇”。那时候最开心的事情是给同学们讲皮皮鲁和鲁西西的故事，每周一节故事课我几乎就是主角，故事内容都是熟记在心，滚瓜烂熟的，我绘声绘色的讲述收获了无数同学羡慕和崇拜的眼神。有时旧故事讲完，新的一期您还没有刊出来，我就自己编，什么《皮皮鲁沙漠历险记》啊，《鲁西西智斗蜘蛛精》啊，哈哈，放在现在可是侵权行为了，但当年的快乐啊，真的是想起来都会笑出声。

遗憾的是，我女儿并没有这么幸运。她的童年里只有没完没了的作业，只有各种喜欢不喜欢的课外班。如今已经高三的她，正在千里之外的异乡名校冲刺备考。今天午课后她牺牲了午饭时间，给我打电话祝我生日快乐。一下子把我的“老泪”给勾了出来。欣慰之余，更多的是愧疚和懊悔，总觉得欠她一个无忧无虑的童年。挂断电话，突然有一个念头：高考结束后一定送她一套《皮皮鲁和鲁西西》，给她补上快乐童年这一课。

得益于当年您的影响，我喜欢上了讲台，喜欢在讲台上讲故事的感觉，喜欢看到那些求知若渴而又无邪的眼神。所以高考后我选择了教育行业，当了一名中学政治课教师，如今一晃已经是二十五年过去了。踏进中学校园那一刻，我就立志做一名让学生喜欢的老师，做一个合格的“传道授业解惑”者。所以我讲课从不照本宣科，教学形式多样，有说有唱，有表演有模仿。不夸张地说，我的学生从来没有觉得政治课枯燥，因为不但可以学习知识，还可以明白道理，可以磨炼意志，还可以展示自己，获得自信。而且我入职第一年，所教的政治课单科成绩在全市期末统考中平均分、及格率、优秀率全部第一。课堂上我是一个引导者，课堂下我是学生的朋友和知心人。那时我每天晚上下班都要去家访，去了解每一个学生原生家庭的基本情况。我相信那些调皮捣蛋的孩子就是皮皮鲁，他们即使有这样那样的“不良习惯”，但他们也会有正义感，有一颗善良的心，有无尽的创造力，有光明的未来。前两天，我教过的第一届学生请我小聚，一起吃饭的四个学生当年都是“后进生”，如今各自带着爱人孩子，看得出都家庭和睦，幸福满满。席间回忆起1996年他们刚上初一时的情景：那时我初为人师，只比他们大七八岁，小学时他们就调皮捣蛋出了名，初一读了一年又都留级到我教的这个年级。刚进班就开始折腾，上课交头接耳，做恶作剧，出洋相，各尽所能，想给我来个“下马威”，但都被我见招拆招轻松化解。我不像别的老师那样嫌弃他们，动辄叫家长，罚站写检查，而是主动出击，上门家访，且从不跟家长告黑状，只是跟家长讲要善于发现他们的优点，多鼓励支持，少打骂指责。回忆最多的是有个周日我把他们请到母亲家做客（那时我还没有成家），吃完饭带他们去公园游玩。到现在他们还记得我母亲做的烧茄子太好吃了，席间还有个学生从手机中找出翻拍的当年我们在公园合影的黑白照片让大家看。那时我还年轻，他们也只有十四五岁，虽然衣服很老土，但每个人的脸上都洋溢着快乐。他们一致认为我既是老师，更是大哥，在青春期那个关键的时期引导他们走了正路，没有自暴自弃，才有了现在的幸福生活。细细想来，这种成就感真的是一种荣幸。而我在少年时代遇到皮皮鲁、鲁西西、舒克和贝塔也是我人生的一大幸事，有了他们，我从通俗易懂的童话故事里学到了真善美，学到了解决问题的方法，学会了交朋友，学会了教学生。

从教二十五年，我真正在一线教学只有五年，由于工作需要做了二十年行政管理，虽然一直在校园，却离开了讲台，不得不说是一大憾事。但是我对教育事业发展的思考却没有停止过。中国有句老话：“三岁看小，七岁看老。”儿童时期的教育对一个人一生发展起着重要作用，小孩子就像是一张白纸，成人的各种活动在这张白纸上留下了不同的痕迹，也造就了孩子的不同性格、不同命运。孩子的学习对象包括周围的一切人和事物，是通过看、听、闻、尝、触摸来感知世界，获取信息，通过记忆和思考强化并内化为自己的意识、认知，最后形成“三观”。所以，这张白纸最终变成一幅美丽的图画，还是变成黑色的涂鸦，关键在于儿童时期成年人（包括家长和学校、社会）怎样培养和教育，如何在孩子成长过程中给予正确的引导和影响。

教育是潜移默化，是“润物细无声”。教育专家提出了各种理论，形成了各种学说，但最终关键在于实施，由谁来做，做什么，怎么做。在此，我不想就这个问题累述（如果有机会，真的希望能跟您当面探讨一下这个话题），大道至简，其实在儿童成长期多给孩子们讲讲故事就好，让孩子们少看电视、平板电脑、手机，多听故事多读书，因为电子产品几乎是不可控的。现在已步入信息化社会，获取信息的方式越来越便捷，信息量也越来越大，随便输入一个搜索便可以找到想要的信息。但对于心智尚未成熟的孩子，这种便捷却弊大于利，如果不加以干涉和引导，孩子很容易误入歧途。那么多网瘾少年，他们身陷网络游戏的世界里不能自拔，还有那些年流行街头的“古惑仔”，对影视和网络中的暴力顶礼膜拜。如此类情况，造成了诸多的社会问题。

作为父母和老师，在我们为孩子选定的故事书里，不会充斥暴力和另类，不会有超过孩子适合年龄的内容和画面。我们可以在这张白纸上用心去描绘，告诉孩子如何分辨是非善恶，教会孩子如何去爱己爱人。尤其是可以通过生动的语言、丰富的情节，在孩子内心留下深刻印象，引导他们在人生路上走好第一步。所以，我觉得对小孩子最好的教育方式就是给他们讲好的故事，读有益的书。郑老师，您同意我这个观点吗？

今天又听到一件骇人听闻的事情：十五岁女孩弑母藏尸。据说是孩子厌学，因妈妈管教发生冲突，女孩愤而弑母并藏尸。造成这个人伦惨剧肯定有多种原因，我只想说说孩子厌学的事情。幼儿园的孩子很少厌学，一方面是心理年龄原因，更重要的是教育方式。幼儿园老师总是在给孩子们讲故事，带着孩子们做游戏，没有升学压力，所以孩子们无忧无虑，开心快乐。幼儿园就像是孩子们的乐园，他们当然不会厌学。但是进入小学后，各种作业，各种课外班，各种“填鸭”，各种……家长急功近利，孩子疲于奔命，这种学习有几个孩子会不厌倦？进入中学，更是一场智力和体力的大比拼，进名校，排名次，学生身上背负了太多父母的期许和压力，学校和老师承担着各种考核和评比。在这场教学马拉松比赛中，教的人忽略了教育的真谛，只关注试卷的成绩，学的人没时间思考，只是玩命地刷题。有的孩子咬着牙坚持下来，也有的孩子中途掉队，还有的孩子从开始就选择了放弃。

很钦佩您对自己孩子的教育理念，可像您这样的家长太少了啊！两千五百多年前孔老夫子就提出“因材施教”，可偏偏家长们都要“望子成龙”“望女成凤”，最后“画虎不成反类犬”，荒废了孩子的青春，耽误了孩子的前程。同时社会需要的技术人才却供不应求，大国工匠少之又少。这是一个时代的教育课题，是值得我们去反思和考量的。

可喜的是，“十四五”教育规划中强调了“立德树人”的重要意义，提出要加强系统谋划和顶层设计，促进学生“德、智、体、美、劳”全面发展，并及时出台了一系列详细可行的政策措施。作为一名教育工作者，我拍手称快，也期待着教育事业能迎来一个新的春天。

郑老师，今天给您写这封信，首先是有感而发，其次是真心想对您说一声谢谢！感谢您在我宝贵的童年时光里，带给我那么多快乐，教会了我很多东西。时光荏苒，三十六年转瞬即过，曾经的追梦少年已变成中年“油腻大叔”，但皮皮鲁和鲁西西依然年轻，朝气蓬勃，祝愿他们能陪伴着一代又一代的孩子们健康快乐地成长，也祝您健康长寿，永葆青春！

学生：董海滨

2021年3月16日

第四十八封信

有梦想就去追吧。只要行走在路上，再狰狞的荆棘也只是点缀旅途的景物而已。

郑渊洁老师：

您好！

我是吉林省实验中学的一名初中语文教师，“70后”，读书的记忆里，除了教材，就是为数不多的小人书和连环画。毕竟来自农村的家庭，家里并不认为花钱买书是生活的“刚需”，偏偏我又是一个孤独的孩子，不知道从何时起，我想方设法去寻写着字的纸，去读所有能认识的字，书，便成了我生活中的唯一伙伴。

记得是刚上初中的年纪，我就被您的《童话大王》所吸引，从此一发不可收，一口气读完连载十二期的《智齿》……如果说，现在的我骄傲于有一定的判断力和思考能力，甚至我认为自己对事物的批判性思维相当主动和强烈的话，我一定把感激的鲜花献给您——郑渊洁老师，您的童话连载成了我的思想启蒙。

◇ 伴随成长 · 不觉孤单

当我得知您的学历是小学肄业，只读到了四年级，回头才忆起，您确实从未像有些人那样用“凡尔赛体”秀什么高学历，您的文章也从不炫什么写作技巧之类的东西，您胜在故事情节的精彩。

也是，您的童话，也不太需要那些东西，您只要把故事讲清楚就行了。我们的孩子啊，太需要真正的故事了……

记忆里那本《皮皮鲁传》，是一本“写给男孩子看的童话”，但皮皮鲁是我直到现在还相当喜欢的一个人物。他就像另一个次元的少年的我们，我们都会写真账假账，都喜欢听歌，都痛恨“八股”作文，只是他做了那些我们想都不敢想的事情，比如坐“二踢脚”上天，比如和梦中的自己见面，比如和罐头小人对酒当歌……情节固然夸张，却又合乎逻辑。谁没想过从天而降一辆神车，去世界的尽头兜风呢？

我只是一个普通人，皮皮鲁给了我一个想象的平台，给了我一个天马行空又无人阻拦的空间，在我伤心的时候给我欢笑，在我沮丧的时候又给我力量，我又怎么能不喜欢他呢？

印象深刻的还有大灰狼罗克——一只混入人类社会中生活的大尾巴狼。“狼”的身份，本身就带有冷眼观察人类的旁观者属性。他一会儿化身画家，一会儿化身司令，一会儿又变成了滑冰天才。小时候看不明白，只觉得罗克的人生好丰富。长大后回看才发现，这哪是童话，简直是一部现实主义人间观察加寓言故事。而那句足以精准描述当代网络键盘侠行为的话“如今是理屈词富的时代，越是没理的人越喋喋不休”，就出自这部二十多年以前，前互联网时代的童话作品。

◇ 感谢提醒 · 打开真实门窗

孩子们都喜欢看安徒生或者格林兄弟的童话，因为那些公主与王子的故事让人久久沉醉，白雪公主在等待王子的亲吻，从而重新睁开双眼；灰姑娘在晚会后，还能等来痴情的王子。在读故事中我们可以很容易地站对阵营，因为结局总是好人“幸福地生活在一起”，坏人“被愤怒的人群赶出王国后悲惨地死去”。

然而，您笔下的那些童话故事，小时候看或许一知半解，只觉得有趣，长大以后回看，会发现有更多值得回味的东西。因为，您这位“童话大王”，在别人给我们讲述王子和公主的故事时，就已经在您的童话里，埋下了一个真实的甚至稍显残酷的现实世界。读您的作品，我常有一丝“诡异”的感觉，就像咀嚼着满嘴美味的食物，却察觉到其中藏着一根非常细小但十分尖锐的鱼刺一样。您的童话故事颠覆了我心中对童话的定义，这确实是一种了不起的创新。但近年来却偶尔听闻，说这是非常“危险”的创新。

怎么说呢，如果每本书都像人一样拥有性格的话，那么《小王子》无疑有一种令人舒适的温柔，《流浪地球》则十分睿智，给人一种值得信赖的感觉。而您的作品，像是穿越回童年时代的大人，他的容颜无疑是稚嫩的，但他的灵魂却是沧桑的。

说句实话，我并不认为这样的童话不适合孩子看。谁说想要了解污泥就一定要进泥潭游泳呀？聪明的孩子只要在旁边干干净净地看看就懂了，临了，可能还会赞美一下污泥旁边盛开的鲜花呢。走上社会，就知道理想很丰满，现实很骨感。带着“鱼刺”的童话，才是真实的“城堡”，才是孩子们能够防身的“金钟罩”和“铁布衫”。

我也从不认为童话仅仅是写给小朋友看的，尤其是您的童话。翻开您的童话，无论是一二三四五总统的开会瘾，还是势利眼王国惜字如金的国王、谄媚奉承的官员和愚昧无知的市民，抑或是贪婪无度、草菅人命的动物市长，都反映着人类社会的弊病与不足，又指明方向，倡导真善美与永恒的光明。

您在现实生活中或许就是那种非黑即白的人，不否认黑暗，更不畏惧黑暗，能够举起手中的笔去正面迎战，亲自将光明带到人们身边，与大家共享。

◇ 幸福真谛 · 寻找真正快乐

娱乐圈有个词叫“CP”，不知道您是否熟悉，您的舒克和贝塔，可能是我嗑过最早的CP之一。您借这两只可爱的小老鼠之口，探讨了很多深刻的问题，比如，幸福和金钱的关系。

贝塔觉得钱很重要：“没钱行吗？谁不想过好日子？”

舒克反问：“什么叫好日子？对已有的一切满足，就是幸福。再说了，活得好不好，全在心情，不在物质。由物质带来的快乐是假快乐。这种假快乐是随环境变化的，是暂时而不经久的。”

小时候看这段对话，根本没有在意，直到长大工作后，才明白其中的含义。

很多人一辈子为了金钱忙忙碌碌，得不到就失落着急，得到了就先得意后空虚。欲望确实推动了社会的进步，但也会成为幸福感的杀手——“他们从打生下来，就都想比别人活得好，到死却都觉得，活得不如别人好。”这样烧脑的话，读的时候，不懂；懂了的时候，已是中年。

其实，人一辈子就干两件事：第一件，努力得到想要的；第二件，享受已经得到的。遗憾的是，欲壑难填，永无止境。绝大多数人不做第二件事。于是，从本质上说，第一件事也就白干了。

◇ 人生指引 · 坚守梦想

像我这个年龄的人，基本上是大学生包分配体制的受益者，四年大学毕业，然后，进一个事业单位，一干一辈子。

我们小时候受到的教育，听过最多的一句话就是："现在你好好学习，将来考个好大学，就能找份好工作。"而父母眼中的好工作，大部分指的就是公务员、老师，进入大企业，因为这意味着有了稳定的收入，有了铁饭碗。但是，一路走来，才发现钱能给人自由，也能将人囚禁。您说"钱是翅膀，同时又是脚镣"，可不嘛！很多人为了守住公务员的职位，几十年都在重复自己根本不喜欢的工作。一边向往外面的世界，一边又不愿舍弃来之不易的铁饭碗。

其实，从很小的时候起，我就隐约明白了，铁饭碗指的并不是一份固定的工作，而是一种可以迁移的能力。工作可能会被技术替代，但不断学习、独立思考的能力永远不会被替代。在这个世界上，不会有任何人给你铁饭碗，只有自己给自己铸铁饭碗。就像您在《我是钱》中说的那样："铁饭碗的真实含义不是在一个地方吃一辈子饭，而是一辈子到哪儿都有饭吃。"

人不该只独善其身，如果对自己周围的环境不是那么满意，就试着努力去改造它吧，特别是它还是我们一辈子都会依赖的土地。

回想自己小时候老师布置的写作文、写日记的任务，有多少感触至今记忆犹新，当看到皮皮鲁的真假日记这一章真的是很强烈的共鸣。在写作文的过程中，我们总是被要求要这么写，不能那么写；这样的内容不行，那样的内容才可以；怎么写阅卷老师才能被吸引，怎么样才能获得高分，千万不能天马行空写故事；记得要按照时间、地点、人物的规范，作文格式要"总分总"……现在想来，对于孩子而言，去除考试和成绩，作文就是孩子通过文字表达内心想法和创意发散的一种方式，但孩子的思维和创意却被约束在了条条框框里，出去了就是犯错。自己当了语文老师，依然在重复着自己当年的"酷刑"。至今，我没能彻底超脱，现实和梦想之间始终隔着一道浅浅的天河。但是，我在不停跨步向前，日拱一卒地努力。虽然，我只是微不足道的个体，但作为太阳底下格外光辉的职业——人民教师，我希望自己能像您一样，伸出过来人的手，牵引孩子们避开一些崎岖偏僻的道路。

新学年开学，我通过自己工作的便利条件成立了一个“思享”读书沙龙，这是我们的梦想。有梦就去追吧。追寻梦，造就梦。我们将以童话为支点，毕竟我们是从事教育的教师群体，看看我们到底能撬起怎样的重量。我们将一砖一瓦地筑起我们的“梦”，这是艰难但一定充满乐趣的旅途，但是只要行走在路上，再狰狞的荆棘也只是点缀旅途的景物而已。

因为我知道您在成为“童话大王”的道路上，可能《早起的虫儿被鸟吃》正是奇妙的第一步。早起的虫子是否真的会被鸟吃掉，我不得而知，但有一点是确定的，那就是充满个性，并且坚持下去的虫子，一定不会被这个社会吃掉。

再次，感谢您的童话陪伴我成长，我会将汲取到的能量源源不断地输送到孩子那里，为我执着坚守的教育添砖加瓦。

您永远的学生：孔令博

2021年3月16日

第四十九封信

人人都爱皮皮鲁。他像一个真实存在的男孩子，是另一个次元的“我自己”。

我最崇拜的郑渊洁老师：

您好！首先祝您生日快乐！

我是您的忠实大号“粉条”（粉条比粉丝更宽更厚）！我出生在20世纪70年代，虽然我是女性，但是我读的您的第一本书是《皮皮鲁传》——一本“写给男孩子看的童话”。皮皮鲁是我非常喜欢的童话人物。我觉得他是一个真正的，甚至是真实存在的男孩子，因为他的性格原型实在逼真：爱放炮，爱逞能，有些幼稚，世界非黑即白，耿直，想说什么就说什么，会欺负最喜欢的女生，会有一点点的小倔强，大事不糊涂小事一团麻……我仿佛在他身上看到了我自己。

我小的时候是一个“假小子”，因为父母上班较忙顾不上管我，于是我被“下放”到农村的姥姥家。我在姥姥家是那一个村的孩子王，从不和女孩玩，整天带着一群和我一样大甚至比我大的男孩上树，爬墙，上山掏鸟窝，抓虫，打水仗，玩“骑马打仗”——这是一个游戏，就是两个孩子一组，一个孩子骑到另一个孩子肩上和另一组孩子打，哪一组肩上的孩子先掉下来就算输了。最开心的是和泥巴玩，用和好的泥巴捏各种人和玩具，小伙伴们互相比赛，看谁捏得多，捏得像，每天把自己弄得泥猴子一样。姥姥和舅舅很头痛，说我是猴子转世，哈哈。但对我不能打、不能骂，说了我还不听，姥姥就气得总是拿手指戳我的头，说女孩子要有女孩子的样子，要温婉，走路不能连跑带颠的，要笑不露齿，不能哈哈大笑，在吃饭的时候不能狼吞虎咽地吃，要小口吃……这不能、那不能的，我都是这耳朵听那耳朵冒了，依然每天出去和村里的孩子疯打疯闹。好在我们这些孩子没有做过太出格的事情，只是太淘气了，哈哈。姥姥是正宗的满族人，她从小接受的教育就是女孩子要温婉贤淑，行动坐卧要有样子，吃饭睡觉都要规规矩矩的。可是我就是一个另类，姥姥拿我一点儿办法也没有。现在想起来，那个时候是我最快乐的时候，我喜欢看皮皮鲁，其实也就是觉得皮皮鲁像另一个次元的自己吧！

说实话，我长大能够从文，真的要感谢您的童话，因为喜欢看您的童话，让我积累了很多文学知识。虽然大学专业选择的是新闻学，现在从事媒体的编辑工作，每天都是和文字打交道，但是，没有觉得文字枯燥，这也是与我看了很多童话、从文字里找了很多快乐分不开的。所以，我要感谢您——郑渊洁老师，是您的童话故事，引发了我对文字的热爱。

现在，我已经当奶奶了，我给我小孙子启蒙的书，就是您的童话。虽然他现在还听不懂，但是，我每天有时间就读给他听，让他感受文字带来的快乐。

我儿子出生的时候，我正忙着事业上的打拼，对孩子的关心、关注比较少，好在孩子听话，没有长“歪”。但是，我那时候很少给他买课外读物，以至于孩子写作能力非常差，不喜欢写作。所以，我现在对我的小孙子的教育，就是让他多看各种书籍，多看童话故事，给他天马行空的想象，给他快乐的源泉。我也想借鉴您父亲对您的教育方式，人的潜能是无限的，不一定都要按照学校老师要求的模子刻出来。

听说您小时候犯了错误，父母会责令您写检查，我感觉这也是给我们这些家长的一种启发。这种教育比打骂更能让孩子接受，也能顾及孩子的感受和尊严。在您和您父母身上，我们可以学习的东西太多了，您父亲的睿智、幽默，都是我们需要学习的。我觉得在您的这个家庭里体现的就是一个字——爱，您的父亲用爱成就了您，您用爱塑造了您的孩子，也让我们学到了如何去爱孩子、了解孩子、帮助孩子。

您的童话让我觉得每一个文字都是一个鲜活的精灵，您就像是精灵王，引领这些精灵在每一个看书人的脑海里演绎着不同的角色，给人们带来不同的快乐。感谢郑渊洁老师在那个神话年代，让我们看到童真和梦想，让我们学到了很多很多！

最后，我祝六十六岁的郑渊洁老师永远年轻！幸福安康！

您的“粉条”：阎肃

2021年3月1日

第五十封信

旧时光里，校门口还有那种摆在地上的租书摊，只要花上五毛钱，就能换来一下午沉浸式的快乐。

郑渊洁老师：

您好。自上次南京一别，距今已有数月，但您在宁海路73号说的那些连珠妙语，那和蔼可亲的笑容，仿佛仍在耳边，仍在眼前。上次见面的时间太短，还有很多话没有来得及跟您说，还好有这么一个机会，能坐下来安静地给您写一封信。

首先，想对您说一声“谢谢”。谢谢您创作出那么多好看的童话，从舒克、贝塔到皮皮鲁和鲁西西，这些故事陪伴着我们度过了童年，陪伴着我们慢慢长大。

还记得自己上小学的时候，在安徽一个小小的县城里，学校门口还有那种摆在地上的租书摊，只要花上五毛钱，就可以坐在那里看上半天。在一排排的连环画和小人书中，最爱读的还是您主笔的《童话大王》。那时候家里条件还不是很好，父母也很少给零花钱，但每次只要自己凑够了五毛钱，就一定要去书摊上狠狠地看几本《童话大王》解馋。后来，父母的收入增加了，自己的压岁钱也逐渐多了，终于可以去书报亭里按月买上一本崭新的、还散发着墨香的《童话大王》。每次接过那本不大的杂志，我就立刻捧在手里一边走一边读，时而被逗得哈哈大笑，时而又感动得稀里哗啦，自己的一颗心完全跟童话里的主人公系在了一起。现在回忆起来，真的是特别美好的感觉，我想，这就是文字的魔力吧。

长大以后，随着对您成长经历和奋斗历程的了解不断增多，对您则是更加崇敬了。之所以崇敬，不再仅仅是因为您写出了那么多好看的童话，更因为您对写作的坚持，对孩子们的那份爱，对小读者的那份关心。在我的心中，您不仅是一位像常青树一般的作家，更是励志的偶像和做人做事的榜样。

不知道您是否相信这样的一句话："该相遇的人总会相遇。"虽然第一次见到您，是在上海参加检察风云人物的评选活动。但其实在此之前，和您的距离就已经在不知不觉中拉近了。

2012年底，我从安徽省滁州市人民检察院被选调到江苏省苏州工业园区检察院工作。到园区院的第一天，他们就告诉我，曾经和您一起开发过一款叫作《正义之剑》的游戏。虽然我去的时候，距离这款游戏上线已经过去了快一年的时间，却依然让我觉得很奇妙，我从来没想过自己所从事的检察工作竟然也能跟您产生联系。后来，我知道了您为了防止孩子们走上歧途专门撰写了《皮皮鲁和419宗罪》，了解到您在普及法律知识上所付出的努力，就觉得很神奇，一个陪伴着我们长大的作家，突然成了和我们在同一条战线上奋斗的人，那种亲近感就更加强烈了。

后来，终于有机会在上海见到了您，现场聆听了您的演说。在晚餐的桌子上，又从您那里学到了很多保护牙齿的知识。再后来，就是您来到了南京，而我有幸能够全程陪同。您从车厢里走出来的那个瞬间，童年时读的那些童话故事又瞬间在眼前过了一遍。我突然有些理解那些追星的孩子们了，能够近距离接触到偶像的那种幸福感，无法用语言来形容。

您在南京停留的时间不长，来去匆匆。但您放弃了午休的时间，帮我和我的朋友们给整整一袋子的书签了名。这些书来自全国各地的法检两院的同行，当他们知道您要来南京出席活动后，纷纷在网上下单买书，那段时间，真的是收快递收到手软。他们都说，您的签名，是他们在2020年收到的最好的礼物。

悄悄告诉您，“小时候我们读着您写的童话故事长大，长大后我们用专业守护您的权益”，这个文案是我写的。因为这句话不仅是承办案件的李玥检察官的心声，也是我的心声。是您的那些故事给我们提供了成长的精神养分，鼓励着我们成为一个积极向上、对社会对国家有用的人。而我们能通过自己的工作，来保护自己的童年偶像，这样的经历，妙不可言。

现在，我的女儿也是您的粉丝，她也爱上了皮皮鲁、鲁西西。您上次给她回复的语音，让她兴奋得转圈圈。看着这个捧着您的书爱不释手的孩子，我仿佛看到了童年的自己。

郑老师，我和我的女儿想对您说一句：生日快乐！祝您健康长寿，就这样继续写下去，让更多的孩子可以有这么好的童话故事一起陪着长大！

王栋
2021年3月18日

第五十一封信

我时常在想，人类生生不息、繁衍至今的精神密码究竟是什么，答案应该是——爱。

尊敬的郑老师：

您好！

提笔首先祝您生日快乐！

从我记事起，就是看着您写的儿童读物和改编动画片长大的。时至今日，我已经是一个四百多个月的大宝宝了，也有了自己五十多个月的小宝宝，回过头来思考和审视，我人生中的每一步，都深深打下了您的思想烙印。

您从来没有耳提面命地教诲，只有潜移默化地熏陶。您透过您的文学作品，通过舒克、贝塔、皮皮鲁、鲁西西等许许多多可爱的童话形象，告诉我们许许多多做人的道理，比如，要孝敬父母，要善良待人，要勤奋工作，等等，而这些，都已经深深烙进一个喜欢看您作品的小朋友心中。这些正能量在这位小朋友成长的道路上发挥了巨大的作用，一直在帮助这位小朋友在人生的道路上不断取得进步，不断向善、向美前进。

在您讲述的这些故事中，包含了很多的价值观，我的理解有几个方面。

其一，要做一个孝顺的人。孝，在中国传统文化中是很重要的一个方面。古代皇帝很多都是以孝治天下。生性多疑的晋武帝在读到李密的《陈情表》后，也忍不住被孝心感动，潸然泪下。古人云："忠臣必出于孝子之家。"这句话是有一定道理的。因为一个人如果对生养自己的父母都不好，那就根本不能指望他对其他人好。如何把孝文化传承下去，在孩童们年纪还小的时候就向他们传递这种理念，是需要很大智慧的。舒克贝塔两只小老鼠，就给我们起到了很好的引领作用。舒克的妈妈病重在床，舒克回到家后看到妈妈好几天没有吃饭，非常心疼妈妈，不惜在好名声和妈妈的身体健康之间，选择去偷香肠给妈妈补充营养。当然，这不是在鼓励偷窃，作品后来巧妙设计了舒克被抓住、被公开、被同情、被帮助等环节，让故事更加完整，让承载的价值观更加端正。

其二，要做一个善良的人。善良，是人世间传递的最宝贵的温暖。有人说，扬在脸上的自信、刻进骨髓的坚强、发自心底的善良，是人必须具备的三样东西。在舒克和贝塔因为直升机发生故障而掉落到皮皮鲁家里的时候，皮皮鲁的小猫墨墨因为争宠而想故意伤害舒克和贝塔。但是舒克和贝塔不计前嫌，反而在皮皮鲁想要责备墨墨的时候，主动替墨墨解围开脱，最后墨墨和舒克贝塔成了好朋友。我想，善良的人，最后也一定会被世界温柔以待。

其三，要做一个正直的人。正直和诚实，是做人起码的准则。舒克贝塔的好朋友琪琪，为了得到克里斯石，不惜把舒克贝塔出卖给白路。经历了数次波折，琪琪在最后一刻想明白，选择了忠于友谊和内心，选择了回归正直、回归本心。

有人说，父母是孩子的第一个老师。但是在我看来，我的老师不仅有父母，还有舒克、贝塔、皮皮鲁等这些卡通人物，他们在您的故事中，教会我做人的道理，教会我做事的原则，教会了我许许多多的东西。借此机会，我也把以前写的一首小诗分享给您，期冀得到您的指点。

爱让世界转动

我时常在想
人类生生不息
繁衍至今的精神密码
究竟是什么
答案应该是
爱

很多事情
经过时间的洗礼和沉淀
才能看明白

慢慢地
我们才清楚
一件事情的大小
没有绝对尺度
只有相对标准
心胸小了
事情就显得大了
心胸大了
事情自然就小了
但是我们应该让爱
充满心扉
因为只有我们的心

打开一扇窗

阳光，才能进入心房

慢慢地

我们才懂得

自己想要的

很多

但是真正需要的

很少

而爱和安全感

如空气般

不可或缺

慢慢地

我们才明白

世界是自己的

与别人无关

快乐也是自己的

与别人无关

而千千万万个世界

唯有爱

让其相连

正如诗哲纪伯伦所言

Love gives naught but itself and takes naught but from itself.

Love possesses not, nor would it be possessed.

For love is sufficient unto love.[①]

爱，不是给予，也不是索取

爱在爱中得到了满足

爱，让世界转动

时代在飞速发展，科学技术也是日新月异。当年看着您的书和动画片长大的这位小朋友已经长成大朋友，虽然不再看动画片和儿童读物，但在抖音上无意间看到了您的账号。细细翻看了您发布的四百多条短视频，既为您与网友的互动而感动，更为您与九十多岁老父亲的那份深情而泪目。终于明白，您还是一直在和小朋友们谈心，只不过多了一种方式而已。

有人说，一个民族的素质，取决于母亲的素质。我觉得，这种说法很有道理。而且，民族的素质、孩子的素质也很大程度上取决于父母在孩子睡前所讲的故事。有了舒克、贝塔、皮皮鲁、鲁西西等好朋友的陪伴，我们的童年虽然没有现在那么丰富，但也一样精彩。我会把您的童话世界讲给我的孩子听，我们民族的未来一定会更加绚烂多姿，人文的火炬一定会越燃越亮！

山乐

2021年3月3日于北京

① 节选自纪伯伦《当爱召唤时》，大意为：爱只将自己付出，也只得到自己。爱一无所有，也不为谁所有。因为对爱来说它本身就已足够。

第五十二封信

舒克驾驶直升机在蓝天中飞行，贝塔操作坦克在大地上奔驰，这曾让孩提时的我兴奋不已，对未知世界充满了向往。

尊敬的郑渊洁先生：

您好！

我是山东省德州市的一名中学语文教师，虽然我们未曾谋面过，但我却读过您的很多书。童年时的我有幸在一家小书店里读到过您撰写的《舒克和贝塔历险记》。到现在依然记得其中描写的两只可爱的老鼠——舒克和贝塔。舒克驾驶直升机在蓝天中飞行，贝塔操作坦克在大地上奔驰，这曾经让孩提时的我兴奋不已，且对外面的世界充满了无限的向往。我始终相信，有一种“永远”就在你我之间。请允许我，向您致以崇高的敬意！

读完这本书，在诸多的日子里，我曾经无数次地问自己现在看来似乎非常可笑的问题：老鼠为什么不能和人类和平共处？别的老鼠为什么不能像舒克和贝塔那样能力非凡？……后来我慢慢懂得，舒克和贝塔之所以能力非凡，有一个很重要的原因是它们会取长补短！别的老鼠看到猫就躲，舒克和贝塔可不是缩头乌龟，它们会去和猫战斗。当它们打不过猫时，它们会去向别人请教，寻找武器，如：舒克不会开汽车和坦克就去向贝塔请教，不会开火箭就向松鼠请教；贝塔不会开飞机就向舒克请教，不会开船就向罗立请教……这何尝不是提醒我要不耻下问，学习别人的优点是何等重要啊！谢谢您丰富了我童年的世界，让我学会思考，并开启了我探究未知世界的旅程。

还记得上初一的时候，班上有位同学拿着你“蔚蓝系列”中的一本书大声“叫卖”：“谁要借我的书啊？”我快速跨过凳子，绕过桌子，“从天而降”到他身边，然后实施“快速抢夺”，不料腿磕到桌子上，虽然疼得我龇牙咧嘴，但我心里还是乐开了花。不管什么方式，有好书来读，何乐而不为啊！我觉得我后来能在大学读中文系，能热爱写作，且发表了诸多的文章，是和您给我良好的影响密不可分的。自从读了您的作品，“作家梦”就一直萦绕在我的心里，这个梦也鼓励我不断去提高自己的写作水平。

读着您的书，我常常像在做梦一样跟着皮皮鲁他们穿越时空，一会儿变成小小的人儿钻进了苏宇家的玩具里不亦乐乎地大玩特玩；一会儿又飞到万米高空的飞机里把劫机者的真枪变成了玩具枪，目瞪口呆吓傻了的劫机者和哈哈大笑的乘客们一起安全着陆。我尤其喜欢蛇王变成的阿奔——一个爱看动画片，不想上重点小学的孩子。他救老师、惩罚贪官等妙趣横生的情节，让我心潮起伏，一会儿紧张，一会儿害怕，一会儿又忍不住笑得前仰后合……

您的作品文思泉涌、行云流水，写出了读者的心声，让读者倍感亲切，欲罢不能。我还在您的情节曲折且扑朔迷离的书里，知道了许多知识，懂得了诸多的道理。慢慢地，我就成了您铁杆的粉丝，发自内心地佩服您。

再后来，对您了解得越来越多了，了解得越多，就越觉得您是一个了不起的传奇人物。从媒体上知道，您笔耕不辍，用自己一个人的作品撑起《童话大王》已经三十几年。细细想来，这么多年，这么多的故事，您一直坚持写，完成着常人所不能理解和难以完成的任务，这是何等了不起！

逐渐步入中年的我，仍期待您不断有新的作品呈现，我是您永远的书迷！

最后，让我表达对您最真心的祝愿：祝您身体健康，万事如意！

此致

敬礼！

您的读者：付超

2021年3月16日

第五十三封信

我们一直在成长的路上，不停奔跑。但对童年的记忆，能记住的就永远不会忘。

亲爱的郑伯伯：

见字如面！首先，祝您六十六岁生日快乐！

落笔开始写信时，我刚刚读完了《罐头小人》。实话讲，读完时，心里有些许的酸楚，也有些遗憾。遗憾的是，我在童年时并没有读到这篇童话；酸楚的是，在那个被定义为“差生”的童年里，我也付出过一样的努力，可是，我没有五个罐头小人的助力，也没有实现从全班倒数到国际第一的逆袭，我依然只是很普通的孩子。

“看着黑板上，不解的想法，嘲笑我怎么就这样，哦，傻傻的模样……差生走在陌生的街，却也希望能够把梦实现……”人对于童年的记忆，能记住的就永远不会忘。看皮皮鲁总被冤枉、总被思维惯性一直定义的时候，即将二十八岁的我，依然会有强烈的共鸣。貌似小孩子犯过的错会被大人们拿着小本本一笔一笔记下来，又会在人生的不同时段被一遍遍提起，俗话说的“三岁看小，七岁看老”总被这么“妙用”，“你小的时候就这样”的定义性评价被不断强化。我们一直在成长的路上，也在不停奔跑，但也不知为何，对我们的评价却始终没有带着“发展的眼光”。

成长起来的“90后”一代，与之前的“70后”“80后”不同，在“90后”还没有扛起大旗成为翻滚后浪的时候，“叛逆”“自我”“自私”“愤青”“虚荣”等诸多标签打在这代人身上，多少人担心，我们会是垮掉的一代，但还好，时间给出了答案。

把时间拉回二十年前，那是我第一次读郑伯伯的童话，读的第一本书是《虎王出山》。前些日子因为要给您写信的缘故，我又重新买回了“十二生肖系列”的童话，以及我还从未拜读过的“四大名传”。实不相瞒，若不是重读《虎王出山》，我其实早已记不起其中的内容，也不敢确定当年读这书的时候是不是真的读懂了。但记忆深刻的是姥姥家那部红色的电话。在读完当年还是浅红色封皮的《虎王出山》时，我发现印刷中有几个错别字，便一本正经地拨了留在书后的编辑部的电话，一处一处向编辑部反映我发现的错误。至于到底是当时我年纪尚小理解可能有误，还是我当年有可能买到的是盗版书才出现的印刷错误，以及编辑部后来会不会因为我的小提示而进行勘误，这些也都不得而知。能记清楚的是当时拨电话时惴惴不安无比紧张的心情，那是我第一次做“审校”。现在，工作三年以后我又重新考研求学，同时兼任着一个学术类公众号的审校工作。二十年过去了，当年“擅长”的事情，如今也依旧顺手。

看您写在《鲁西西传》前面的序言《鼓励万岁》，深有感触。虽然我早已过了当年上学时苦苦挣扎的年纪，可我不止一次幻想，老师和家长们最好都读过郑氏童话，哪怕只是这篇序言；序言虽短，但读完，心里真的甜甜的。不知道有多少孩子，都是被灌输着您最不喜欢的那句“忠言逆耳利于行”的名言长大，这句话仿佛为一遍遍否定一个孩子找到了合理出处。如果童年可以得到足够的正面评价，哪怕只是得到充分的客观而非偏颇的否定评价，不自信的孩子，也许就不至于这么多。

关于《罐头小人》里少校的安危，我愿意相信，他一定会转危为安，因为，有爱，有诚。我遗憾着没有在童年多读一些您的童话，但也庆幸着只要开始读就都不算晚，站在不同的阶段读相同的作品，也有不同的感触和收获。

感谢郑伯伯！祝您生日快乐！

此致

敬礼！

牛艺辰

2021年3月20日

第五十四封信

人是有尊严的。人的全部尊严就在于拥有想象力，能够自由自在地思想。

郑老师：

您好！如果要在中国选一个最爱孩子的人，我想选您就对了。

我在2021年元旦翻开的第一本书是《皮皮鲁传》。不久，杨大民律师邀我给您写封信，我欣喜不已，因为我就是看着《童话大王》长大的一代人。但写什么呢？时过境迁，脑海中那些充满想象力的故事有些淡化了，作为一个中年妈妈，脑子里冒出更多的反而是皮皮鲁为追求尊重和自由做出的抗争。因为记不清书里确切的故事，我买了一套《郑渊洁四大名传》，重读之下，发现里面能找到不少共鸣之处，总的来说，就是如何去尊重自己的孩子——童话果然是可以跨越年龄界限的。

网上有一则笑话，孩子成绩不好，被家长责骂是笨鸟。孩子不服气，回嘴说世上有三种笨鸟，一种是先飞的，一种是嫌累不肯飞的。家长问第三种呢，孩子说，第三种最讨厌，自己飞不起来，就在窝里下个蛋，让下一代使劲飞。初读这个笑话，为人父母的我们会羞愧个五分钟，决定晚上回家在晚餐桌上一定对孩子宽容一些，以“今天过得开心吗”来代替问“你今天数学测验多少分”。但这“觉悟”也许只能维持五分钟而已。在育儿的道路上，我们都患得患失：怕对孩子太放松导致他不思进取，又怕对孩子太严厉，扼杀他的自由和天性；怕给他报太多课外班使他没有玩乐的童年，又怕他什么也不会，起步就摔在起跑线上；想让他做个乖孩子，又怕太乖了将来在社会上吃亏……但总体来说，我们尤其忽视的是如何去尊重自己的孩子和他们的思想。

我家孩子今年十四周岁了，正处在满脸长痘、喜怒无常的青春期。他算不上学霸，比皮皮鲁乖一点儿，比鲁西西又皮一点儿，不温顺，不相信权威，“很有想法”。有一段时间，我很为他这种“很有想法”发愁。因为在做语文阅读理解的时候，“很有想法”的答案经常得不了分。于是，我只好去找班主任求助。我说，这个孩子“太有想法”怎么办呢？幸运的是，我们遇到了很开明的班主任。她说，孩子“很有想法”挺好的，课堂上总是能提出跟别人不一样的观点。好吧，那就让他继续“很有想法”下去。我其实很想像养皮皮鲁一样去养育我自己的孩子。

《皮皮鲁传》里面有一篇叫《皮皮鲁日记》，讲的是皮皮鲁又要应付学校的“八股”作文，又想要天马行空地写作，于是他就搞了“真假两本账”，把“假账”交给老师，“真账”留给自己。在他的一篇“真账”中，皮皮鲁写了他爸爸送了他一台walkman（也许只有“70后”“80后”才知道这是一个可以放磁带，可随身携带的小收录机）。鲁西西质问爸爸为什么不送给她，因为鲁西西比皮皮鲁乖，成绩也比皮皮鲁好。爸爸居然说，考试成绩差的孩子需要优先关照。这位英明的爸爸还说，因孩子考试成绩不好就对孩子不好的家长不配为人父、为人母。皮皮鲁对爸爸万分感激，他觉得真恨不得马上就混出个人样儿来，为这样的爸爸“光宗耀祖”。

“童话大王”用最轻松的话语点出了父母和孩子之间该如何建立关系这最深奥的道理。我的孩子曾经跟我说过一句话，至今我都当成是对我最大的褒奖。他说："妈妈，我很感谢你。因为你不像别的妈妈一样，别人表扬自己孩子的时候总说，哎呀呀，她的孩子哪有这么好。而你总是说，我确实挺好的。"想不到这样一句随意的话，孩子会如此放在心上。

《鲁西西传》里也有句话很意味深长："（突然有一天）爸爸妈妈被孩子的英俊震动了。他们奇怪自己怎么从来没发现孩子们这么漂亮，而总是看孩子这也不顺眼，那也不顺眼，好像生了孩子就是为了供他们挑刺似的。"

是啊，为什么当孩子还是胎儿的时候，或者牙牙学语的时候，父母总是觉得千般幸福万般好，一到了孩子五六岁就开始各种挑刺、比较，把自己不会飞或者没飞好的怨气都撒在了孩子身上呢？说实在的，这么多年以来，似乎做家长的也很少改变。就像我们从小都会念"红灯停，绿灯行"，但大街上闯红灯的，大多还是这些成年人。

所以呢，我觉得要孩子身心俱美，首先就是父母得学会如何发现孩子之美，不吝夸奖，并且尊重孩子的想法。如果一时学不会，应该买一套《郑渊洁四大名传》看看孩子眼中对大人的希冀。

最后，我想说，我还在继续看您的微博，尤其为您悉心照顾老人而感动，我想这种言传身教，对每一个人来说也是一种"润物无声"的感染。

祝您生日快乐！

您的忠实读者：叶逗逗

2021年3月20日

第五十五封信

十八岁生日过后，我不再读《童话大王》了。但它一再倡导的坚强与乐观，始终是赋予我能量的“神秘力量”。

渊洁：

您好！自从大学毕业后，我就没有再以纸笔的方式给任何人写过信了。

我从中学时代开始，就一直订阅《童话大王》。每次收到新的一期，就迫不及待地认真阅读。在读故事的时候，时而为皮皮鲁的调皮捣蛋抿嘴偷笑，时而为鲁西西的天真无邪叹惜担心，时而为他们的梦想得以实现击掌叫好，时而为那么多的美好幻灭而愤愤不平……

考上大学后，学习压力丝毫不亚于高中，更大的挑战是北方的气候让我一个南方人夜不能眠，严重影响身体健康，这份影响也被带到了课堂。因为身体亚健康，注意力不集中，我从高中时的学校前两名变成了大学时的“后进生”。那个时候，我特别幻想自己能够像皮皮鲁、鲁西西那样，拥有特别的魔力，让自己从困境中走出来。

我的生日是在平安夜那天，十八岁的生日是在大学一年级的时候。同宿舍的几个同学下了晚自习后，纷纷向我表示生日祝福，并调侃说成年了就不会想着读郑渊洁的《童话大王》了吧。

十八岁生日过后，我也真的不再读《童话大王》了。

尽管因为种种现实压力而放弃了《童话大王》，但幸运的是，我最终走出了困境。在挑战和重压之下，实现了又一次新生。坚强意志和乐观精神是《童话大王》一再倡导的品质，从某种意义上讲，那是赋予我能量的“神秘力量”。

童话世界是美好的。从您写的那么多或美或丑的人物和故事里，我们可以找到自己的影子。没有人会一生顺利或永远正确，没有什么可以阻挡我们去追求美好生活。

听说您马上迎来六十六岁生日了，我真诚地在这里表示良好祝愿，祝福可爱的您永远年轻，一直写下去，写尽人世间一切的美丽。

此致

敬礼!

您的读者：莫辉

2021年3月21日

第五十六封信

诚挚、智慧、充满常识力量的方块字会内化成少年儿童的精神动能，随着血液自由流淌，使他们心里有火，眼里有光。

我非常敬重的郑渊洁先生：

您好！

我小时候生活在北方边疆地区，文化资源极其有限，信息非常闭塞。记得我未上学前，父母给我订阅的是《婴儿画报》之类学习认图识字、简单算术、简笔画技法之类的杂志，从四年级开始增加订阅了《少年文艺》《连环画报》等。这些都是我接受外部信息比较直接的媒介。您的《童话大王》创刊那年，我已经小学五年级了，等两三年后我获知这本杂志的影响力时，理论上已经过了读童话的年龄。

后来，我是通过媒体先知道中国有个“童话大王”郑渊洁先生，然后才再返身过来找寻您的作品。我本人看到郑先生的第一部作品是您的长篇小说《我是钱》，瞬时被文中睿智、凝练、精准的语言折服，也第一次触发了我对财富定义的思考和对当下应试教育体制的反思。客观上该书也在我价值观形成的关键时期产生了很大的影响，直至今日，我依然会对一些宏大叙事、冠冕堂皇的表达本能地心生警惕，这应该就和从那个时期起养成的思辨意识有直接的关系。

您作品中的“100分把童年变成100岁”和“差生是差老师和差家长联手缔造的”，是我如今与他人探讨应试教育时依然经常引用的警句格言。还有您在《舒克和贝塔历险记》里写到的“写回忆录本质是自己给自己整理遗容”，在《郑渊洁童话全集》里写到的“如果好人怕警察，这个国家就出毛病了”“判断一个国家有没有前途，就看这个国家的孩子是不是真心喜欢上学”“真理在刚刚问世的时候都是胡说八道”等，都堪称是令人拍案叫绝的醒脑隽句。

到了20世纪90年代后期，国内媒体行业高速发展，关于您特立独行、惊世骇俗的新闻报道、现象观察等信息爆发式地密集呈现到公众视线里。对权威的蔑视、对传统的质疑，跌破了很多僵化脑袋的眼镜，却让我等大呼过瘾！您体现出一份高贵的勇气和坚定的社会责任感。在陆续读到您其他作品之后，我发现其实您始终都不是在编撰搭建迎合少儿趣味的所谓童话世界，而是从源头到细流直至江河湖海，一直在传达着这个社会最最稀缺的一种东西——常识。

近一百多年来，因科学技术的快速迭新，世界发生了翻天覆地的变化，人类在科技领域的突飞猛进，急速地在更新人与社会、自然、地球甚至未知高维世界的对应变化关系，既有经验时常遭受冲击。一个国家，一个民族，每个具体的个人，要想紧跟这个时代，在未来参与分享人类日新月异发展进步所创造的红利，继而获取我们自身及民族的理想福祉，首先要解决的就是思维意识问题。

拒绝被权力禁锢，警惕被传统意志固化。解放思想的重要前提，就是具备辨明是非的思维认知和科学严密的逻辑推理能力。所谓启蒙，不单单是观点的呈现，对应的是结果推导的方法论。您几十年里发表的少儿文学作品发行量达数亿册，简直就是一个不可思议的文化奇迹，如果算上盗版，销量估计还要翻上几倍。可见您对几代人成长初期思维意识形成的影响力之巨！

您的写作对象是少儿，但表达视角却是全景维度的社会观察者立场。少年儿童是人类社会的希望所在，他们的思想观念、认知能力决定了其所处族群的现状与未来。您一直以来都在用最通俗浅显的语言向我们这个国家的孩子们讲述着事关生命安全、社会生活、价值判断、是非逻辑等方面最基础的常识，而常识恰恰是构建每个人人格大厦最核心、最重要的根基！只有每个个体的人格健全协调，才会有正常的社会生活，所组成的族群也才会强悍结实，国家的力量才能强健弘毅。

从诸上层面而言，我非常有幸与您同处在一个时代。感谢您让我们看见希望与光亮，您的文字和思想在每一个读者心中种下火苗，这些诚挚、智慧、充满常识力量的方块字必然会内化成每个少年儿童的精神动能，随着孩子们的血液自由流淌！那将是一个怎样昂扬向上充满希望的图景啊！我们的孩子们个个心里有火，眼里有光！

感谢这个时代有您！

祝您身体健康！六十六岁寿诞大吉！

致礼！

您的读者：高致庸

2021年3月

第五十七封信

在心中所向和现实之间，往往需要寻找平衡。童话既在心中，也在现实之中。

亲爱的郑老师：

2021年3月20日，春分。昨夜的北京淅淅沥沥地下了小雨，今天阳光格外明媚。持续了数日的沙尘暴和雾霾散去，天空犹如清洗过一般湛蓝，白云格外柔软。在这样一个一年中美好的日子，一个不用加班写法律意见的温柔安静的周末，提笔给您写信，思绪自由穿越。

坦率地讲，我曾经选择做个“乖”孩子，和您笔下又酷又顽皮的皮皮鲁有着很大差异，但我很喜欢善良仗义的他，觉得自己的本质和他是一样的，虽然大多数时候我更像鲁西西。

1981年冬，我出生在东北吉林的一个小城，和皮皮鲁、鲁西西同岁，父亲是我出生那家医院的医生，母亲是聋哑学校的数学老师。由于父母工作繁忙无暇照顾我，七岁以前我更多是在姥姥的庇护下，在农村的广阔天地里傻傻地玩耍，直到上小学才被父母带回小城。其间，据说长辈也曾尝试过送我去幼儿园，但由于我强烈的哭闹和不适应以及父母的不忍心而未遂。父亲每次尝试教我数数，我只会数到五，他就会说“我教你吧”，父亲往往对任性自大的女儿束手无策。我也曾因好奇偷喝家里的葡萄酒而喝醉，被大人发现传为笑谈。

没有被有效引导或强迫学习，没有受过学前教育，我连一百个数都不会数，更不识字，就这样懵懵懂懂进了小学。我特别清晰地记得，第一次期中考试我考了二十七名，父亲去开家长会，回来说我是医院所有孩子中考得最差的。我好像从那时起不知怎么就觉得自己必须要好好学习，不想让父母失落，不想做那个“最差的孩子”。期末考试我有了一点儿进步，考了第七名。我至今记得那次语文试卷我答错的题目，是一道理解判断题，上边是图画，下边写着“妈妈在河边栽柳树”。我在考场上纠结良久，妈妈上班，哪有时间在河边栽柳树呢，就打了错号，因此丢了分。自此，我就琢磨出了学习和考试的“套路”，知道要去寻求那个所谓的标准答案。后来看您的书，对于家长会，对于自尊心，对于小学生的心理和行为变化，您的所写所感，让我有着极强的代入感，我很惊诧书中所写与现实是那样相似。

少年的我，在很多个寒暑假独自一人在家，看书和发呆。通过看书，才可以看到过去和现在，才可以认识更广阔的世界。多数的童话都有美好的结局，故事情节也很简单，公主很漂亮，王子很勇敢，王子斗怪兽，王子救公主，最后他们幸福地生活在一起。即便自己还算是个长得还可以的女孩，我好像也从来没有羡慕过柔弱的豌豆公主，也不喜欢白马王子。我更喜欢看历史故事和幽默故事。我喜欢舒克和贝塔，因为他们正直善良，虽然个性不同，却很互补，是可以信赖的好朋友，他们相信自己可以定义自己，并且有能力做愿意成为的自己。

那时我家住六楼，在那个年代，家在我眼里就是距离天空最近的地方了。我常常会坐在窗边，有时还会跑到阳台上支起饭桌，望着淡蓝色的天空，看着一朵一朵飘过的白云，细看每朵白云的形状，看他们离我越来越近，又缓缓飘过。到了晚上，又常常喜欢看清亮的月亮和星星，北半球中高纬度确实是非常好的视角。

在心中所向和现实之间，往往需要寻求平衡。我知道只要成绩好，老师和家长就不会干涉那么多，所以一直保持着不错的成绩。但是我真的太喜欢看各种课外书了，直到上了高中，我才开始敢在课上偷偷看书，看《山居笔记》《活着》，也看同学间流传的言情小说。有一节历史课，窗外漫天白雪，我看到了《穆斯林的葬礼》结尾部分，眼泪止不住地流，一抬头看到老师也在看我，他什么也没有说，更没有没收我借来的书。很感谢那些理解我们的老师。

《天上有一朵云》是我最喜欢的您的作品了。不只因为我也仰望天空，喜欢看柔软缥缈的白云，喜欢想象，更因那种真挚、纯洁而热烈的情感，那种真切的喜欢，打动人心，触摸心底的柔软，勾起对生命短暂还是漫长的思考。

我很庆幸，长大以后，做着自己喜欢做的事，始终保持着热爱和坚持，如果没有真正的热爱，如何度过那些并不容易的时刻；如果没有真挚的情感，又如何感知生命的短暂与漫长；如果没有持之以恒的努力，如何给自己和家人带来更好的生活。

今年，我即将迎来四十岁生日，对一名诉讼律师而言，这是刚刚好的年纪，对一个女性而言，这是诠释另一个阶段的人生之美。回头来看，童话既在我们心里，也在现实之中。有时我会想，那个在农村的小山包上仰望天空的小女孩，一定没有想过有一天她可以做律师，世界上已经有了电脑、手机等；一定没有想过那个在中学时代在电视上看到《东方之子》采访大律师田文昌的学生，有一天考到了北京，在毕业时毫不犹豫地选择了京都；一定没有想过那个练着庞中华先生的字，看着“童话大王”的书的孩子，真的见到了他们本人，并且可以近距离感受他们的思想。而大民兄，在我眼里更是一个有着真性情，敢于和能够在茫茫草原上立一块纪念父辈的巨石，一次又一次地实现着心中有意义的神奇事情的热血男儿。在这个春天，鬓角已现斑白的大民兄又重新出发，奔赴南京描绘京都南京的新画卷。他说，人生漫漫千万里，万里归来不少年。大民兄这样一个性情真挚豪放、思想深邃的人，至今还保留着儿时看的《童话大王》，在繁忙的工作之余组织我们去实现儿时心中的梦想，给我们亲爱的大王送上一份生日礼物。万里归来仍少年。在童话中和现实中，这一刻仿佛我们都可以穿越时空，这一刻我们和我们的心都在一起。

祝郑老师六十六岁生日快乐！

刘洋

2021年3月20日

第五十八封信

单纯因“坏人很坏”而产生的苦难往往是可以被克服的。
可是因体制、战乱等产生的苦难，我们该如何面对？

郑爷爷：

您好！

我是一名来自北京市十一学校的高一学生，很荣幸能给您写信，借此机会我很想倾听您对童话的看法。

如今，全球的文化都在快速地交流交融。提起童话，可能小孩子们首先想到的是《灰姑娘》《美女与野兽》等被荧幕化的外国作品。这些作品同典型的童话故事一样，有着“自强独立”“知识改变命运”等一系列积极乐观的主题。但除此之外，我认为这些故事中对于世界与人物的设定过于理想化。故事中的恶与苦难往往来源于某个人物，如灰姑娘中的后妈、爱丽丝中的红皇后，这种单纯因“坏人很坏”而产生的苦难往往是可以被克服的。现实世界中存在的苦难更多来源于体制、战乱等我们个人无能为力的障碍。它们也是这个世界本身不合理的地方。这一直让我以为童话作品的目的是构造一个简单、理想的美化版现实，直到我看了一部刘慈欣先生写的科幻童话《超新星纪元》。书中所有大于十三岁的人都因为染色体损坏后无法修复而在两周内相继死去。孩子们代替了家长们的岗位，维持起了社会的运作。刘慈欣先生做出了一个大胆的假想：在没有成年人后，即使孩子们长大成人，人类未来的社会结构与价值观也会较以往完全不同。于是书中写道，孩子们发动战争远比成年人更轻率，他们漫不经心甚至视战争为竞技游戏。其中有一段描述了各个孩子国家在南极大陆上混战以争夺土地，并最终演变为核战争的情节。故事的最后，地球也基本被人类摧毁，少量人类幸存并移民去了火星。

这本书彻底改变了我以往对童话的认识。书中的描写与视角天真烂漫，“美国总统桌上的按钮，不是发射核弹，而是加咖啡的”。可故事的内核——童真中对生命的轻视，却无比残酷。

到这里，对于童话人们便出现了两种态度。一种是要为孩子们描绘一个理想化的世界：好人好报，坏人受罚，努力就会有回报，而孩子需要在今后的成长中再去自己探明世界的真面目；另一种则是把世界的黑暗与光明都展现给孩子，让他们认识世界的复杂与矛盾，虽然他们可能暂时无法理解。

我时常会听说：“听话的学生才是好学生。”个性总是被压抑。像您的《驯兔记》这样的故事，对于幼年读者的心灵有着很大的冲击。从某种程度上来说，也可以算是“非主流”了，您的童话中的观点总是极具个性。所以我相信，对于我的问题，您一定有您的独特理解。

最后，感谢您创作了那么多的童话作品，丰富了不知多少人的童年。我了解到，除了儿童，您也写了很多给成人看的童话作品。等我去读一读后，一定再给您写信。

郑诗工

2021年3月22日

第五十九封信

一个人看过的书、走过的路，决定他最终成为什么样的人。

郑老师：

您好！

如果书信也像其他文章一样有标题的话，那我这封信的名字一定是《缘，妙不可言》。

曾经那个睡觉也要抱着《童话大王》的小姑娘，可能做过最美的梦就是给郑叔叔写信，以及长大了去北京可以见到郑叔叔。可对小镇里长大的她来说，这些梦，都太遥远了。

后来，她慢慢长大，求学，工作，结婚，生子。郑叔叔也慢慢成了郑爷爷。她没能去北京，也不再是看童话的年纪。她会和另一半在餐桌前给还是幼儿的孩子们说起，爸爸妈妈小时候看过的皮皮鲁和鲁西西、舒克和贝塔的故事。孩子们晶亮的眼神和放肆的笑声，仿佛让她看到了儿时的自己。但那些故事尾声发过的梦，隔着长长的时光，早已不再被提起。

直到有一天，她竟然会在工作中，和儿时最爱的杂志上那个熟悉又遥远的名字乍然相逢。而那些儿时的梦，在多年后的今天，竟有缘开出花来。

长大后的我，成了一名从事刑事案件审查起诉工作的检察官，知识产权类案件是其中重要的一部分。工作十二年来，办过的知识产权案件数不胜数，被侵权对象几乎涉及大众生活的方方面面，从国际奢侈品牌到老百姓的日常吃穿用度，从孩子的教辅参考书到网络上热门的歌曲电影，其中更不乏涉案嫌疑人众多、犯罪金额巨大、情节特别严重的疑难复杂案件。

但即使已身经百战，在拿到“2·22特大侵权盗版案”的时候，我的内心还是无比凝重。涉案的盗版书种类和数量之多在全国罕见，几乎市面上所有受大众喜爱的童书、小说都在被盗版行列。而犯罪嫌疑人本身在正版行业深耕多年，从提供电子文件到印制防伪标，从生产印刷到储存销售，犯罪组织链条严密完整。而作为承办人，从我内心深处更激发情感震动的，是看到犯罪嫌疑人仓库里一摞摞整装待售的“皮皮鲁”和“鲁西西”，一眼看过去，遍地都是。后来经过工作梳理，发现几乎您所有系列的作品，都在犯罪嫌疑人盗版之列，好多书被犯罪嫌疑人一印再印。

公安机关侦查完毕后，将案件移送审查起诉。十八本卷宗，二十四张光盘，十一名犯罪嫌疑人，近两百次的供述。我接到案件后，开始了审查起诉工作。从阅卷审查到针对证据需要补强之处，引导公安补充侦查；从梳理销售明细表、记账本到针对每一名犯罪嫌疑人参与犯罪的不同时间，计算出每个人的涉案数量；从单位犯罪的认定到针对犯罪嫌疑人参与的不同犯罪环节，区分构成的罪名；从撰写阅卷笔录，补充侦查提纲、审查报告、起诉书、量刑建议书，到准备出庭预案，等等。工作之繁细难以诉诸纸端，但作为一名公诉人，早已甘之如饴。

作为一名公诉人，对案件审查后，筑牢证据基础，准确认定罪名，提出量刑意见，将案件妥当起诉才完成了工作内容的前半段。而后半段，就是案件起诉后的出庭工作。检察官需要在法庭上开示证据，接受被告人、辩护人对证据的质证，同辩护人展开法庭辩论，向法官和法庭阐述指控意见、证据证明情况，以及为什么对被告人做出相关的认定，最终能说服法官，取得法官和法庭对指控意见的认同。而这个案件，因为涉案嫌疑人数多、犯罪环节多、单位犯罪和个人犯罪交织，给辩护人辩护提供了较大的空间，也易导致法官在一些问题的认定上产生疑议，所以案件的庭审应对也就尤其重要。

整个庭审历时三个半小时，结束后，法官过来跟我说："坦白讲，我们之前对一些问题的认定是有分歧的，但你在庭上的答辩完全解开了我之前的疑惑。"听到这样的话，我的心里踏实了。然后，就在我认为自己已经圆满完成了这个案件的公诉工作，完成了于我内心而言情感上更深刻的使命责任，接下来可以继续马不停蹄埋首其他案件的办理时，竟有超乎我意料的惊喜在等着我，就像冥冥之中的缘分一般。

虽然说我在接到案件之初，从卷宗材料里就知道，这个特大侵权盗版案系您举报而案发。但直到案件开庭结束后，一次偶然的机会，我看到最高检对您的采访才知道，您一直在默默关注着这个案件，甚至通过庭审直播网看了案件的整个庭审。而在最高检的采访中，您还点名表扬了我的专业能力和职业素养。几乎所有的词汇都无法形容我当时看到这段采访时激动的心情。这样的夸奖和肯定于我的意义，甚至超过了我在工作中获得过的荣誉和奖励。

从未想过，那个在我的童年中闪闪发光的人，有一天，我能用自己的专业知识，为他做点什么。

后来，院里面负责宣传的同事采访这个案件时，我跟她说到这一段，她问我："你看到郑老师的这段话，除了激动之外，当时是什么样的感觉呢？"我想了想，说："像隔着时空的对话。我一直以为自己只是在完成我的本职工作，而我的偶像跟我说，他看到了，干得不错。"

所以，后来的报道中，宣传处的同事选取了"偶像""追星"这些很容易引起公众关注的点。但于我而言，相较于“偶像”这种特别流行的词汇，您对我的意义，更似于在我童年时代点亮灯火的人。三十年前，经济还远没有今天发达，孩子们能接触到的报刊故事书并不多，更没有今天这样丰富的网络资源。而您用一支笔写下了皮皮鲁和鲁西西、舒克和贝塔一系列精彩的故事，给我、给我们这一代孩子的童年画上了斑斓的彩窗。

我始终觉得，一个人看过的书、走过的路，决定他最终成为什么样的人。而在我的童年里，在我读过的您写的那些奇思妙想的童话故事里，我看到了更大的世界，看到了正直、乐观、勇敢等美好的品质。而这些，无形之中，在指引着我不断成长，直至今天我成为一名人民检察官。

记得当初宣传处的同事在采访的最后问我：“你跟郑老师都‘隔空对话’过了，如果让你想，你有什么更大的愿望吗？”我笑：“那要是尽情地想的话，我希望有一天可以见到郑老师，亲口告诉他，他对我的意义。”我的同事跟我眨眼：“说不定这个愿望可以实现哦。”我笑：“那真是梦想成真了！”

当时以为只是笑谈，而后来，真的成真了！省院举办“我的案件我来说”案件讲述会，您亲临现场。我不仅有机会当面告诉您，小时候看您的书长大，您对我的重要意义，还有幸和您一起宣传知识产权保护工作。就像我在讲述稿里写下的那句话：“原来在这场战役中，我的偶像一直在与我并肩同行。”而那个小姑娘曾在心里种下的“去北京可以见到郑叔叔”的梦，竟然在经年后，以这样的方式，真正梦想成真了！

直到此刻坐在电脑前，写下上面这段文字时，我的内心依然激动不已。在您众多的读者中，我只是普通的一员，但我觉得自己是最幸运的一个。而此刻，我正在实现童年时的另一个梦想——给您写信，而且是在您六十六岁生日这样特殊的时刻。

郑老师，祝您生日快乐！

此致

敬礼！

您的读者：李玥

2021年3月23日

第六十封信

不要轻易对生命的意义、价值进行否定。每个生命都值得被尊重，他们只是以不同的形式展现生命力。

亲爱的郑渊洁老师：

见信如晤。谨以最忠实读者的虔诚，祝您生日快乐，身体康健，阖家幸福！

从皮皮鲁到鲁西西，再到大灰狼罗克，他们构筑了我童年色彩斑斓的梦，最难以忘怀的是舒克和贝塔，他们机智、勇敢、正义、善良的形象，在我心中历久弥坚，已经成为生命的给养，给我力量，伴我成长。因此，给您写信就有了天然的温暖和亲切，也唤起了我尘封多年的记忆和诸多的感慨。

古语说：人之初，性本善。纯真、纯净的本质是孩子的天性。随着年龄的增长，人生的经历渲染我们的生命，有些知识提升了我们的智能，有些经验丰富了我们的技能，但是也有人情世故，侵蚀我们最纯真的一面。所以人生早期的引导非常重要！孩童教育是根基。而成长的旅程需要多层面的打造，从家庭、学校、社会接触到的信息，都是构建我们内在成长的元素。

记得小时候在家和表弟一同看动画片《舒克贝塔》，当时大多是被动画故事情节所吸引，后来回忆起舒克和贝塔共有的品质，才意识到那些能量早就潜移默化地影响着我们的成长。

成人的世界里，君子之交虽是和而不同，却都应具有崇高的品质。品质的层面，虽然看似抽象，往往实质却是最珍贵、最崇高、最有价值的层面。从孩童的单纯世界走向成人世界，如果丧失或打磨掉了纯善美的品质，我们值得思考成长是向世俗妥协了多少？鲜花的绽放离不开阳光、雨露、肥沃的土壤和适宜的气候，所以我们所接触到的人、事、物、资讯信息等，是养分还是毒品？我们需要辨别深层本质及内涵。

我想所有人都喜爱美好事物，欣赏五彩缤纷、繁花绽放。我个人成长更是乐于游览多姿多彩的大千世界，体验更加自由自在的生活经历，所以造就了个人偏向天马行空般的思维与闲云野鹤式的生活方式。我们每个人的心本应该是自由开放的，无论在人生的哪一时期，都要有颗未泯童心，那么生活便是充满鲜活的色彩。

童话是故事，却也是成长的加油站和充电站。有时候，童话背后的故事，也一样影响着人的抉择和前进方向。

在我小学时期，一场突如其来的意外事故导致母亲严重受伤，给家庭带来重击。我有时感叹人生会遇到千变万化，无论是顺境的美好，还是逆境的挫折，我们都要学会积极面对。身体受伤对母亲来说是直接的挫折，对家人来说是不同程度的精神与心理的挫折。

为了呵护我幼小身心的成长，权衡考量我所在的学校环境并不尽如人意，不能完全匹配个性成长，毕竟孩童如同大千世界的花蕊千姿百态，所以父母决定让我退学在家受私塾教育。幸运的是，母亲是名教师，她具有善良与博爱的品质，并且懂得教育学和心理学。有时候塞翁失马焉知非福，面对挫折对年幼的我来讲是人生重要的一门功课。挫折算是一种别样的礼物。当生命与无常事故很接近的时候，会启发省思，让人更看重真诚的品质，会放下生命中的琐碎计较，看轻功利。

当我离开学校，开始在家学习文化课时，父母同亲友们探讨此事，受到诸多亲友们的反对，在20世纪90年代末私塾教育并不完全被大众所接受和认可。那时我母亲看到了您的一个关于孩子个性化教育的访谈，其中提到了您让儿子在家接受教育。她好像得到了认可与支持，便更放心大胆地让我在家接受教育。

在全社会统一教育体系的大趋势当中，这真可谓是逆水行舟。父母坚持己见，尊重孩童与生俱来的独特性，让个性自由成长，不想让我落入被条条框框束缚太多的教育模式里，纳入家长们的排名攀比当中。

每位父母都对孩子寄予了最美好的祝福，每个人都希望拥有美妙快乐的人生。但每个生命最好用各自匹配的方式成长和展现。现今时代所有的孩子从出生后就被家长安排进入各种培训机构受“教育”，并热衷于排名比较。所有生命是独一无二的，不同的性格、成长过程、生命轨迹……不应落入排名攀比。如果每个孩子都在同一个模式培养中生长，是否会被磨损掉生命本质中最纯挚的部分？

我们成长获取知识不应该是一味地落于本本主义和教条的理论，一味地“填鸭”获取知识很枯燥死板。应该大胆地走出校园的围墙，走入大自然与生活中活学活用！书籍课本上的知识有时会随着时光的流逝而淡忘，而我们更应该注重培养自己，去引导孩童将内在美好的品质融入骨髓深层次的品性、品行当中。

这个时代发展变化很快，而我们应有颗踏实的心，不被浮华遮蔽眼，不被目的性、功利性的攀缘所挟持。成年人的世界有时会一味地追求所谓的成功，可什么才算是成功？定义为何？是否被大众媒体、商业广告影响下的价值观、财富观与审美所牵引？这些观念究竟正确吗？

我们能否保持一颗远离浮躁的纯净之心？欣赏每朵花的绽放，品味春夏秋冬美的变化，而不是只将美定义为名牌奢侈品，或一些特别的符号标志。嗅大自然的芳香：泥土、瓜果、花朵……而不只是某个品牌香水。

我们在孩童时期，就应该打开发现美的眼睛，推开美丽的心灵之窗，启发生命里的真善美。其实我们成长直至生命的终点都应常被善与美所萦绕。

感谢我们还有您，还有童话世界！

舒克和贝塔的故事，让动物世界当中最不起眼的小老鼠成了主角。小老鼠用内在的正义与善良，颠覆了所谓卑贱的生命。在故事中，其他角色——哪怕是平日里卑微的小昆虫，也都被赋予了各自鲜活的个性、生命的色彩与光亮。这是一种启发，我们不要因为一个人的出身或所处的环境而对生命的意义、价值进行否定。每个生命都值得被尊重，他们只是以不同的形式展现生命力。

一部优秀的文学作品，不仅故事生动有趣，不仅是读者幼儿时期的品质启蒙，也是成年读者内省的镜子。感谢郑渊洁老师带来一个个有趣动人的童话故事，让我们在开怀一笑之后可以有更多的深思。

再次为您的生日祝福。愿人世间比童话更美好。

您的小读者：赖莎

2021年3月于北京

第六十一封信

面对时间，我们毫无还手之力。生命有限，我愿开着自己的小飞机、小坦克，像舒克贝塔一样去探索、去感受。

亲爱的郑叔叔：

展信佳！

我是您的小读者，一个外表顺从内心叛逆的小孩。小的时候父母忙于工作，每个月我只能见到他们几次，能陪着我的也只有小说和童话。第一次接触到舒克和贝塔还是在上小学的时候，每天准时打开电视追随着这两只小老鼠的奇妙冒险之旅，每次动画频道只播放两集《舒克贝塔》，却是我一天全部的快乐所在。

小的时候一再地被长辈灌输着“你要听话”“你要做一个乖孩子”“你不要想那么多”……爸爸妈妈很少有时间陪着我，为了让他们能有时间多陪陪我，我选择做了一个乖孩子：乖乖地不给爸妈惹事，不敢有什么棱角；我怕他们生气，怕妈妈跟我冷战，怕爸爸皱眉；怕他们叹气，怕我学习不好他们向我投来失望的目光；我怕我不够努力、不够优秀得不到他们的爱，我怕我的存在成为他们的负担；我不敢轻易去尝试新的方式，就算是解数学题也不敢以老师没有讲过或者非常规的方式去思考解题方式；我觉得我的智商水平不足以突破现有的方式去解决问题，不敢有天马行空的想象，我怕会被训斥思维没有逻辑、没有方法，怕跑偏以后会被更多的人嘲笑……

我很羡慕舒克和贝塔有勇有谋，既有打破常规的勇气，也有聪明才智能够解决遇到的新问题，我很想去尝试、去突破，又怕自己没有足够的能力去解决遇到的新问题。留在既定的路上，留在爸妈的庇护之下是安全的，即使我不喜欢，也不会太糟糕。浑浑噩噩地“混”过了学生时代，考了一个普普通通的大学，学了爸妈选定的专业，无功无过，一路走来都是大家眼中的好孩子、乖宝宝，平淡到扔在人群中就会成为再也找不到的小沙粒，普通到想找到自己的特点却发现我根本没什么特点，平庸到任何人都可以对我的人生指指点点。

童话带给人的是内心最原始的渴望，时过境迁，舒克和贝塔的探险经历已经很模糊了，但舒克贝塔心中不想被认为是小偷，不想被“老鼠过街人人喊打”这种既定思维定义的想法，一直在我的内心翻腾着。直到大学毕业以后被爸妈安排回了电厂，我几乎看到了我后半生的每一天是如何度过的，我才惊恐地问自己，我真的愿意这样过一生吗？我已经做了二十多年的乖孩子了，从没听听自己想怎么过，从来都是别人告诉我应该这样做，这样做是正确的、安全的。内心的原动力在这一刻开始迸发，是的，那一刻我渴望挣脱已有的定义对我的束缚，我想向这个世界呐喊，我不是这样的；那一刻我很坚定地告诉自己，听一次自己内心的声音。身边的长辈再三告诉我，他们很了解我，我就是这样的，我是女孩子，这样的生活很适合我……既然这样的一生我已经能看到了，为什么人生不能换另外一种方式去生活？既然上一辈的生活我并不喜欢，为什么还要重复一遍？即便最后自己没有能力解决自己的温饱问题，即便到了而立之年还是得靠着父母的接济度日，即便这一生也没能过上自己想要的生活，但这一生终究在重大抉择中能够听从一次内心的真实想法。我的人生不再是标准的鸡蛋形，第一次有了形状，第一次出现了棱角，父母那一辈都从国企体制内成长起来，那我就去他们口中凶残无比的体制外看看这个真实的社会到底是什么样子的。

不是所有的童话都会有美好的结局，我的自我成长的路途并不算顺利，还好我有内心的原动力，有来自童话的滋养，来自舒克贝塔的勇气。一路理工科出身的我着实拼尽了全力，带着点上天的眷顾，现在成了一名青年小律师。

从2017年开启执业生涯到现在，生活越来越像舒克和贝塔，我并不知道明天会遇到什么领域的案件，也不知道会遇见什么样的人，遇到问题后依旧会愁眉紧锁，但终究都会通过自己、通过朋友、通过我们的团队得以解决。

最近去大戈壁开庭，路过一大片雅丹地貌，它们像从远古走来的老人，就这样看着我们这一代人，风沙慢慢改变了它们的容颜，可能再过一个世纪它们就会变成地上的流沙。面对自然，面对时间，我们毫无还手之力，害怕本身也毫无意义。生命有限，我愿经历更多，开着自己的小飞机、小坦克，像舒克贝塔一样去探索、去体验、去感受，在未来的路上去遇见更多有意思的事情，去感受更多生命的延展。

祝郑叔叔六十六岁生日快乐，希望您能创造出更多优秀的童话来滋养一代又一代的孩子，也希望我们“90后”能在您童话的影响下继续勇往直前。

顺颂时祺！

闫佳琪

2021年3月27日

第六十二封信

长大很快，像一夜之间的事。北京的桃花开了，好像也是一夜之间的事，夏天真的不远了。

致小时候和现在最喜欢的童话家郑爷爷：

展信舒颜，顺问春安。

不知这是您读到的第多少封信，不知是否倦意已至，相信您依旧在认真接收每位小读者的爱和祝福。首先最最重要的，是要用皮皮鲁、鲁西西、舒克、贝塔、大灰狼罗克和所有小读者的声音，以和“二踢脚”同样威力的、足以把皮皮鲁再次弹到云彩上的力气，大声对您说一句：郑爷爷六十六岁生日快乐！希望您平安健康，开开心心，一切顺利，继续写书给我们看！虽然您说过直呼其名最好，但还是习惯性地称呼您“郑爷爷”，感觉很亲切。

到现在我还记得很清楚，小学二年级的一天放学后，妈妈把那本《皮皮鲁送你100条命》作为礼物送给我，标题页上是您的亲笔签名和祝福语。这么说好像有些肉麻，但的确是这样！对您来说，我的名字只是千千万万个孩子的名字中的一个，但对我来说您是贯穿我童年时代的、唯一的“童话大王”。妈妈还叮嘱我要认真去读去记，这应该就是我第一次接触您的作品吧。现在我高二了，这本书还摆在我卧室的书架上。

小时候不懂事，只是单纯觉得皮皮鲁、鲁西西、舒克、贝塔他们生活的世界好有趣，一有空就抱着看、坐着看、趴着看、吃着水果看，书里的文字和故事也像某种粮食，被我源源不断吃进肚里。如今回忆起来，我依旧惊叹于您的写作巧思、文笔和所传达的精神内涵，这些文字符号由思绪的线串联，简单又深刻地把道理暗藏在故事里，足以让小读者们经历了一天的学习后浸泡在这兄妹俩的世界中，同他们一起玩闹、一起闯祸、一起长大。八年前，整套整套的“皮皮鲁”住进我家，蓝色系列和橙色系列是我自始至终的最爱。以前我以为您的故事基调基本上由对立鲜明的好人和坏人（现在记得清的有遥控汽车里的班主任孙友超）组成，以至于那时候我一跟着爸妈看电视剧和新闻，就会问“这是好人还是坏人”。得到的回复一直是无奈的笑和“世界上没有绝对的好和坏，这要看立场”。我反反复复地读，后来发现那些先前被我带着强烈厌恶否定的“坏人”也有知错就改的一面。人性中总有些贪婪、自私、刻薄的成分，我们也懂得克制、向善、强大，二元对立的两面相互制约，随着经历的累积不断中和，成就了人和人性。这才是您想表达的含义吧，不知我理解对没有。

最近在想，那会儿那么痴迷于您笔下的童话世界，究竟对现在的我有什么影响？后来脑子里蹦出来“价值观”三个字。网上对价值观的定义有些抽象，在我眼里，价值观就是如何看待自己，如何看待这个世界，如何对世间万事万物给出自己的反应和见解。您用简单的色彩描绘这个并非非黑即白的世界，用简单的正义引导我们做正确的决定。除了这些可以让我们在未来道路上受益的道理之外，天马行空的童话情节真的提升了我空间想象的能力和写作能力。长时间钻到您创造的童话宇宙里去玩，我的想象力、创造力和写作能力像是终于获得氧气的鱼，在日积月累后一股脑儿地涌上水面。因此，我从小到大的作文本上出现了不少“优秀”（骄傲一小下）。现在依然可以肯定地说，我喜欢穿梭在皮皮鲁的世界，随他看平日枯燥无味而又偶逢起落的校园生活，跟他听万物之间的种种交流（记得最清的是跟它聊天会变巨大的西瓜），看他带着少年的冲劲儿在错综复杂的成人世界里横冲直撞。

皮皮鲁是我读书历程中最亮眼的一点，他告诉我善良怎样拼写，告诉我智慧和勇敢是人性中至关重要的组成部分。读过的书就像走过的路，从各个角度让我一点儿一点儿变完整，所以我一直认为，想要探访一个人的内心，便不能错过他的书架。从成语故事到《皮皮鲁传》《查理九世》，从《哈利·波特》到四大名著，从《挪威的森林》到《月亮与六便士》……这些书籍以独有的方式描摹了我成长历程中的某部分，或许是喜好和思想深度那一部分。不知您在书和朋友之间建立的联系是如何，我偶尔会和亲近的朋友聊起在读的书，在同一频道共享汲取不同作家思想时的反思。比如有时候，她说汪曾祺的散文鲜活漂亮，我说格非的小说幽深回味。

讲了这么多才想起来坦白，其实我以前并没有怎么写过信，给您写信是激动又有点儿小紧张的。信件逐渐淡出生活，我从未触碰过真正意义上的邮票和信纸。我经常问自己，错过了笔墨飘香、车马邮政的时代，应当为现代速度欣喜还是为信件流失而遗憾？不过与其纠结这个问题，不如直接尝试。现在怀念信纸传音的人好像也挺多的，很多社交媒体都会定期开设话题，像“寻找笔友”或者“来认识互相寄信的朋友”。也许这就是现代人暂别忙碌和高速带来的疲倦，寻求平缓和真情实感的一种方式吧。

我在北京，前段时间和远在江西南昌的朋友互寄了明信片和小礼物，收到邮件的一瞬间真的好快乐！有种漂洋过海专门为你而来的感觉，很惊喜很开心，好像有点儿理解您买十套房子来存信的心情了。

除了和朋友寄信往来，无论是在梦境还是现实中，我都想过给未来的自己写一封信。确切点儿地说，想写给二十五岁的自己。想问问自己是否顺利毕业，是否已经真正地踏入理想行业，过上了自己喜欢的生活，是否依然拥有当初从童话和现实故事中得来的善良、真诚和勇敢，还有最重要的，是否健康快乐，是否喜欢自己……

还想跟您谈谈未来的理想职业。我希望进入心理相关行业，并且正在为之努力，做一名咨询师、老师、HR，还是其他什么职业，暂时还没有想好。不瞒您说，其实确定读心理专业也不过是一年前的事，先前我对自己未来想要做什么还处于相对迷茫的状态。（大概是习惯了学生的角色，也倦于思考将来的变数）仔细想想，我这些年好像并未真正意义上独立地做过关乎自己人生的决定，十七年来我一直被家人的爱包围着，也被保护得很好，很多岔路又都有人带着走。换句话说，我成长的道路大多平坦，偶尔遇到块绊脚石也不用太费力气就能跃过去。家人和朋友的爱让我柔软温柔，也让我安于现状，变得胆怯，缺乏独立能力和阿德勒所说的“改变的勇气”。好在现在明白了这些，所以这次，想把有点儿生锈的决定权拿回自己手上。

您可能会问，为什么想学心理？我会回答“通透”“引导”和“幸福”三个词。作为一个情绪敏感且丰富的人，我想要更清楚地认识自己的动机、情绪和行为。标签化是管理的必经之路，尽管“标签化”三个字似乎已经成为刻板固化的代名词，但对于情绪来说，它是理清思绪的方法。目前我所学习的，无论是社会学、认知学，还是变态心理学，都是学者将个体和集体的种种意识和行为从现实中提取、总结成具体专业名词的学科。用这些已经得到佐证的标签为自己的情绪和行为分门别类，跳脱到一个更为理性、客观的位置来理解并疏导，是心理学对我的一个重要帮助。它就像陪伴左右的朋友，在我将要被情绪左右的时候，提醒我要理解、接受、排解。再来谈谈“引导”。听说您也经常在网上冲浪，那您有没有注意到，疫情以来人们的焦虑和压力提高了不少，抱怨和吐槽的帖子越来越多。如果压力不能有效释放，负面情绪的气球会越来越鼓，直到爆炸。我想成为缓缓解开气球结的人，让更多人看到本应美好的世界。在我看来，心理医生在某种程度上也可以归为教育行业，毕竟唤醒和引导是教育的本质。还有协调企业内部的人力资源管理师之类的，也是依据人际交往中的行为和机制去引导人们和谐相处、效率最大化。最后是“幸福”，幸福是引导的最终目的。“幸福”的定义太宽泛了，什么算幸福，内在的通透算幸福？快乐算幸福？富有算幸福？早上惊醒发现是周末算幸福？我还想不出答案，也不愿意想得那么复杂，暂且称之为“走在初夏、路边的桃花中”吧。这些是十七岁的我对未来和职业的向往，期待将来的变化和成长。

长大很快，像一夜之间的事，捧着书、希望拥有一群小人儿朋友的样子感觉没过多久，转眼已经要申请大学了。北京的桃花开了，好像也是一夜之间的事，夏天真的不远了。您有空也要记得抬头看看花和天空，说不定会碰巧看见舒克开着飞机过去。谢谢您听我说了这么多我自己，也感谢您笔下的人物、故事和教育理念，让我一直相信爱、勇敢和自由。再一次祝您生日快乐，万事胜意！

您忠实的读者：允湉
2021年3月21日

第六十三封信

请你追逐一生，穷尽心中热忱。发光不是太阳的专利，你也可以。

致偶像郑爷爷：

见信君安，望您身体健康，同祝您六十六岁生日快乐！

不知您会以怎样的形式阅读这封信，或端着茶，或在书房静静批阅，抑或是它成为您休息前的小小消遣。希望我这个十六岁的小读者，能用青涩的文字给您送上些许轻快甘甜。

皮皮鲁、鲁西西——中国三代孩子的童年朋友，我就属于那极其幸运的第三代。小学时候的阅读启蒙初期，是一本粉色封皮的《鲁西西外传》为我打开了这个童话岛的大门。（或许听着一个还在上高中的小孩念叨“小时候”是一件很有趣的事情，您就见怪不怪好啦！）记得这本书的扉页上写着“这是本只许女孩子看的童话”，我的小小心灵感到惊喜而快活——大概就像是位人小鬼大的“萌芽版文艺青年”发现一扇面向秋山的窗，透明玻璃外尽是春绿冬白，满目芬芳。

您的童话见证了我父母一代的青春与成长，也陪伴我度过童年至少年。小朋友长大后自然要读一点儿听起来就很厉害的文章，您的《原创七宗罪》被纳入我的阅读清单。和鲁西西初遇后的第九年，我又以一个网络写手的身份重新回到您的文字中游走，寻找答案。一边满腔热血怀揣正义想要声讨抄袭剽窃的写作行为，一边痛苦又快乐地拥抱垒砖码字的延迟满足。您说“对于作家，最好的理财不是买房子买股票，而是保护自己的知识产权”，这一点我简直认同得不能再认同。抄袭剽窃——大概在我的能力所及范围内，可以和您讨论的只能是这一项。也有一些微不足道的小人物在我的笔下变得鲜活，他们也许不够饱满、不够灵活，但又真真切切地灌注了我这位年轻执笔人的灵魂。我很喜欢把故事里的人物比作创作者的伴星，用一模一样的价值观处理着不同世界的问题。文字的表达就像是《鲁西西外传》里的立体透视全息摄影机，总能剖开外面的层层阻塞窥进一个人的内心。因而在原创面前，一切抄袭及篡改都显得卑劣又虚伪。“星星都是相似，凡人自有区别。”我想这大概是您写《原创七宗罪》所想表达的一点吧，但不知我的理解是否准确。看完这篇文章之后深受触动，很愿将您比作星星，我是距您十万八千里的碎云，遥望星星大放异彩的同时也深受鼓舞，想活得独一无二。

我之前写过一段文字，是稚嫩的、热烈的、饱含情感的、带有着笔画间丝连缱绻的，感觉用它们来描述您给我们一代又一代人创造的童话世界再好不过：

> 年轻的时候，你偏要见见太阳。让它的炽烈穿透你的花瓣，洒下满地嫣红；追逐着将人撕碎的狂风，口中喃喃着少年不朽；在不见五指的深夜中相拥，梦想着永恒。成年后，你说你要追逐一生，穷尽心中热忱；我们终于接近了太阳，看到了它的万丈光芒，却失了双眼；后来，我们回到了黑暗中却不再挣扎。你说，一盏灯，就够了……

总觉得成人世界很残酷很冷漠，就像设置了重重怪兽关卡的岁月迷宫，好多人走着走着就迷失了、颓唐了。但每每他们再踏入拥有舒克和贝塔、皮皮鲁和鲁西西的世界，就又会变回曾经眼里有光的青年少年。那些即将被时间机器回收的——曾在20世纪80年代90年代亮过的星星突然刹住车，在童话里，将光浇在每个失落又疲惫的中年人身上。喜欢您笔触的简单易懂，给小朋友看能让他们很直观地想象到画面，给大朋友看又绕开了充盈着他们生活的客套虚伪。我有时候望向空旷的天发呆，想想即使是神明，也要到人间安置他的庸俗；后来得知要给您写信又重温了一遍儿时读物，想想即使是在人间走过一遭遇到形形色色灯红酒绿，也要到童话里找一间栖身的小木屋。

给您写信的过程真是件美好的事，文字先是纠结地缠绕着，噼里啪啦的打字声伴随着删删改改的光标，思绪便渐渐打开了。

“栖身”是美好的代名词，突然想到那天从学校的食堂出来后在校园里溜达。路过初中楼高中楼、放着布艺熊玩偶的小木屋、沿着玻璃楼梯下去就能到的地下书店，打印机的油墨味，书本的纸木味，最东侧围墙上从上世纪80年代开始记录的名人题字……从地下书店出来遇到只白色的猫好害羞地躲着我，藏在凹下去的石头后面。好像来到个陌生的地方，阳光将校园照得昏黄，四五点钟的太阳金灿灿地在那头挂着。有不暖不凉的风，不甜不腻的花香，不宽不窄的道。想把我单纯美好的快乐分享给您，也想把读过书后的感想、感谢都用书信记下来，以防被忘掉了、遗失了，或是葬在时间的海里了……

走走停停，穿越似的回童年玩了一遭。拜访象鼻子牛的时候一不小心被纸页划破手指渗了点血出来，便想起来那短短八百字却又魅力四射的中文童话——《红枣女孩》。如您所说，历经风雨才能坐上汽车，青枣变红枣才算成长，为他人创造机会才算报答自己。一笔一画的汉字铺开一条蜿蜒的道，您在道路中心给每个过路的孩子发鼓励卡，上面写着“发光不是太阳的专利，你也可以”。感谢您的指教、启蒙和引路。

六月盛夏，青枣十六，枣树六十有六。再一次诚挚地祝您生日快乐，平安喜乐！

平平无奇的高中生：杨丰璐

2021年3月27日

第六十四封信

一年又一年像树叶从树枝上飘落一样自然且平常，伴我长大的，始终是童话王国给我的力量。

敬爱的郑爷爷：

见信安好！在此祝您身体健康，六十六岁生日快乐！

我是您的一位小读者，从小学起我便浸润在您构建的童话王国中，和皮皮鲁、舒克、贝塔冒险，在书中了解人情世故。《皮皮鲁和419宗罪》对我意义非凡，那是我第一次进入皮皮鲁的世界，皮皮鲁的胆大心细、奇思妙想、遭遇的种种磨炼都令我印象深刻。书中每个罪行都能在现实生活中找到原型，我也是从读了这本书后，对“法律”有了初步认知。社会是复杂的，每个人因经历不同，形成的三观会有差异。我们活在世上，总会有好坏是非的评判标准，大多数人都遵守内心的道德标准，但总会有故意或无意影响他人平静生活的人，于是便有法律促使他们端正行为。小时候的我总以为法律是可怕的，违法的人都是十恶不赦的。现在我认识到法律是为了维护社会秩序，人人守法的话，社会会多一分安宁。我也正是因为从小接触了您写的法律科普故事，才对法律产生了好奇和兴趣，现如今已是一名法本学生了。

除了《皮皮鲁和419宗罪》，我还拥有一套《皮皮鲁总动员》，每每读完书中的有趣故事，我总会猜测写出如此文字的作者是怎样的人。我也有幸曾在读者见面会上得见您的真容，您和蔼可亲，真诚对待所有读者，也悉心回答略显稚嫩的问题。那种耐心、亲切深深地影响了我的为人处世之道，让我知道做人应该踏踏实实做自己的事，接人待物要诚诚恳恳，不能浮躁和投机取巧。悄无声息中，一年又一年像树叶从树枝上飘落一样自然且平常，我也从未成年一步步过渡到成年人，从您身上学到的为人处世的道理也时常帮助我，伴我长大。通过各种新闻报道也得知您依旧容光焕发，仿佛岁月不会在您身上留痕。网友们因失眠、恋爱、追星、家庭关系等产生的烦恼琐事向您求助，您都会给出温柔善良、富有哲理的留言，也让被诸多小事困扰着的我得以在纠结的泥淖中逃脱。

您能够日复一日地高质量写作，在我眼中堪称传奇，在您身上，写作和深思与呼吸无异。这给了我许多力量，我也从初中开始书写手账和日记，记录日常生活中的趣闻、思考或是不舍得遗忘的事件。对我来说，起初坚持写作确实需要毅力，但我明白，人不应该在一开始就给自己限制，不应该暗示自己“做某事太难了，没有人可以做到”。因为总有人会突破人类的认知，只有勇敢尝试了，才能创新发展，直达另一片天地。无论是在学习还是生活中，当我遇到令我头疼的难题时都会尝试转变身份，假想自己是这个领域的专家，作为专家我会怎样思考呢？小到修理一把雨伞，普通到处理一道物理化学题，我都不会轻言放弃，在逐步思考后，大多问题也就迎刃而解了。

“活到老学到老”是我非常喜欢的一句话，终身学习是每个人都应该做到的，当然学习的内容包罗万象。现在正值二十岁、充满抱负又极为普通的我认为，人之所以不同，一方面是因为对社会的贡献不同，哲学家贡献思想，物理学家贡献技术，文学家贡献涤荡灵魂的作品……我也想成为一位对社会有贡献的法律人。大学期间我学习了知识产权法，在学习的过程中对著作权法、商标法有了更专业的认识，对一些现象也产生了不少愤懑之情。盗版书大都是印刷不清、错字别字多、纸张质量差的低成本“书籍”，会让读者被劣质纸难闻的气味包围，对文字内容的理解也可能因为错字别字而产生偏差……盗版商不仅侵犯了作者和出版社的劳动成果，也荼毒了读者的身体健康和思想认知。

一直知道您是“反盗版形象大使”，也从您那里学会了很多可以识破盗版商阴谋诡计的小妙招，比如，书中防伪标志的真伪，纸张的平滑程度、裁减整齐度，字迹清晰或是模糊，错别字是否严重等，都可以帮助我判断是否是正版书籍。通过辨认和查证发现盗版后，读者可以联系出版社或是到有关部门进行举报。您几十年来对打击盗版的坚持，让众多读者了解盗版产品的弊端并积极购买正版内容，为我国知识产权保护保驾护航。

同时我也发现，近几年随着网络信息技术的发展，网络作品的侵权也愈演愈烈，比如，视频和文章推送被洗稿、被抄袭，都在一点点侵蚀作者的创作热情。希望未来我能在打击网络侵权的领域有一分热、发一分光，若遇到阻力也持有一往无前的勇气，像您一样为我国知识产权保护增砖添瓦。

再次祝郑爷爷生日快乐！

周云杪

2021年3月于南京

最后两封信，严格说来，

应该叫作“第六十五组信”与“第六十六组信”，

因为它们各包含两封信，

分别来自一对母子和一对母女。

联结两代人的，

不只有血缘，

还有童话。

第六十五封信

爱孩子是每一个父母的本能，但为人父母，更重要的是拥有爱孩子的能力和勇气。

亲爱的郑渊洁老师：

出走半生，终于“相见”。终于可以在这样一个温暖静谧的冬天里，等到一个和您对话的机缘。轻阖双眼，任时间漫过，任思绪奔走，我回到了与您初相遇的少年时光。

生于20世纪70年代，受传统教育长大，我们这代人的青春单纯又闭塞，渴望新思想却渠道匮乏。我们这代人的中年，被飞速发展的世界、流光溢彩的生活撞了个满怀，但时代在“70后”身上写下的克制与保守，又让大多数人心有不甘却难以突围。择一城而终老，从一职业而终身，是“70后”的白描。就像刚参加工作时，一位前辈说的“买把好点的椅子，要坐一辈子的”。因此，当我两次在职业生涯里选择跨界离开，都会被反复追问为什么。一个人的一生，会无数次地站在十字路口。选择走哪条路，能走多远，有太多介入因素。但最核心的，一定是原生家庭的环境、基因，以及养成教育阶段外界信息的输入。我是幸运的，在我三观形成的关键时期，遇到了您。

1985年，《童话大王》创刊，那年我十岁。作为一名飞行员的女儿，我迅速爱上了心地善良、喜欢冒险、聪明机智的舒克和贝塔。那时，《童话大王》是双月刊，于是每隔六十天的一次相遇，便成为我童年中最雀跃的等待和最温暖的期盼。舒克和贝塔驾驶直升机和坦克帮助各种小动物，赢得大家信任和友谊的故事，像一粒粒种子，播撒在我的心田。日日浸润，年年浇灌，最终成长为一种态度，那就是正直、勇敢、积极、乐观。这种态度，让我在二十岁时拿起话筒，冲锋在采访一线，针砭时弊，弘扬正气；让我在三十岁时进入党政机关，投入“白+黑”“5+2”的工作热忱，希望能研究出台更好的政策，用微小的力量助力经济社会的发展，增添人民群众的福祉；也让我在四十岁时敢于重新启航，成为企业高管，在一个全新领域，迎接新的挑战。

手起笔落间，忽然眼眶湿润。仿佛看到少年的自己握指成拳，用力写下一生的诺言——做一个如向日葵一样的人，像舒克、贝塔、皮皮鲁、鲁西西一样，向阳而生，温暖疏朗，正直勇敢，生活再嘈杂也要守住心中的诗和远方。

2000年，我的孩子出生了。为了让他能够享有更优质的教育资源，我们举家从张家口搬迁到了您的出生地——石家庄。多年以后，当我知道您为了郑亚旗创刊《童话大王》的时候，感到与您如此相契，如此亲近。孩子承载了父母太多的梦想，我们希望他成为同龄人中的佼佼者，有更多的机会认识世界，有更大的自由选择人生方向。从他稍微懂事起，我们就对他进行了严格的管教，不允许有半点差错。可重压之下，孩子反而变得怯懦、自卑、沉默，家庭氛围一度十分紧张。在那个充满焦虑的时期，有一天，我无意中看到一个关于您的采访。您说“差学生是差老师和差家长联手缔造的”“家庭教育最见效的就是身教。合格的爸爸妈妈，要闭上嘴、抬起腿，走你的人生路演示给孩子看”“实在没有办法，你要做的就只有一件事情，鼓励孩子、赞美他”。在那一刻，您的笃定，像一味药，让我清神醒脑，豁然开朗。家庭，本来是孩子最踏实的依靠和最温馨的港湾，却在我们不断的“棒喝”中，竖起了一座令孩子心惊胆战的冰山。那天，我和孩子爸爸聊了很久，决心放下执教的“金箍棒”，丢弃成绩的“紧箍咒”，只做能让孩子心有所依的爸爸妈妈。在我们的转变下，家终成家。孩子也在理解、民主与被爱中，逐渐变得自强、自立、开朗、上进，最终考上了理想的大学，成为班长，成为热爱集体、热爱运动、热爱文学、热爱专业，老师、同学都喜欢的大男孩。

在对孩子的教育上，您的另外一句话，让我感触颇深，共鸣强烈。“别的比赛都不重要，不要在乎输赢。只有一种比赛，爸爸妈妈一定要监督，不遗余力地让孩子得冠军，这就是道德品质的比赛。”是啊，爱孩子是每一个父母的本能，但为人父母，更重要的是拥有爱孩子的能力和勇气。在这个能力里，物质只是其中的一片铠甲，更大的爱在于面对权威、面对负压下的群体性失语，我们能够坚定地站在孩子身后，引导他，保护他，不妥协，不受伤。面对挑战，如果父母都退下阵来，我们还指望谁做孩子生命中的灯塔？多么奇妙，在我人生的关键阶段，总能与您不期而遇，受到启发，得到启迪。

往事如风。虽然风过不留痕，但蓝天知道，云朵知道，它们的身上已经被赋予了风的气质和轻语。想来，人群中有您，便一定是无数人目光的追逐和感谢陪伴的表达。是啊，放眼望去，没有人像您一样坚持写一本杂志三十余年，几十年如一日，在太阳升起之前放飞想象写下六千字，只为通过油墨之香传递能量。这笔用时间、才华和初心铸就的财富，带给几代人童年时光的美好和持续至今的记忆犹新。童话里的是故事，童话外的是人生。这是属于您的故事，也是属于上亿人的故事；这是您温暖充盈的人生，也是我们从中汲取营养、变得更加有力量的人生。

感恩遇见，让我的生活更美好。感恩这次机缘，让我有机会道出一路与您同行的收获。2021，农历辛丑年，这一年的牛，是为路途嚼食之牛。我想，在这尘世间，您的读者一定会咀嚼着您给予的精神食粮，勤奋耕耘，静待丰登。我们，也会像过往的岁月一样，在不经意间遇到您，想起您，感恩您，祝福您。

希望您永远快乐，永远健康！

您的读者：付蕾

2020年12月22日

亲爱的郑渊洁老师：

您好！

我出生于“千禧年”。小学三年级时，我走进了您创造的那个新世界。

那是2008年。对我来说，那一年记忆最深的有三样东西，北京奥运会开幕式上的烟花，大雪中广场上的雪人，还有《皮皮鲁和红桃老K》的红色封面。从那时起，我就爱上了皮皮鲁和鲁西西，爱上了舒克和贝塔，爱上了这个神奇的世界。

小学六年级的中午是在学校“小饭桌”度过的，那是我一天的快乐时光。因为每天吃过午饭，我都会偷偷跑出校门，到和学校隔着一条马路的图书批发市场去和皮皮鲁、鲁西西、舒克、贝塔“见面”。清晰地记得，图批二楼右转第二个书架，往前走整整三排，全是您的书。虽然只能坐在地上看，但对那时的我来说，那里就是天堂。每天快到上课的时间，我才恋恋不舍地把书放回原处，跑回学校。

印象中最深的，是第一遍看完皮皮鲁系列所有书目时，心里的那种难过，就好像要对一个相处很久的朋友说再见一样。怀着无比不舍的心情合上最后一页，然后毅然决然地决定再读一遍，重新相遇。

初中以后，学业逐渐加重，少了读书的时间，却多了想象和思考。很长一段日子，我都沉浸在自己编织的世界里，做自己世界的主人公。在这个世界里，我幻想自己生于乱世，带三尺之剑立不世之功，就像舒克和贝塔一样，用自己的方式悬壶济世、除暴安良。紧张学习之余，我把自己构造的世界连载在网上，有了近万名读者。虽然后来随着高考的临近，我的故事没有写出结尾，但手中的笔，却从来没有放下，每天一篇日记的习惯延续至今。

大学，我的专业是环境设计，虽然不是跟文字打交道，但依然在用笔构造世界。在学校，同时通过家人，我认识了许多建筑设计界的大咖。在自我成长和交往的过程中，我愈发感受到，无论从事什么职业，想象力都是那么可贵，情怀都是那么值得坚守，而用文字和语言清晰地表达想法是如此必需的能力。

总有一些人和事，经过时间的冲洗才更加清晰。回首看向2008年八岁的我，想来他当时对皮皮鲁和鲁西西的迷恋，是因为那个世界的丰富多彩。但今天，我更想穿越时光感谢他，是他日复一日的沉浸，为日后的我写下了至今不改的梦想：要用自己的努力和创造，为这个世界留下一些让人喜爱、给人愉悦、使人记住的东西，无论是一本书，还是一个建筑。这个梦想，会让我在建筑环境设计的道路上坚定向前，也相信我会越走越远。

曾几何时，我也想过，长大以后我也要写出一些像样的文章，给人生的第一个偶像——您，郑渊洁爷爷看。真没想到，童年遥不可及的梦，竟然如此幸运地近在咫尺了。

很感激，在我人生的初始，您给了我深刻而正直的影响，惠及一生。希望您能身体健康、笑口常开，像记忆中封面上的您一样，不管什么时候都拥有那样一个温暖的笑脸。

此致

敬礼！

您的读者：李童阳

2021年1月7日

第六十六封信

做妈妈和做孩子，我们都是头一遭。该如何互相尊重和欣赏？我们在努力寻找答案。

尊敬的郑渊洁老师：

您好！首先祝您生日快乐！您永远都是那个童话世界的国王！

我是“60后”，和您一样，我的父亲也是军人，母亲从小接受私塾教育，大部分戏曲和名著她都了然心中，随口而来，还画得一笔好画，写得一手好诗。“文革”期间，她嫁给了贫农家庭出身的父亲，随军到了极其寒冷的内蒙古，落了一身病，五十七岁病逝。

今年我也活到了母亲那时的年纪，庆幸自己赶上了好时代，受到良好的教育，有了可爱聪明的女儿，过着幸福的生活。今天还有幸与您通信，谈论时政、教育和感兴趣的话题，可惜那个年代的知识分子，更多的只能默默坚守、忍耐、期盼，没有环境和条件去追逐自己的梦想，由此我又不得不提起您的父亲郑洪升老先生，他着实让我敬佩到五体投地。（对不起，我无意冒犯您）我想您之所以有今天的成就，首先得感谢您家的那只“羊”，尽管您是他的小“猪”，我想正是他的“小草和人类一样重要”“蚂蚁和狮子一样伟大”的教育理念才成就了您这样一位与众不同的卓越的作家，您又培养出亚旗兄妹这样优秀的孩子。

同样是生活在那样的年代，您的一篇《早起的虫儿被鸟吃》显示出您看待世界与众不同的视角，同时您也被当作了“出头鸟”被学校“枪杀”了。这个事情换作别人的家长，可能先是会痛斥自己的孩子不争气，然后是四处奔波求人给孩子换所学校，让他继续上学。但郑洪升老先生不一样！他不仅把您领回了家，像只老鹰一样庇护着您，而且把他渊博的知识和正确的三观传给了您，不仅让您懂得了爱，内心充满力量，而且极大地调动了您的潜能和兴趣，成就了今天的您。这是多么幸福的人生啊！

我看网友和读者更多的用“羡慕不来”来形容您的成长和亚旗的成长，甚至有人调侃“有钱就是任性”，我并不这样看。有些东西是我们接受的教育和认知水平决定的，和钱并无太大关系。你们与他人最大的差别，在于郑洪升老爷子有知识、有担当、有作为，您有思想、有追求、有胆量。您既在思想层面传播了正确的观点和文化，维护了一个作家的尊严，同时也推动了法治建设，也再次证明文人不是贫穷和穷酸的代名词。这就引出了我又一个想与您探讨的话题：认知变现。

先拿教育行业来说吧。这些年来，有多少人民教师沦落为“商业教师”？在知识变现的过程中，有些老师忘了学校的功能和作用，逐利的心理扭曲了教育的本质。而在信息发达的今天，孩子们也远比我们那个年代的人成熟和自我许多。“快餐经济”让一切变快变浮躁，有多少人能沉下心来深耕勤耘，像您一样每天保持六小时笔耕不辍？很少！在一些人眼里，博眼球、蹭热度才是时尚。作家和老师尚且如此，何况孩子？所以我认为教育的关键在于言传身教，认知的提高在于不断学习、不断探索、不断开阔视野。

我对孩子的教育，也经历了几个阶段——

第一阶段：灌输和言传身教阶段。我从小学习比较好，当惯了“别人家的孩子”，听惯了各种表扬和鼓励，生怕自己掉下来，因此从小就格外努力，活在别人的眼光里。另外从小受父母影响，喜欢付出，做事先替别人考虑。所以自己有了孩子后也用同样的方式要求她，想让她也成为一颗闪亮的星，成为人人喜欢的人。但是孩子很逆反，我也很痛苦。

第二阶段：松散式管理。孩子上初中之后，正是我事业的上升期，我无法再像以前一样将全部精力投在孩子身上，孩子也逐渐有了自我的世界，于是我从包揽全部到松散关注，发现孩子的成长也教会我很多东西，毕竟做妈妈和做孩子我们都是头一遭，在彼此的交流中各自都学到很多。

第三阶段：放飞式管理。高考之后，我让她出国深造。这个阶段是她的蜕变期，也是我的焦虑期。她经历了中西方文化的冲击，学会了独立面对生活和学业上的困难，也经历了情窦初开和恋爱的青涩期，初步了解了美国社会的法律、文化、历史和思维模式。而我经历的是无法掌控和无法实时联系的煎熬、遇到问题力不从心的焦急，以及美元汇率的起伏对生活的影响。

第四阶段：冲突到融合。她回国后，我们的观念一度冲突到无法交流，我非常痛苦。我曾无数次问自己，这就是我想要的结果吗？在此期间，我努力地查询和翻阅各种资料和心理学书籍，试图找到答案，却不经意间发觉我们在这段相对独立和缺乏交流的时间里各自都发生了变化，说话彼此尊重，不触动对方的敏感点，慢慢欣赏对方。她变得越来越孝顺，越来越关注父母的生活；我也从焦虑和干预她的未来变得尊重她的选择，接受她所做的决定。这时候我发现教育从来就不该是说教、管控，而应该是启发引导和潜移默化的言传身教。

认知的提高，有时候需要打破自己固有的思维模式，在不断的学习和探讨当中，站在更高的角度不带任何功利目的来审视事物本身，这样客观的方式也许能够得到意外的收获。

我曾经幻想有朝一日能到您存放读者来信的屋子里拆开一封80年代的读

者来信，然后寻着他的信息找到这个人，看看三十几年后的他现在是个什么样子，是不是还记得当年的这封信？是不是很穿越？不知道现在的孩子有没有这个想法，像贾玲的电影《你好，李焕英》一样和自己的母亲做朋友。

回到正题，认知变现，不仅仅需要聪明的大脑，更需要对人性、知识和自然的敬畏心，加上勤奋、努力和宽广的胸怀，这可能才是您一直“红”到现在的真正原因。

您是孩子成长路上的快乐世界的缔造者。您童话里一个个鲜活的角色构建出一个美好而又现实的世界，潜移默化地让孩子形成了自己的独特世界观，重视亲情，敢于挑战权威，向着自己想要的方向努力，不在乎世俗的评价，勇敢做自己。

由于偏爱董卿，我对《朗读者》格外关注，也是因为这个节目，我成了郑洪升老爷子的“铁粉儿”。

又因欣赏大民，我从他那里听到您很多故事，开始关注您，又成为您的“钢粉儿”。

在这个时代，我们更应该关注您这样能影响几代人的“明星”，启迪童心，启发生活智慧，让我们可以如您名字“渊洁”一般，做渊博而干净的人；也能够像郑洪升老爷子说的那样，（人生的意义在于）做一个和别人不一样的自己。

我与女儿同祝六十六岁的郑老师日月昌明！松鹤长春！

大民的朋友，您的“钢丝”：贾锐

2021年3月1日

尊敬的郑渊洁爷爷：

您好！

在您六十六岁大寿之际，我带着真诚又朴实的祝福，愿您永远身体健康、灵魂美好！

郑爷爷，我是“90后”，一名留学生。我更多的童年印象，不是《童话大王》，也不是皮皮鲁与鲁西西，而是“舒克舒克舒克……开飞机的舒克”。回想至此，才发现已经过去了二十年有余。之后这些年里我都在关注中考、高考、雅思、托福、影视院线、金融学、创业学、Deadline、Final、财会、人事、KPI、信息科技、时政要闻、时尚icon、婚姻家庭……童话故事，对如今的生活像一个伪命题，我既不再是个孩子，也没有孩子，仿佛没有了谈论童话的资格。但谁还不是个内心美好的小仙女呢？于是乎，我铺好地毯，洗好草莓，准备好每日坚果、茶水饮料、小熊饼干、跳跳糖、鸡蛋卷、无骨鸡爪、蔬菜干……坐在了电视机前。为了能更真实地同您探讨一番，我只得将回忆的过程做得仪式感更足一些。

经过我这番深挖，我决定利用这封信和您讨论一下我对教育的思考。

一个小孩子从牙牙学语到开始接触文字，从简单的拼音字母学到横平竖直，从父母给读睡前故事到自己可以看懂简单的绘本，逐渐地，一个小孩子也开始有了他的思考。我一直都很奇怪为什么身边那么多朋友都能够记得自己上幼儿园时甚至更早前的事情，而我脑中就只有一些简单的片段或者图像，这就不难说明每个人类生物体成长发育的各项水平应该是有很大区别的，那么教育就更应该是因材施教的。并且，我一直都认为，一个孩子，当他可以进行情感甚至语言交流后，就可以说是具备了一定的认知能力与判断力，所以教育过程中就一定要和孩子做好沟通和引导。如果说从前的儿童作品真的是在很努力地为孩子勾勒出一个极其纯粹且简单的世界，用很多重复的手法提醒孩子们需要学习或者注意的知识道理，那么，如今这个飞速发展的社会，信息涵盖量、辐射度还有传播速率如此之快，小孩子到底要学习什么、怎么学习才能算是跟上主流社会的发展呢？

我知道您一直都有在不断探索切合孩子个性的教育模式，不知您是否在关注现如今的思维教育，它旨在培养孩子的思维品质的灵活性、创造性、深刻性、批判性、敏捷性此五大“核心素养”。如果我们的教育主体能在日常教育中以此为核心，那么教育方法会迎来怎样喜人的重建呀！可现在所有网络教育平台都在推广“学思维，到××”，我去搜索了一下他们的教学理念，看上去和早教也并无二致。您对此的看法又是如何呢？现如今，年轻的家长们面对孩子的教育一个个都开始在网络上哭诉，有失控到无法看孩子写作业的，有因为孩子的教育问题夫妻二人产生巨大分歧乃至威胁婚姻的。学校不停给家长布置任务，希望家长协助教学，家长寄希望于老师，觉得交了学费自己就省心了；还有近期天津被曝光的女教师，以家长收入对孩子进行批判、划分，侮辱孩子同其家长没钱、素质差……我感觉很恐慌，教书育人本应是非常高尚的行为，作为家长没有言传身教，作为老师有违师纲！如此这般，是希望我们广大的孩童们形成怎样的价值观呢？在您的《训兔记》中，皮皮鲁没有选择做兔子，但是现实生活中该怎么样培养孩子可以成为皮皮鲁呢？皮皮鲁最终愿意为老师的女儿能得到老师的陪伴戴上头套，牺牲了自己的快乐。童话中的皮皮鲁能有如此的判断力和友善的心，现实中又有几个孩子能做到如此呢？

郑爷爷，我真的没有想到，自己因为这封信，时隔二十多年又重新被您的人格魅力与思想境界所圈粉，您的作品不同经历、不同年龄段去看又会有一番新的思考，让我看到了第一千零一个哈姆雷特。在您的作品中，我没有看到任何站在成人角度上进行说教的影子，您很平等地在邀请大家来看这些童话故事，仿佛在说：“孩子，看完了？我认为道理是这样的，你怎么想呢？”您毫不避讳地和孩子展现真实的世界，用夸张的表现力让每一个读者都能跟着您的思维天马行空，让我们与一麻袋的作业、一米长的铅笔共情，也因为猫国的电耗子国王想对您暗暗竖个大拇指，更赞叹您可以把孩子和动物的情感特性挖掘得如此深刻。您教会我们如何看待世界，教会我们辩证，告诉我们从小就要为自己的选择负责任。就像舒克和贝塔的故事，告诉我们人人喊打、偷吃粮食的小老鼠也可以成为开飞机坦克帮助别人的小英雄，可以靠着自己的努力去改变命运。《魔方大厦》中的来克，因为缺少爸爸妈妈的陪伴发脾气的熊孩子，逐渐在魔方中长大，他体会到自己的错误会带给别人意想不到的伤害；他体会到了为人父母的不易，父母对自己的爱是无可替代的；他还体会到时间易逝，韶华易老，现在自己不学无术地荒废时间，等到老了只能是腹中空空的傻老头；还明白了人言可畏，更知道了真诚的力量……总之，所有的故事您都像舵手一样领航，这也许就是您一直坚守的教育方法，相信孩子，相信孩子有正确的是非判断；也告诉我们没有人在人生中一出场就是固定的角色，不要活在别人固定的认知中，内心追求什么，能否坚定信念走下去，才是更重要的。

我个人认为，一个人的行为取决于他的意识形态，而意识形态更根本的取决于他从小接受的品德教育。《天道》里这样说：“强势文化造就强者，弱势文化造就弱者。”两种文化同时存在的话就会引发矛盾冲突。也许是弱势文化期盼“救世主”而不得，或者群起而攻之；不然就是强势文化强行碾压，弱势文化被奴役。虽然您所著大多是童话，文风童趣十足，清新可爱，可每个正面人物身上的天真烂漫、坚持不懈、敢于挑战权威、自信勇敢等，这一切都是强势文化的美好品德。强势文化也并非最终演变为欺凌弱小，我觉得它反而是真正倡导人生而为人的个性展现。社会中那么多反对的声音，说您让孩子看到太多不该看到的现实，就好像弱势文化在反抗。可是您照样还是在坚持自我，不断地为教育发声。我的母亲告诉我，一个人的勇敢不是写在脸上，不是攥在拳头里，更不是挂在嘴边，而是要拥有一颗勇敢的心，面对诽谤、挫折、伤害都能坚持真理、坚持本心。在我心里您就是这样的！您勇敢地带着孩子们看世界，告诉孩子们世界的样子有美有丑；您不厌其烦地告诉孩子生命的密码，告诉他们本就有善恶但善恶也是相对的，这才是真正的教育！而不是像有些家长，嘴里担心孩子被教坏，还手机一丢，让孩子肆无忌惮刷抖音、打游戏、看言情电视剧，不了解，不监督，不引导。

我们生活的世界，总是有如此多的不同，就连教育方式也千差万别。我常常会想，再过两年，当我为人母后，我应该如何让我的孩子也能够保持足够的辨别能力、足够的好奇心、足够的创造力，能够足够友爱、足够勇敢、足够善良、足够真诚、足够上进，能够同您一样美好。虽然还有很多话没说完，只讲了担忧，没有同您分享欢乐，十分抱歉。那就约定，等我有了孩子，等他读得懂您的童话，我们再一同写信给您，感谢您能以不仅仅是作家的身份写出这么美好的故事，净化我们一代又一代人的心。

最后，再次祝福“童话大王”郑渊洁爷爷六十六岁生日快乐！愿您日月昌明，松鹤长春！

此致！

敬礼！

您的青年读者：贾亦垚

2021年2月26日

编后记

致敬岁月，童话不老

1982年，我在《儿童文学》第12期第一次读到郑渊洁老师的作品——《开直升飞机的小老鼠》，认识了飞行员舒克，那一年我八岁。1983年，又认识了坦克手贝塔。再后来，我就开始阅读郑渊洁童话专刊《童话大王》，陆续认识了皮皮鲁、鲁西西，还有大灰狼罗克。

我的童年、少年、青年时代，一直在郑渊洁老师缔造的童话王国里神游，因为我相信《童话大王》封底印的那句话“郑渊洁童话适合8到88岁的人阅读”，更相信郑渊洁老师在童话中所言“真正的脑黄金不在鱼身上，在书里”。我不仅被想象力丰富的郑氏童话故事所吸引，更被智慧而通透的郑氏思维和语录所启发，这对我的成长产生了积极的影响，于潜移默化中，润物无声。

郑渊洁老师在童话故事里告诉我：“奋斗人生的诀窍就是经营自己的长处，经营自己的长处就会使你的人生增值；经营自己的短处，就必然使你的人生贬值。”“要找到自己的最佳才能区。”于是我遵循郑老师的教诲，不再执意和自己并不擅长的数理化“做斗争”，而将研习的重心放在了文史法上，在书中寻找属于我自己的“脑黄金”。

在我成为一名执业律师后，我更加关注郑渊洁老师，因为我发现他也在做着与法律相关的事，他不但研究《刑法》，还为其子郑亚旗创作了法律版家庭教材《皮皮鲁和419宗罪》。该书公开出版发行后，也让更多的孩子能够在童话故事中知法、懂法，学会尊法、守法，并懂得用法律武器保护自己，传播了“对父母最大的爱就是保护好自己，别惹事”的郑氏教育理念。

不仅如此，郑渊洁老师还一直在用法律武器保护他的其他几个“孩子”。近十年来，他无数次地为舒克、贝塔、皮皮鲁、鲁西西的商标、商号维权。一场又一场诉讼，一次又一次的维权之战，实实在在地推动着中国知识产权保护进程。

从童话王国到现实世界，郑渊洁老师的魅力始终感染、吸引着我。2020年6月，最高检《方圆》杂志《书房》栏目采访我谈读书，我告诉记者我有一个愿望是很想见一见郑渊洁老师。时任最高检《检察日报》社长赵志刚兄将这篇采访文章转给了郑渊洁老师。奇迹出现了，郑老师居然要见我。

2020年9月19日，在志刚兄的安排下，我与郑渊洁老师终于相见了，实现了作家与读者、偶像与粉丝跨越三十八年的“相聚”。我把珍藏了三十八年的1982年第12期《儿童文学》拿出来，请郑老师在纸张已经泛黄的《开直升飞机的小老鼠》那篇文章上签了名。这不是童话，这是我和郑渊洁老师第一次相见的美好瞬间。

与郑渊洁老师相识后，我俩时常微信互动，聊一些与法律有关的事，以及为舒克维权的事。为了聊天能更加轻松愉快，我一般会称郑老师为“大王”——“童话大王”的“大王”。大王经常会给我讲一些他的故事，我发现，真实的郑渊洁和他在童话故事里塑造的舒克、贝塔具有相似的一面，爱憎分明，乐于助人，遇到不公平的事，总要挺身而出；他的言谈举止间也有皮皮鲁般的顽皮，对任何事都有极强的好奇心，总能发现一般人发现不了的细节和“裉节儿”。现实生活中的郑渊洁虽然特立独行，但他重情重义，孝敬父母，感恩师长，是一个思想深刻、思维超常、生活自律、谈吐诙谐——总之是个非常可爱且有趣的人。

去年的一天，我忽然意识到郑渊洁老师已经快六十六岁了。我想为他过一个快乐而有意义的生日，于是产生了一个奇妙的想法——在全国各地寻找六十六位《童话大王》的读者，请他们每人给郑老师写一封信，共同表达读者对他的爱意与感谢，然后结成集子作为生日礼物，给郑老师送上一份特别的惊喜。

让我没有想到的是，这些被邀请写信的人响应积极，没过几天，信件就从全国各地四面八方而来，包括在港台地区和海外的读者，甚至还有母女、母子一同写信的。我一遍又一遍地读着这些来信，一次又一次被感动。无论是政府官员、企业高管，还是草原牧民、自由职业者；无论是理性严谨的纪检干部、检察官、律师，还是天真烂漫的小学生、中学生；还有教师、医生、作家、记者等其他来自各行各业的读者，他们每一个人都写得那么真切、真诚，他们满怀深情地回望童年、感悟成长，回顾郑渊洁童话给予自己的影响与启迪。

这六十六位读者——实际是六十八位，包含了“60后”“70后”“80后”“90后”“00后”“10后”，年龄跨越了六个年代。他们虽然年龄不同、职业身份不同、所处地域不同，但心情和心意却和我是相通的，我们感谢郑渊洁老师和他的作品陪伴我们成长，带给我们无穷的快乐、积极的鼓励与深刻的启迪。正如白岩松老师在推荐语中所言：“单看作者的每一部作品都只是童话，但它们与几代人的成长联结在一起，就变成了一种神话！”这六十六封信，代表了千千万万读者的心声，是给一位作家最好的褒奖和最好的礼物。

从“童话”到“神话”的秘籍，其实是郑渊洁老师坚持写《童话大王》月刊三十六年，出刊四百八十六期，累计印数超过两亿册，始终保持着一个人撰写一本杂志时间最长的世界纪录；是他三十六年来，每天清晨从四点半写作到六点半，无一天间断的坚持；是他尊重生命、关注教育，用童话唤醒孩子的自信与尊严，鼓励孩子找到最佳才能区，去扬长避短实现自我价值……

我是郑渊洁童话的阅读者、热爱者、受益者。从我自己的阅读感悟来看，郑渊洁童话，不只是童话，八岁的我读到的是舒克贝塔精彩有趣的冒险故事；十八岁的我读出了一个“差生”皮皮鲁战胜自我、改变自己的逆袭青春；二十八岁的我读懂了郑氏教育理念——好孩子是夸出来的；三十八岁的我理解了郑渊洁坚持写作的动力之一就是孝敬父母；四十八岁的我看到了中国的“童话大王”走出国门，向世界传播中国故事和中国文化……从童年、少年、青年直到现在的中年，我一直都在快乐和思考中阅读，而且还分享给我的朋友、我的孩子，让他们和我一样，因为童话而相信现实，因为阅读而憧憬未来。郑渊洁老师的童话影响了一代又一代人，也定将继续影响下去。

我相信，成千上万的读者和我一样，在郑渊洁童话里找到了自己童年的影子、少年的脚印、青春的梦想，也在他的童话故事和教育理念中，找到了关于成长、关于教育、关于奋斗、关于爱情、关于家庭、关于未来的一把又一把金钥匙，打开了我们在人生道路上所遇到的种种困惑。这不是童话，但这都在郑渊洁老师的童话故事里。所以这本书信集，既是献给郑渊洁老师的，也是献给我们每个人的岁月礼物；既是致敬郑渊洁老师，也是致敬那些年读童话的我们，致敬童话给予我们的光荣与梦想。

感谢这六十六封信的作者，你们和我一起，为郑渊洁老师书写了这本现实世界的童话。

感谢郑渊洁老师的伯乐，著名社会教育家、作家，八十四岁的杨宗老师，以及我的恩师田文昌大律师，共同为本书作序，让我感受到了师长的温暖与提携。

感谢著名教育家、书法家庞中华老师为本书题写书名，同时感谢好莱坞著名导演吴宇森老师、中央电视台著名主持人白岩松老师，与庞中华老师共同为本书撰写推荐语，字字如金，让这六十六封来信插上了闪光的翅膀。

感谢我的好友时代文艺出版社社长陈琛、诗人马志刚、闫佳琪、牛艺辰、编辑刘兮和孟宇婷，为本书的出版付出了自己的时间、精力和智慧，让这六十六封来信从童话变为现实。

最后，要特别感谢郑渊洁老师的父亲郑洪升先生和母亲刘效坤女士，是你们用爱与智慧、勇气与担当，培养了一个优秀的儿子，让这个世界多了更多的故事和美好。

杨大民

2021年4月21日于北京